RIMBAUD

Rebeldes & Malditos

RIMBAUD

Uma temporada no inferno

edição bilíngue

seguido de

Correspondência

Cartas familiares, Correspondência com Verlaine, Agonia em Marselha, Cartas da África

Anexo com textos de Paul Verlaine sobre Arthur Rimbaud

Edição, introdução e notas
Ivan Pinheiro Machado

L&PM
EDITORES

Texto de acordo com a nova ortografia.
Títulos originais: *Une saison en enfer* e *Correspondance*

Primeira edição com o título de *Correspondência de Arthur Rimbaud* foi publicada em 1983 na Coleção Rebeldes & Malditos. Esta edição revista e ampliada contém, além de *Correspondência*, a edição bilíngue de *Uma temporada no inferno* e no final textos inéditos no Brasil de Paul Verlaine sobre Rimbaud.

Tradução: Paulo Hecker Filho *(Uma temporada no inferno)*, Alexandre Ribondi (*Correspondência de Rimbaud*), Ivo Barroso (Poemas incluídos nos textos de Paul Verlaine sobre Rimbaud, das pgs. 307-318) e Júlia da Rosa Simões (Cartas das pgs. 120-125, 280-283, 288 e de Paul Verlaine, sobre Arthur Rimbaud)

Edição, introdução e notas: Ivan Pinheiro Machado
Capa: Ivan Pinheiro Machado
Revisão final: L&PM Editores

CIP-Brasil. Catalogação na publicação
Sindicato Nacional dos Editores de Livros, RJ.

R433t

Rimbaud, Arthur, 1854-1891
Uma temporada no inferno *seguido de* Correspondência / Arthur Rimbaud; tradução Paulo Hecker Filho, Alexandre Ribondi; edição, introdução e notas de Ivan Pinheiro Machado. – 1. ed. – Porto Alegre, RS: L&PM, 2016.
320 p. ; 21 cm.

Tradução de: *Une saison en enfer*
ISBN 978-85-254-3397-8

1. Rimbaud, Arthur, 1854-1891 - - Correspondência . 2. Poesia francesa. I. Hecker Filho, Paulo. II. Ribondi, Alexandre. III. Pinheiro Machado, Ivan. IV. Título.

16-31993 CDD: 848
CDU: 821.133.1-1

Rua Comendador Coruja, 314, loja 9 – Floresta – 90220-180
Porto Alegre – RS – Brasil / Fone: 51.3225.5777 – Fax: 51.3221.5380

PEDIDOS & DEPTO. COMERCIAL: vendas@lpm.com.br
FALE CONOSCO: info@lpm.com.br
www.lpm.com.br

Impresso no Brasil
Outono de 2016

SUMÁRIO

O MISTÉRIO RIMBAUD

"Armados de uma ardente paciência,
entraremos nas esplêndidas cidades."
(A. Rimbaud)

Jean-Nicolas Arthur Rimbaud nasceu em Charleville, nas Ardenas Francesas, no dia 20 de outubro de 1854 e morreu em Marselha em 10 de novembro de 1891. Era filho de Frédéric Rimbaud e de Vitalie Cuif Rimbaud. Ele, um militar, pai ausente, que sumiu de casa em 1860. Ela, autointitulada "viúva" (jamais teve a notícia da morte do marido), pessoa extremamente rígida que criou sozinha os quatro filhos, Frédéric, Arthur, Vitalie (que morreu aos 17 anos) e Isabelle. Aos 14 anos Arthur era considerado na escola pública de Charleville onde estudava um aluno especial, um gênio. A prova disso é que venceu o concurso anual que se realizava na França de poesia latina, concorrendo com alunos bem mais velhos do que ele.

Aos 15 anos já se correspondia com Paul Verlaine, poeta que admirava. É nessa época que foge de casa e vai encontrá-lo em Paris. Começa então um tumultuado romance com Verlaine, dez anos mais velho, casado e pai de um filho recém-nascido. Entre idas e vindas, várias fugas para Londres, Paris, Alemanha, tudo termina em 1873, em Bruxelas, numa crise de ciúmes de Verlaine. Desesperado, o poeta de *Festas galantes* dá um tiro em Rimbaud quando ele ameaça abandoná-lo, acertando a sua mão. O ferimento é superficial. Acuado, Rimbaud o denuncia à polícia e Verlaine é preso. Alguns dias depois Arthur retira a queixa, mas mesmo assim

Verlaine é julgado e condenado a dois anos de prisão, dos quais cumpre um ano e meio. Depois de solto ele renega seu passado, sua paixão pelo adolescente de modos irascíveis e grandes olhos azuis para se dedicar à religião, à família e à poesia. A partir daí, Arthur Rimbaud inicia o seu périplo solitário. Antes, porém, o poeta publica por conta própria *Uma temporada no Inferno* através de uma gráfica em Bruxelas. Ele retira alguns exemplares, mas o editor retém quase a totalidade da edição de 500 exemplares por falta de pagamento. A edição é encontrada intacta três décadas depois.

Rodou pelo Oriente Médio, foi mercenário no exército colonial holandês, desertou em Java, trabalhou num circo em Estocolmo e em grandes obras no Chipre e em Gênova, voltou à França e finalmente sumiu na África. Áden, Harar, Choa, os desertos da Abissínia, do Iêmen. Chega em Harar, cidade milenar localizada na parte Leste da Etiópia, antiga Abissínia, em dezembro de 1880. A partir daí passa onze anos ininterruptos, sem jamais voltar para a França, vivendo uma vida terrível, debaixo de 50 graus à sombra, circulando a pé, a cavalo e em lombo de camelos por toda a África Oriental. Os testemunhos deste período são as cartas para a família e depoimentos ocasionais de exploradores, comerciantes e aventureiros que o encontraram ou que trabalharam com ele. Nunca mais falou em poesia. Nunca mais se referiu à literatura em nenhum relato conhecido a partir dos seus 21 anos. Arthur Rimbaud, o mercador, vendia tudo o que era possível vender. Tornou-se argentário e obcecado por fazer fortuna. Atuou também no tráfico de armas e há suspeitas nunca comprovadas de tráfico de escravos. Reza a lenda que, uma vez indagado por um mercador recém-chegado da França se ele era "o poeta Rimbaud de quem falam em Paris", ele teria negado veementemente; "uma coincidência de nomes iguais."

Chegou a comandar caravanas com 200 camelos transportando 3 mil fuzis. Falava mais de dez línguas, inclusive o árabe.

Em maio de 1891, numa cena melancólica, doente, impossibilitado de caminhar e envelhecido pelas privações, ele é embarcado numa padiola e içado até o navio *L'Amazone* no porto de Áden, no Iêmen. Lá embaixo, nas pedras do porto, dezesseis homens olham calados depois de realizarem seu último trabalho. Abdo Rimbo, como chamavam Arthur Rimbaud, está indo embora para morrer. A dor lancinante impede o riso, um adeus mais efusivo. Calados, aqueles homens do deserto quase perdoam seu algoz; aquele europeu duro, estúpido, exigente, que só se referia a eles como "negros sujos, imbecis, bestas de carga". A maldita doença interromperia sua fuga.

Tinha 19 anos quando terminou de escrever "Iluminações", seu último poema. Morreu aos 37, de câncer, depois de ter uma perna amputada, numa dolorosa agonia no hospital Conception em Marselha. Na agonia da morte, estava preocupado apenas com seu dinheiro amealhado com tanto sacrifício e avidez. Há muito havia renegado a poesia que, ironicamente, o tornaria eterno.

A obra, o homem & o mito

A visão que o mundo tem de Rimbaud é um caleidoscópio. Ela muda de cor, de forma, se transforma e nunca é definitiva. Não é concreta, não é real. A lenda tomou conta da biografia e o mito soterrou o homem. Os poemas são poderosos fragmentos biográficos, embora eles não desenhem um Rimbaud preciso. Seus delírios, suas alucinações, suas iluminações e temporadas no inferno por vezes indicam traços do poeta. Mas a poesia acabou quando ele estava saindo da adolescência, aos 19 anos. Aí começa a saga mítica rimbaudiana, que não deixou versos, mas quase se sobrepõe ao poeta. Porque dela se tem apenas indícios, documentos desbotados, depoimentos de aventureiros (alguns, inconfiáveis), cartas, mas na verdade se sabe muito pouco. Seu périplo africano já foi objeto de centenas de livros. Dezenas de estudiosos tentaram interpretar esta fuga para o nada. Afinal, do quê fugia o poeta? Tudo é mistério, indícios vagos, traços, aquarelas esmaecidas, retratos imprecisos. Enfim, cada um tem o "seu" Rimbaud. Kerouac, Gide, Alain Borer, Proust, Verlaine, Charles Nicholl, Allen Ginsberg, Henry Miller etc. etc., cada um incorporou o poeta à sua maneira.

Adolescente, se achava parnasiano; escreveu ao poeta Théodore de Banville, editor da revista *Le Parnasse contemporain*, enviando poemas e mentindo a idade (tinha 15 anos e dizia ter 17). Tomado de selvagem inspiração, é nesta época que muda radicalmente seu comportamento, iniciando uma vida de fugas, escândalos, idas e vindas entre a metrópole (Paris, Bruxelas, Londres) e a mesquinharia provinciana de Charleville-Mézières, onde vive a superprotetora mãe que o amante Verlaine debochava chamando de "Mother". É a partir daí que desenvolve sua poesia. Uma poesia inclassificável que se coloca à frente do seu tempo, destruindo ideais românticos, construindo metáforas alucinadas e geniais que o projetariam muito além de sua deserção do ofício de poeta, e além da sua morte miserável num quarto úmido de hospital em Marselha. A obra completa de Arthur Rimbaud cabe num volume de 223 páginas, como é a edição da célebre *Rimbaud- Oeuvres Complètes* da Bibliothèque de La Pléiade (Gallimard, 1972); os poemas em prosa "Uma temporada no inferno" e "Iluminações", mais uma centena de poemas, entre os quais o mais famoso é "Le bateau ivre" com seus exatos 100 versos. Uma obra muito pequena, mas com tal potência que alargou as fronteiras da arte, derrubando paradigmas, causando perplexidade nos seus contemporâneos, tal é a dimensão da ponte que ele construiu para o futuro. Poeta maldito, desesperado, foi reivindicado na posteridade por vários movimentos poéticos e artísticos como parnasianos, simbolistas, dadaístas, surrealistas, entre muitos outros.

Imediatamente após a sua morte passou a ser reconhecido e cultuado não só pela modernidade de seus escritos, mas pelo enigma imperscrutável que representou sua vida.

Neste livro, publicamos uma edição bilíngue de "Uma temporada no Inferno" traduzido por Paulo Hecker Filho, seguido de uma completa cronologia da vida de Rimbaud e de uma antologia de sua correspondência com Paul Verlaine, com a família, especialmente as cartas africanas. Incluímos também textos inéditos para o leitor brasileiro; são prefácios e artigos produzidos por Paul Verlaine após a morte de Rimbaud.

Ivan Pinheiro Machado, 2016

Cronologia

1854. *20 de outubro:* Arthur Rimbaud nasce na Rue Napoléon, 12, em Charleville. É o segundo filho de Frédéric Rimbaud (1814) e Vitalie Cuif (1815).

1858. *15 de junho:* nasce Vitalie Rimbaud, a primeira irmã de Rimbaud.

1860. *1º de junho:* nasce Isabelle, a segunda irmã de Rimbaud.

1861. *Outubro:* Rimbaud ingressa no Institut Rossât de Charleville, onde se revela um aluno brilhante.

1865. *Abril:* ele é matriculado com seu irmão mais velho, Frédéric (1853), na escola pública de Charleville. Começa sua amizade com Ernest Delahaye (1853).

1868. *8 de maio:* compõe uma ode latina em segredo.

1869. Três de seus deveres escolares em versificação latina são publicados em revistas: dois no *Moniteur de l'enseignement secondaire*, o boletim oficial da Academia de Douai, e um terceiro na *La Revue pour tous*, um semanário dominical parisiense muito popular.

1870. *2 de janeiro:* seu primeiro poema em francês, "A consoada dos órfãos", é publicado pela *La Revue pour tous.*

14 de janeiro: Georges Izambard (1848) é nomeado professor de retórica no colégio de Charleville. Rimbaud encanta-se com esse homem que, no entanto, abandona suas funções em julho.

29 de agosto: sem o conhecimento de sua família, Rimbaud pega um trem para Paris. Uma vez que não tem como pagar a passagem, é levado à prisão de Mazas, onde fica preso por dez dias.

2 de outubro: Rimbaud foge de novo. Chega às Ardenas belgas passando por Givet, depois segue para Charleroi e Bruxelas, antes de ir procurar Georges Izambard em Douai e, enfim, de voltar para Charleville.

1871. *Fevereiro:* Rimbaud viaja de novo para Paris e passeia por quinze dias.

19 de abril: ele parte mais uma vez rumo à capital, onde os comunalistas enfrentam os versalheses, mas dá meia-volta antes de chegar.

15 de maio: envia a Paul Demeny, poeta amigo de Izambard, uma declaração poética que mais tarde veio a ser conhecida como a "Carta do vidente".

Agosto: escreve a Verlaine (1844) e envia-lhe alguns poemas.

Por volta de 10 de setembro: chega a Paris a convite de Verlaine e hospeda-se por alguns dias na casa dos Mauté de Fleurville, os sogros do poeta; em seguida, reside em diversos quartos emprestados ou alugados.

Outubro-dezembro: frequenta com Verlaine os clubes literários dos Vilains Bonshommes e do Círculo Zútico, para o qual trabalha por pouco tempo.

1872. *Março:* Rimbaud volta a Charleville.

Junho: retorna novamente a Paris.

7 de julho: deixa Paris em companhia de Verlaine, que abandona sua esposa, Mathilde Mauté (1853), e seu filho Georges (1871).

9 de julho: Rimbaud e Verlaine instalam-se em Bruxelas.

8 de setembro: eles se mudam para Londres, na Howland Street.

Fim de novembro: Rimbaud volta sozinho para Charleville.

1873. *Janeiro:* ao chamado de Verlaine, Rimbaud retorna a Londres. A vida em comum recomeça.

4 de abril: Rimbaud e Verlaine deixam a Inglaterra.

12 de abril: Rimbaud vai para a fazenda de sua mãe em Roche.
26 de maio: viaja mais uma vez para Londres em companhia de Verlaine.
3 de julho: após uma briga, Verlaine abandona Rimbaud precipitadamente e viaja para Bruxelas.
8 de julho: Rimbaud encontra-se com Verlaine em Bruxelas.
10 de julho: Verlaine atira em Rimbaud com um revólver, ferindo-o no punho esquerdo. Depois de se tratar, Rimbaud dá queixa na polícia, mas a retira alguns dias depois. Mesmo assim, Verlaine é condenado a dois anos de prisão.
20 de julho: Rimbaud volta para Roche, onde acaba de escrever *Uma temporada no inferno.*
Outubro: Uma temporada no inferno é publicada por conta do autor pela Alliance typographique de Bruxelas.
Novembro: Rimbaud vai a Paris, onde ninguém quer saber dele.

1874. *Fim de março:* viaja para Londres com Germain Nouveau (1851), e hospedam-se na Stamford Street. Rimbaud escreve *Iluminações.*
Junho: Germain Nouveau volta para a França.
Outubro-novembro: à procura de emprego, Rimbaud coloca anúncios em jornais ingleses.
Dezembro: volta para as Ardenas.

1875. *13 de fevereiro:* Rimbaud muda-se para Stuttgart, onde trabalha como preceptor.
Março: recebe a visita de Verlaine, que tenta convertê-lo.
Fim de abril: deixa Stuttgart e empreende uma longa viagem até Milão, atravessando os Alpes a pé. Em seguida, vai a Livorno. Uma insolação o obriga a voltar para a França.
Julho: passa mais um tempo em Paris, onde revê alguns dos escritores e artistas que conheceu na

época dos Vilains Bonshommes e do Círculo Zútico.
Outubro: está de volta a Charleville e recebe aulas de piano.
18 de dezembro: sua irmã Vitalie morre aos dezessete anos.

1876. *Março:* Rimbaud viaja até Viena, na Áustria, onde é roubado e obrigado a voltar a pé para a França.
Maio: alista-se no exército colonial das Índias holandesas e faz seu treinamento militar em Harderwijk, nos Países Baixos.
10 de junho: embarca no *Prins van Oranje* com destino à Batávia.
Julho: encontra-se num acampamento militar em Java.
30 de agosto: após desertar, embarca em um navio escocês com destino à Grã-Bretanha, passando pela Cidade do Cabo e pelos Açores.
Dezembro: do Havre, onde desembarca, ele volta para Charleville.

1877. *Abril:* Rimbaud viaja para a Alemanha e pelos países escandinavos.
19 de maio: no consulado dos Estados Unidos em Bremen, ele apresenta um requerimento (em inglês) para se alistar no exército norte-americano.
Junho: trabalha para um circo ambulante em Estocolmo e Copenhague.
Setembro: vai para Marselha, onde toma um navio para Alexandria. Doente, é obrigado a desembarcar na Itália. Ele visita Roma e volta para casa.

1878. *Agosto-setembro:* pela primeira vez na vida, ele trabalha na fazenda de sua mãe em Roche.
20 de outubro: parte a pé para a Itália.
17 de novembro: seu pai, Frédéric Rimbaud, morre em Dijon.
19 de novembro: em Gênova, ele embarca para o Egito.

Dezembro: Rimbaud é contratado por uma empresa francesa de construção para supervisionar um canteiro de obras em Larnaca, na ilha do Chipre.

1879. *Junho:* tendo contraído febre tifoide, ele deixa o Chipre e volta para as Ardenas.

1880. *Março:* volta ao Chipre, onde é contratado pela administração britânica.

20 de julho: conflitos no trabalho o obrigam a deixar a ilha. Após uma escala em Alexandria, ele parte em direção ao mar Vermelho.

Agosto: encontra trabalho em Áden numa empresa francesa de importação e exportação, a Mazeran, Viannay, Bardey et Cie.

2 de novembro: a empresa o envia para Harar, na Abissínia.

13 de dezembro: Rimbaud chega a Harar.

1881. *Janeiro:* por carta, ele pede que sua mãe lhe compre uma "bagagem fotográfica".

Setembro: não aguenta mais viver em Harar e quer deixar a cidade.

1882. *22 de março:* volta a trabalhar em Áden, ainda para a mesma empresa.

Setembro: seus empregadores oferecem-lhe um cargo de diretor em Harar. Ele aceita sem hesitar.

1883. Dessa vez, ele se aclimata bem em Harar. Contudo, rumores de guerra e de invasão deixam o futuro incerto.

1884. *Janeiro:* a empresa Mazeran, Viannay, Bardey et Cie entra em falência.

Abril: os Bardey (os irmãos Pierre e Alfred) criam uma nova empresa de importação e exportação e contratam Rimbaud por seis meses.

Junho: Rimbaud é alocado em Áden.

1885. *10 de janeiro:* ele assina com os Bardey um novo contrato de um ano. Seu trabalho consiste em comprar café.

Outubro: pede demissão e associa-se a Pierre Labatut para vender armas ao rei de Choa, Menelik,

que está em guerra contra seu suserano, o imperador Joannes IV.
Novembro: Rimbaud chega a Tadjoura para preparar a expedição.

1886. Inúmeros contratempos (incluindo a doença de Labatut) atrasam a partida da caravana.
Abril: Rimbaud associa-se a um outro negociante, Paul Soleillet, mas este morre inesperadamente.
Outubro: ele resolve conduzir sozinho o comboio de armas e parte para Ankober, a capital de Choa.

1887. *6 de fevereiro:* ao fim de uma viagem infernal, Rimbaud chega a Ankober. Menelik não está na cidade.
Fevereiro-março: Ele é informado de que o rei está em Entoto e decide ir a seu encontro. Rimbaud conhece o engenheiro suíço Alfred Ilg. Menelik compra as armas a preço bastante reduzido. Labatut morre, e sua viúva reclama a Rimbaud o pagamento de diversas dívidas.
1º de maio: Rimbaud parte para Harar em companhia do explorador Jules Borelli.
Julho: acerta algumas pendências em Áden e embarca em seguida para o Cairo.
25 e 27 de agosto: o jornal *Le Bosphore égyptien* publica o relato de Rimbaud sobre Harar e Choa.
Outubro: volta para Áden.

1888. *Abril:* Rimbaud assume uma nova expedição de armas para Harar. Tem a ideia de criar seu próprio negócio de comércio internacional.
Maio: em Áden, ele assina um acordo com o negociante César Tian e instala-se em Harar.
Setembro: recebe Borelli em sua casa.
Dezembro: oferece estadia a Ilg.

1889. *11 de março:* o imperador Joannes IV morre em uma batalha contra fundamentalistas muçulmanos na fronteira do Sudão.
Julho: Menelik sucede a Joannes IV.

1890. *Abril:* Como seus negócios estão indo bem em Harar, Rimbaud pensa em romper o contrato com Tian.

Maio: Durante um passeio a cavalo, sofre uma queda e começa a sentir fortes dores no joelho direito.

1891. *Fevereiro:* as dores no joelho tornam-se cada vez mais insuportáveis.

7 de abril: Rimbaud parte de Harar, transportado numa liteira, a fim de consultar médicos na costa. A viagem é extremamente dolorosa.

Início de maio: é internado no hospital europeu de Áden, onde um médico o aconselha a voltar para a França.

20 de maio: Rimbaud chega a Marselha e é conduzido ao hospital da Conception. Os médicos tomam a decisão de amputar sua perna direita.

23 de maio: alertada, a sra. Rimbaud vai para junto do filho.

27 de maio: a operação é realizada com aparente sucesso.

8 de junho: a sra. Rimbaud volta para casa.

23 de julho: Rimbaud toma um trem para as Ardenas. Em Roche, o coto provoca-lhe dores atrozes.

23 de agosto: acompanhado de sua irmã Isabelle, Rimbaud toma o trem de volta para Marselha. Ele pretende embarcar num navio para o mar Vermelho.

25 de agosto: semi-inconsciente, é de novo internado no hospital da Conception.

25 de outubro: aceita receber o capelão do hospital.

9 de novembro: delirando, ele dita à irmã sua última carta.

10 de novembro: Rimbaud morre no início da tarde.

Uma temporada no inferno

edição bilíngue

Tradução de Paulo Hecker Filho

Une saison en enfer

Jadis, si je me souviens bien, ma vie était un festin où s'ouvraient tous les coeurs, où tous les vins coulaient.

Un soir, j'ai assis la Beauté sur mes genoux. – Et je l'ai trouvée amère. – Et je l'ai injuriée.

Je me suis armé contre la justice.

Je me suis enfui. Ô sorcières, ô misère, ô haine, c'est à vous que mon trésor a été confié!

Je parvins à faire s'évanour dans mon esprit toute l'espérance humaine. Sur toute joie pour l'étrangler j'ai fait le bond sourd de la bête féroce.

J'ai appelé les bourreaux pour, en périssant, mordre la crosse de leurs fusils. J'ai appélé les fléux, pour m'étouffer avec le sable, le sang. Le malheur a été mon dieu. Je me suis allongé dans la boue. Je me suis séché à l'air du crime. Et j'ai joué de bons tours à la folie.

Et le printemps m'a apporté l'afreux rire de l'idiot.

Or, tout dernièrement m'étant trouvé sur le point de faire le dernier *couac!* j'ai songé à rechercher la clef du festin ancien, où je reprendrais peut-être appétit.

La charité est cette clef. – Cette inspiration prouve que j'ai rêvé!

"Tu resteras hyène, etc...", se récrie le démon qui me couronna de si aimables pavots. "Gagne la mort avec tous tes appetits, et ton égoïsme et tous les péchés capitaux."

Ah! j'en ai trop pris: – Mais, cher Satan, je vous en conjure, une prunelle moins irritée! et en attendant les quelques petites lâchetés en retard, vous qui aimez dans l'écrivain l'absence des facultés descriptives ou instructives, je vous détache ces quelques hideux feuillets de mon carnet de damné.

Uma temporada no inferno

Antes, se lembro bem, minha vida era um festim em que se abriam todos os corações, todos os vinhos corriam.

Uma noite, fiz a Beleza sentar no meu colo. E achei amarga. Injuriei.

Me preveni contra a justiça.

Fugi. Ó bruxas, ó miséria, ó ódio, meu tesouro foi entregue a vocês!

Consegui fazer desaparecer do meu espírito toda a esperança humana. Para extirpar qualquer alegria dava o salto mudo do animal feroz.

Chamei o pelotão para, morrendo, morder a coronha dos fuzis. Chamei os torturadores para me afogarem com areia, sangue. A desgraça foi meu Deus. Me estendi na lama. Fui me secar no ar do crime. Preguei peças à loucura.

E a primavera me trouxe o riso horrível do idiota.

Ora, ultimamente, chegando ao ponto de soltar o último *basta!*, pensei em buscar a chave do antigo festim, que talvez me devolvesse o apetite dele.

A caridade é a chave. – Inspiração que prova que eu estava sonhando!

"Continuarás hiena etc...", repete o demônio que me orna de amáveis flores de ópio. "A morte virá com todos os teus desejos, e o teu egoísmo e todos os pecados capitais."

Ah! pequei demais: – Mas, caro Satã, por favor, um cenho menos carregado! e esperando algumas pequenas covardias em atraso, como aprecia no escritor a falta de faculdades descritivas e instrutivas, lhe destaco estas assustadoras páginas do meu bloco de condenado eterno.

Mauvais sang

J'ai de mes ancêtres gaulois l'oil bleu blanc, la cervelle étroite, et la maladresse dans la lutte. Je trouve mon habillement aussi barbare que le leur. Mais je ne beurre pas ma chevelure.

Les Gaulois étaient les écorcheurs de bêtes, les brûleurs d'herbes les plus ineptes de leur temps.

D'eux, j'ai: l'idolâtrie et l'amour du sacrilège; – oh! tous les vices, colère, luxure, – magnifique, la luxure; – surtout mensonge et paresse.

J'ai horreur de tous les métiers. Maîtres et ouvriers, tous paysans, ignobles. La main à plume vaut la main à charrue. – Quel siècle à mais! – Je n'aurai jamais ma main. Après, la domesticité mène trop loin. L'honnêteté de la mendicité me navre. Les criminels dégoûtent comme des châtrés: moi, je suis intact, et ça m'est égal.

Mais! qui a fait ma langue perfide tellement, qu'elle ait guidé et sauvegardé jusqu'ici ma paresse? Sans me servir pour vivre même de mon corps, et plus oisif que le crapaud, j'ai vécu partout. Pas une famille d'Europe que je ne connaisse. – J'entends des familles comme la mienne, qui tiennent tout de la déclaration des Droits de l'Homme. – J'ai connu chaque fils de famille!

Si j'avais des antécédents à un point quelconque de l'histoire de France!

Mais non, rien.

Il m'est bien évident que j'ai toujours été race inférieure. Je ne puis comprendre la révolte. Ma race ne se souleva jamais que pour piller: tels les loups à la bête qu'ils n'ont pas tuée.

Mau sangue

Tenho dos ancestrais gauleses olhos azuis-claros, crânio estreito, imperícia na luta. Minha vestimenta acho tão bárbara quanto a deles, mas não emplastro o cabelo.

Os gauleses eram os carneadores de animais e queimadores de campo mais ineptos da época.

Tenho deles a idolatria e o amor do sacrilégio. Oh, todos os vícios, cólera, luxúria – magnífica, a luxúria –, sobretudo a mentira e a preguiça.

Detesto todos os ofícios. Chefes e operários, tudo campônios, ignóbeis. A mão na pena vale a mão no arado. – Que século de mãos! Não darei nunca a minha. Depois, ser doméstico leva longe demais. A honestidade de mendigar me aflige. Os criminosos repugnam como os castrados: eu, estou intacto, e para mim é o mesmo.

Mas! quem me fez assim a língua para guiar e salvaguardar até aqui a minha preguiça? Sem me servir para viver de fato do meu corpo, mais ocioso que o sapo, tenho vivido por toda parte. Não há uma família da Europa que eu não conheça. – Refiro-me a famílias como a minha, que pegam tudo da Declaração de Direitos do Homem. – Conheci cada filho-família!

Se eu tivesse antecessores a uma altura qualquer da história da França!

Mas não, nada.

Fica evidente que fui sempre raça inferior. Não posso compreender a revolta. Minha raça só se subleva para pilhar, como os lobos com o animal que não mataram.

Je me rappelle l'histoire de la France fille aînée de l'Église. J'aurais fait, manant, le voyage de terre sainte; j'ai dans la tête des routes dans les plaines souabes, des vues de Byzance, des remparts de Solyme; le culte de Marie, l'attendrissement sur le crucifié s'éveillent en moi parmi mille féeries profanes. – Je suis assis, lépreux, sur les pots cassés et les orties, au pied d'un mur rongé par le soleil. – Plus tard, reître, j'aurais bivaqué sous les nuits d'Allemagne.

Ah! encore: je danse le sabbat dans une rouge clairière, avéc des vieilles et des enfants.

Je ne me souviens pas plus loin que cette terre-ci et le christianisme. Je n'en finirais pas de me revoir dans ce passé. Mais toujours seul; sans famille; même, quelle langue parlais-je? Je ne me vois jamais dans les conseils du Christ; ni dans les conseils des Seigneurs, – représentants du Christ.

Qu'étais-je au siècle dernier: je ne me retrouve qu'aujourd'hui. Plus de vagabonds, plus de guerres vagues. La race inférieure a tout couvert – le peuple, comme on dit, la raison; la nation et la science.

Oh! la science! On a tout repris. Pour le corps et pour l'âme, – le viatique, – on a la médecine et la philosophie, – les remèdes de bonnes femmes et les chansons populaires arrangées. Et les divertissements des princes et les jeux qu'ils interdisaient! Géographie, cosmographie, mécanique, chimie!...

La science, la nouvelle noblesse! Le progrès. Le monde marche! Pourquoi ne tournerait-il pas?

C'est la vision des nombres. Nous allons à *l'Esprit.* C'est très-certain, c'est oracle, ce que je dis. Je comprends, et ne sachant m'expliquer sans paroles païennes, je voudrais me taire.

Le sang païen revient! L'Esprit est proche, pourquoi Christ ne m'aide-t-il pas, en donnant à mon âme

Lembro a história da França, filha mais velha da Igreja. Rústico, eu teria feito a viagem à terra santa; tenho na memória as estradas pelas planícies suávias, as vistas de Bizâncio, as muralhas de Solimão; o culto de Maria, o enternecimento sobre o crucificado se erguem em mim entre mil magias profanas. – Estou sentado, leproso, entre vasos quebrados e urtigas, ao pé duma parede descascada pelo sol. Mais tarde, cavaleiro germânico, ia bivacar sob as noites da Alemanha.

Ah! ainda: danço o sabá numa clareira rubra, com velhas e crianças.

Não recordo além desta terra e do cristianismo. Não acabo de me rever no passado. Mas sempre só, sem família; que língua eu falava mesmo? Nunca me vejo nas recomendações do Cristo; nem nas dos Proprietários – representantes do Cristo.

Fosse quem fosse no século passado, não dou comigo senão hoje. Nada mais de vagabundos nem de guerras vagas. A raça inferior cobriu tudo – o povo, como se diz, a razão; a nação e a ciência.

Oh, a ciência! Tudo foi retomado, para o corpo e para a alma; o viático – temos a medicina e a filosofia, os remédios das comadres e as canções populares musicadas. E as diversões dos príncipes e os jogos que proibiam! Geografia, cosmografia, mecânica, química!...

A ciência, a nova nobreza! O progresso. O mundo anda! Por que não giraria?

É a visão dos números. Vamos ao *Espírito*. É certíssimo, oracular, o que digo. Compreendo, e sem saber me explicar sem palavras pagãs, preferia calar.

O sangue pagão retorna! Se o Espírito está próximo, por que Cristo não o ajuda, dando à minha alma noblesse et liberté. Hélas! l'Evangile a passé! l'Évangile! l'Évangile.

J'attends Dieu avec gourmandise. Je suis de race inférieure de toute éternité.

Me voici sur la plage armoricaine. Que les villes s'allument dans le soir. Ma journée est faite; je quitte l'Europe. L'air marin brûlera mes poumons; les climats perdus me tanneront. Nager, broyer l'herbe, chasser, fumer surtout; boire des liqueurs fortes comme du métal bouillant, – comme faisaient ces chers ancêtres autour des feux.

Je reviendrai, avec des membres de fer, la peau sombre, l'œil furieux: sur mon masque, on me jugera d'une race forte. J'aurai de l'or: je serai oisif et brutal. Les femmes soignent ces féroces infirmes retour des pays chauds. Je serai mêlé aux affaires politiques. Sauvé.

Maintenant je suis maudit, j'ai horreur de la patrie. Le meilleur, c'est un sommeil bien ivre, sur la grève.

On ne part pas. Reprenons les chemins d'ici, chargé de mon vice qui a poussé ses racines de souffrance à mon côté, dès l'âge de raison – qui monte au ciel, me bat, me renverse, me traîne.

La dernière innocence et la dernière timidité. C'est dit. Ne pas porter au monde mes dégoûts et mes trahisons.

Allons! La marche, le fardeau, le désert, l'ennui et la colère.

À qui me louer? Quelle bête faut-il adorer? Quelle sainte image attaque-t-on? Quels coeurs briserai-je? Quel mensonge dois-je tenir? – Dans quel sang marcher?

Plutôt, se garder de la justice. – La vie dure, l'abrutissement simple, – soulever, le poing desséché, le couvercle du cercueil, s'asseoir, s'étouffer. Ainsi point de vieillesse, ni de dangers: la terreur n'est pas française.

nobreza e liberdade? Ai, o Evangelho caducou! O Evangelho! O Evangelho.

Aguardo Deus com gula. Sou de raça inferior por toda a eternidade.

Eis-me na praia provinciana. Que as cidades se acendam de noite. Minha jornada terminou, abandono a Europa. O ar marinho queimará meus pulmões, climas ignotos me curtirão. Nadar, desbastar verdes, caçar, sobretudo fumar; tomar bebidas fortes como metal fundindo, como faziam nossos caros ancestrais em volta do fogo.

Voltarei, com membros de ferro, a pele sombria, olhar furioso; pela máscara, me julgarão raça forte. Terei dinheiro; vou ser ocioso e brutal. As mulheres cuidam dos ferozes doentes de volta dos países tropicais. Entrarei nos negócios políticos. Serei salvo.

Por ora sou maldito, tenho horror da pátria. O melhor é um sono bem bêbado na praia.

A gente não parte. Retoma o caminho, e carregando meu vício, o vício que lançou raízes de dor ao meu lado desde a idade da razão, e sobe ao céu, me bate, me derruba, me arrasta.

A última inocência e a última timidez. Está dito. Não levar ao mundo meus dissabores e minhas traições.

Vamos! O ir, o fardo, o deserto, o tédio e a cólera.

A quem me alugar? Que animal é preciso que adore? Que santa imagem nos agredirá? Que corações partirei? Que mentira devo sustentar? Em que ânimo avançar?

Antes de tudo, acautelar-se com a justiça. A dura vida, o simples embrutecimento; levantar, com a mão seca, a tampa do caixão, sentar, se asfixiar. Assim nada de velhice nem de perigos: o terror não é francês.

– Ah! je suis tellement délaissé que j'offre à n'importe quelle divine image des élans vers la perfection.

Ô mon abnégation, ô ma charité merveilleuse! ici-bas, pourtant!

De profundis Domine, suis-je bête!

Encore tout enfant, j'admirais le forçat intraitable sur qui se referme toujours le bagne; je visitais les auberges et les garnis qu'il aurait sacrés par son séjour; je voyais *avec son idée* le ciel bleu et le travail fleuri de la compagne; je flairais sa fatalité dans les villes. Il avait plus de force qu'un saint, plus de bon sens qu'un voyageur – et lui, lui seul! pour térmoin de sa gloire et de sa raison.

Sur les routes, par des nuits d'hiver, sans gîte, sans habits, sans pain, une voix étreignait mon coeur gelé: "Faiblesse ou force: te voilà, c'est la force. Tu ne sais ni où tu vas ni pourquoi tu vas, entre partout, réponds à tout. On ne te tuera pas plus que si tu étais cadavre." Au matin j'avais le regard si perdu et la contenance si morte, que ceux que j'ai recontrés *ne m'ont peut-être pas vu.*

Dans les villes la boue m'apparaissait soudainement rouge et noire, comme une flace quand la lampe circule dans la chambre voisine, comme un trésor dans la forêt! Bonne chance, criais-je, et je voyais une mer de flammes et de fumée au ciel; et, à gauche, à droite, toutes les richesses flambant comme un milliard de tonnerres.

Mais l'orgie et la camaraderie des femmes m'étaient interdites. Pas même un compagnon. Je me voyais devant une foule exaspérée, en face du peloton d'exécution, pleurant du malheur qu'ils n'aient pu comprendre, et pardonnant! – Comme Jeanne d'Arc! – "Prêtres, professeurs, maîtres, vous vous trompez en me livrant à la justice. Je n'ai jamais été de ce peuple-ci; je n'ai jamais été chrétien; je suis de la race qui chantait dans le supplice; je ne comprends pas les lois; je n'ai pas le sens moral, je suis une brute : vous vous trompez..."

Ah! estou tão abandonado que ofereço a não importa que imagem divina os impulsos para a perfeição.

Ó minha abnegação, ó minha maravilhosa caridade! aqui na terra, no entanto.

De profundis Domine, estou aparvalhado!

Em pequeno, admirava o condenado intratável sempre nas galés; visitava albergues e quartos mobiliados que ele consagrara por ter estado ali; via *com sua mente* o céu azul e o trabalho florido do campo; farejava sua fatalidade nas cidades. Tinha mais força que um santo, mais bom-senso que um viajante e ele, só ele! por testemunha de sua glória e motivação.

Nas estradas, por noites de inverno, sem morada, sem um abrigo, sem pão, uma voz comprimia meu coração gelado: "Fraqueza ou força: está aí, é força. Não sabes nem onde vais nem por que vais, passas por tudo, respondes a tudo. Não te matarão mais, por já seres cadáver". De manhã tinha o olhar tão perdido e o aspecto tão morto que os que encontrava teriam *podido não me ver.*

Nas cidades, o barro me parecia de repente vermelho e negro, como um espelho quando o lampião é removido no quarto vizinho, como um tesouro na floresta! Boa sorte, exclamava e via um mar de chamas e de fumos no céu; e, à esquerda, à direita, todas as riquezas em labaredas como um bilhão de centelhas.

Mas a orgia e a camaradagem das mulheres me eram proibidas. Nem mesmo um companheiro. Via-me diante de uma multidão exasperada, frente ao pelotão de execução, chorando do infortúnio que teriam podido entender, e perdoando! Como Joana d'Arc! "Padres, professores, advogados, enganam-se entregando-me à justiça. Nunca fui deste povo, nunca fui cristão; sou da espécie que cantava no suplício; não conheço as leis; não tenho senso moral, sou um tosco: se enganam..."

Oui, j'ai les yeux fermés à votre lumière. Je suis une bête, un nègre. Mais je puis être sauvé. Vous êtes de faux nègres, vous maniaques, féroces, avares. Marchand, tu es nègre; magistrat, tu es nègre; tu es nègre; empereur, vielle démangeaison, tu es nègre : tu as bu d'une liqueur non taxée, de la fabrique de Satan. – Ce peuple est inspiré par la fièvre et le cancer. Infirmes et vieillards sont tellement respectables qu'ils demandent à être bouillis. – Le plus malin est de quitter ce continent, où la folie rôde pour pourvoir d'otages ces misérables. J'entre au vrai royaume des enfants de Cham.

Connais-je encore la nature? me connais-je? – *Plus de mots.* J'ensevelis les morts dans mon ventre. Cris, tambour, danse, danse, danse, danse! Je ne vois même pas l'heure où, les blancs débarquant, je tomberai au néant.

Faim, soif, cris, danse, danse, danse, danse!

Les blancs débarquent. Le canon! Il faut se soumettre au baptême, s'habiller, travailler.

J'ai reçu au coeur le coup de la grâce. Ah! je ne l'avais pas prévu!

Je n'ai point fait le mal. Les jours vont m'être légers, le repentir me sera épargné. Je n'aurai pas eu les tourments de l'âme presque morte au bien, où remonte la lumière sévère comme les cierges funéraires. Le sort du fils de famille, cercueil prématuré couvert de limpides larmes. Sans doute la débauche est bête, le vice est bête; il faut jeter la pourriture à l'écart. Mais l'horloge ne sera pas arrivée à ne plus sonner que l'heure de la pure douleur! Vais-je être enlevé comme un enfant, pour jouer au paradis dans l'oubli de tout le malheur!

Vite! est-il d'autres vies? – Le sommeil dans la richesse est impossible. La richesse a toujours été bien public.

Sim, tenho a vista fechada à vossa luz. Sou um animal, um negro. Mas posso ser salvo. Vós sois falsos negros, vós, maniáticos, irascíveis, avarentos. Comerciante, és negro; magistrado, és negro; general, és negro; imperador, velha sarna, és negro: bebeste o vinho não tributado da fábrica de Satã. – Esta gente está inspirada pela febre e o câncer. Doentes e velhos são tão respeitáveis que pedem para ser fervidos. – O mais astuto é deixar este continente, onde a loucura corre para fornecer reféns a esses miseráveis. Entro no verdadeiro reino dos filhos de Cam*.

Conheço ainda a natureza? Conheço a mim mesmo? – *Chega de palavras.* Sepulto os mortos no meu ventre. Gritos, tambor, dança, dança, dança! Não vejo a hora em que, ao desembarcarem os brancos, cairei no nada.

Fome, sede, gritos, dança, dança, dança, dança!

Os brancos desembarcaram. O canhão! Cumpre se submeter ao batismo, se vestir, trabalhar.

Recebi no coração o golpe da graça. Ah! não tinha previsto isso.

Não fiz o mal. Os dias me serão leves, o arrependimento, poupado. Não terei as torturas da alma quase morta no bem, de onde sobe a luz severa como dos círios fúnebres. A sorte do filho-família, prematuro caixão coberto de límpidas lágrimas. Sem dúvida a devassidão é torpe, o vício é torpe; é de jogar fora a podridão. Mas o relógio não conseguirá dar senão a hora da pura dor! Vou ser arrebatado como uma criança, para brincar de paraíso, esquecido de toda a desgraça!

Rápido! existem outras vidas? – O sono na riqueza é impossível. A riqueza sempre foi bem público. Só o

* Cam ou Cão, segundo filho de Noé. Seus descendentes, segundo a história sagrada, formaram a raça negra. (N.T.).

L'amour divin seul octroie les clefs de la science. Je vois que la nature n'est qu'un spectacle de bonté. Adieu chimères, idéals, erreurs.

Le chant raisonnable des anges s'élève du navire sauveur : c'est l'amour divin. – Deux amours! je puis mourir de l'amour terrestre, mourir de dévouement. J'ai laissé des âme dont la peine s'accroîtra de mon départ! Vous me choisissez parmi les naufragés; ceux qui restent sont-ils pas mes amis?

Sauvez-les!

La raison m'est née. Le monde est bon. Je bénirai la vie. J'aimerai mes frères. Ce ne sont plus des promesses d'enfance. Ni l'espoir d'échapper à la vieillesse et à la mort. Dieu fait ma force, et je loue Dieu.

L'ennui n'est plus mon amour. Les rages, les débauches, la folie, dont je sais tous les élans et les désastres, – tout mon fardeau est déposé. Apprécions sans vertige l'étendue de mon innocence.

Je ne serais plus capable de demander le réconfort d'une bastonnade. Je ne me crois pas embarqué pour une noce avec Jésus-Christ pour beau-père.

Je ne suis pas prisonnier de ma raison. J'ai dit: Dieu. Je veux la liberté dans le salut: comment la poursuivre? Les goûts frivoles m'ont quitté. Plus besoin de dévouement ni d'amour divin. Je ne regrette pas le siècle des coeurs sensibles. Chacun a sa raison, mépris et charité: je retiens ma place au sommet de cette angélique échelle de bon sens.

Quant au bonheur établi, doméstique ou non... non, je ne peux pas. Je suis trop dissipé, trop faible. La vie fleurit par le travail, vieille vérité: moi, ma vie n'est pas assez pesante, elle s'envole et flotte loin au-dessus de l'action, ce cher point du monde.

Comme je deviens vieille fille, à manquer du courage d'aimer la mort!

amor divino outorga as chaves do conhecimento. Vejo que a natureza não é um espetáculo de bondade. Adeus, quimeras, ideais, erros.

O canto sensato dos anjos se ergue do navio salvador: é o amor divino. – Dois amores! posso morrer do amor terrestre, morrer de devotamento. Abandonei almas cuja pena aumentou com a minha partida! Me escolheste entre os náufragos. Os que ficaram não são meus amigos?

Salvai-os!

Nasce-me a razão. O mundo é bom. Abençoarei a vida. Amarei meus irmãos. Não são mais promessas de infância. Nem a esperança de escapar à velhice e à morte. Deus faz a minha força, e eu louvo Deus.

O tédio já não é meu amor. As raivas, as farras, a loucura, de que sei todos os ímpetos e os desastres –, larguei meu fardo inteiro. Vejamos sem vertigem a medida da minha inocência.

Não serei mais capaz de pedir o reconforto de uma flagelação. Não me creio indo para um casamento com Jesus Cristo por sogro.

Não sou prisioneiro da minha razão. Disse: Deus. Quero a liberdade na salvação: como obtê-la? Os gostos frívolos me deixaram. Não é mais necessária a devoção nem o amor divino. Não sinto falta da moda dos corações sensíveis. Cada um tem sua razão, desprezo e caridade: mantenho o lugar no topo dessa angélica escada de bom-senso.

Quanto à felicidade estabelecida, doméstica ou não... não, não posso. Sou dissipado demais, fraco demais. A vida floresce pelo trabalho, velha verdade: eu, minha vida não é tão pesada, se alça e flutua longe acima da ação, essa apreciada exigência do mundo.

Como eu me torno mulher velha, sem coragem de amar a morte!

Si Dieu m'accordait le calme céleste, aérien, la prière, – comme les anciens saints. – Les saints! des forts! les anachorètes, des artistes comme il n'en faut plus!

Farce continuelle! Mon innocence me ferait pleurer. La vie est la farce à mener par tous.

Assez! voici la punition. – *En marche*!

Ah! les poumons brûlent, les tempes grondent! la nuit roule dans mes yeux, par ce soleil! le coeur... les membres...

Où va-t-on? au combat? Je suis faible! les autres avancent. Les outils, les armes... le temps!...

Feu! feu sur moi! Là! ou je me rends. – Lâches! – Je me tue! Je me jette aux pieds des chevaux!

Ah!...

– Je m'y habituerai.

Ce serait la vie française, le sentier de l'honneur!

Se Deus me concedesse a calma celeste, aérea, a prece, como aos antigos santos – os santos! uns fortes! os anacoretas, artistas como não há mais!

Farsa permanente! Minha inocência me fará chorar. A vida é a farsa a levar por todos.

Basta! Eis a punição. – *Marchar*!

Ah! Os pulmões ardem, as fontes pulsam! A noite me passa pelos olhos, neste sol! O coração... os membros...

Onde vamos? ao combate? Sou débil! Os outros avançam. As ferramentas, as armas... o tempo!...

Fogo! fogo em mim! Aqui! ou me rendo. – Covardes! – Mato-me! Me jogo nas patas dos cavalos!

Ah!...

– Me acostumarei.

Essa seria a maneira francesa, a senda da honra!

Nuit de l'enfer

J'ai avalé une fameuse gorgée de poison. – Trois fois béni soit le conseil qui m'est arrivé! – Les entrailles me brûlent. La violence du venin tord mes membres me rend difforme, me terrasse. Je meurs de soif, j'étouffe, je ne puis crier. C'est l'enfer, l'éternelle peine! Voyez comme le feu se relève! Je brûle comme il faut. Va, démon!

J'avais entrevu la conversion au bien et au bonheur, le salut. Puis-je décrire la vision, l'air de l'enfer ne souffre pas les hymnes! C'était des millions de créatures charmantes, un suave concert spirituel, la force et la paix, les nobles ambitions, que sais-je?

Les nobles ambitions!

Et c'est encore la vie! – Si la damnation est éternelle! Un homme qui veut se mutiler est bien damné, n'est-ce pas? Je me crois en enfer, donc j'y suis. C'est l'exécution du catéchisme. Je suis esclave de mon baptême. Parents, vous avez fait mon malheur et vous avez fait le vôtre. Pauvre innocent! – L'enfer ne peut attaquer les païens. – C'est la vie encore! Plus tard, les délices de la damnation seront plus profondes. Un crime, vite, que je tombe au néant, de par la loi humaine.

Tais-toi, mais tais-toi!... C'est la honte, le reproche, ici: Satan qui dit que le feu est ignoble, que ma colère est affreusement sotte. – Assez!... Des erreurs qu'on me souffle, magies, parfums faux, musiques puériles. – Et dire que je tiens la vérité, que je vois la justice: j'ai un jugement sain et arrêté, je suis prêt pour la perfection... Orgueil. – La peau de ma tête se dessèche. Pitié! Seigneur, j'ai peur. J'ai soif, si soif! Ah! l'enfance, l'herbe, la pluie, le lac sur les pierres, *le*

Noite do inferno

Engoli um senhor gole de veneno. – Três vezes abençoado seja o conselho que me deram! – As entranhas me ardem. A violência do veneno torce meus membros, me torna disforme, me prostra. Morro de sede, sufoco, não consigo gritar. É o inferno, a pena eterna! Vejam como o fogo se ergue! Queimo como deve ser. Anda, demônio!

Entrevi a conversão ao bem e à felicidade, a salvação. Pudesse descrever a visão, o ar do inferno não suporta hinos! Eram milhões de criaturas encantadoras, um suave concerto espiritual, a força e a paz, as nobres ambições, que sei?

As nobres ambições!

E ainda é a vida! – Se a danação é eterna! Um homem que quer se mutilar está condenado, não é? Não creio no inferno, pois estou nele. É a execução do catecismo. Sou escravo do meu batismo. Pais, fizeram a minha desgraça e a de vocês. Pobre inocente! – O inferno não pode acometer os pagãos. – É a vida ainda! Mais tarde, as delícias da danação vão ser mais profundas. Um crime, ligeiro, que eu caia no nada, segundo a lei humana.

Cala-te, mas cala-te!... É a vergonha, a censura, aqui: Satã é quem diz que o fogo é abjeto, que minha cólera é terrivelmente tola. – Basta!... Os equívocos que me passam, magias, falsos perfumes, músicas pueris. – E dizer que apreendo a verdade, discirno a justiça: possuo um julgamento são e moderado, estou pronto para a perfeição. Orgulho. – A pele do meu crânio desseca. Piedade! Senhor, tenho medo. E sede, tanta sede! Ah! a infância, a grama, a chuva, o lago sobre as pedras, *clair de lune quand le clocher sonnait douze*... le diable est au clocher, à cette heure. Marie! Sainte-Vierge!... – Horreur de ma bêtise.

Là-bas, ne sont-ce pas des âmes honnêtes, qui me veulent du bien... Venez... J'ai un oreiller sur la bouche, elles ne m'entendent pas, ce sont des fantômes. Puis, jamais personne ne pense à autrui. Qu'on n'approche pas. Je sens le roussi, c'est certain.

Les hallucinations sont innombrables. C'est bien ce que j'ai toujours eu: plus de foi en l'histoire, l'oubli des principes. Je m'en tairai: poètes et visionnaires seraient jaloux. Je suis mille fois le plus riche, soyons avare comme la mer.

Ah çà! l'horloge de la vie s'est arrêtée tout à l'heure. Je ne suis plus au monde. – La théologie est sérieuse, l'enfer est certainement *en bas* – et le ciel en haut. – Extase, cauchemar, sommeil dans un nid de flammes.

Que de malices dans l'attention dans la campagne... Satan, Ferdinand, cour avec les graines sauvages... Jésus marche sur les ronces purpurines, sans les courber... Jésus marchait sur les eaux irritées. La lanterne nous le montra debout, blanc et des tresses brunes, au flanc d'une vague d'émeraude...

Je vais dévoiler tous les mystères: mystères religieux ou naturels, mort, naissance, avenir, passé, cosmogonie, néant. Je suis maître en fantasmagories.

Écoutez!...

J'ai tous les talents! – Il n'y a personne ici et il y a quelqu'un: je ne voudrais pas répandre mon trésor. – Veut-on des chants nègres, des danses de houris? Veut-on que je disparaisse, que je plonge à la recherche de *l'anneau*? Veut-on? Je ferai de l'or, des remèdes.

o luar quando o campanário batia as doze... o diabo está ali nessa hora. Maria! Santa Virgem!... – Horror da minha tolice.

Não estão lá boas gentes, que me querem bem?... Venham... Tenho um travesseiro na boca, não me escutam, são fantasmas. Ademais, nunca ninguém pensa no outro. Não cheguemos perto. Sinto cheiro de queimado, é certo.

As alucinações são inumeráveis. É bem o que eu sempre tive: não mais fé na história, o esquecimento dos princípios. Não falo deles: poetas e visionários teriam inveja. Sou mil vezes mais rico, sejamos avaros como o mar.

Ah isto! o relógio da vida parou há pouco. Não estou mais no mundo. – A teologia é séria, o inferno é sem dúvida *embaixo* – e o céu, no alto. – Êxtase, pesadelo, sono num ninho de chamas.

Quantas travessuras em atenção ao campo... Satã, Ferdinand*, corre com as sementes selvagens... Jesus caminha sobre as sarças purpúreas, sem curvá-las... Jesus anda sobre as águas encrespadas. A lanterna mostra-o de pé, branco, com tranças escuras, na borda de uma onda de esmeralda...

Quero desvelar todos os mistérios: mistérios religiosos ou naturais, morte, nascimento, futuro, passado, cosmogonia, nada. Sou mestre em fantasmagorias.

Ouçam!...

Tenho todos os talentos! – Não há ninguém aqui e há alguém: não gostaria de espalhar meu tesouro. – Querem cantos negros, danças de huris? Querem que eu desapareça, que mergulhe em busca do *anel*? Querem? Farei ouro, remédios.

---

* Provável alusão ao imperador germânico que odiava o protestantismo e causou a Guerra dos Trinta Anos no século XVII. (N.T.)

Fiez-vous donc à moi, la foi soulage, guide, guérit. Tous, venez, – même les petits enfants, – que je vous console, qu'on répande pour vous son coeur, – le coeur merveilleux! – Pauvres hommes, travailleurs! Je ne demande pas de prières; avec votre confiance seulement, je serai heureux.

– Et pensons à moi. Ceci me fait peu regretter le monde. J'ai de la chance de ne pas souffrir plus. Ma vie ne fut que folies douces, c'est regrettable.

Bah! faisons toutes les grimaces imaginables.

Décidément, nous sommes hors du monde. Plus aucun son. Mon tact a disparu. Ah! mon château, ma Saxe, mon bois de saules. Les soirs, les matins, les nuits, les jours... Suis-je las!

Je devrais avoir mon enfer pour la colère, mon enfer pour l'orgueil, – et l'enfer de la caresse; un concert d'enfers.

Je meurs de lassitude. C'est le tombeau, je m'en vais aux vers, horreur de l'horreur! Satan, farceur, tu veux me dissoudre, avec tes charmes. Je réclame. Je réclame! un coup de fourche, une goutte de feu.

Ah! remonter à la vie! Jeter les yeux sur nos difformités. Et ce poison, ce baiser mille fois maudit! Ma faiblesse, la cruauté du monde! Mon Dieu, pitié, cachez moi, je me tiens trop mal! – Je suis caché et je ne le suis pas.

C'est le feu qui se relève avec son damné.

Confiem em mim, a fé alivia, guia, cura. Todos, venham – mesmo as criancinhas – que os consolarei, reparto o coração dele – o coração maravilhoso! – Pobres homens, trabalhadores! Não peço preces; com sua confiança apenas, estou satisfeito.

– E pensemos em mim. Isso me leva a ter pouca saudade do mundo. Tenho a possibilidade de não sofrer mais. Minha vida não passou de doces loucuras, é lamentável.

Bah! Façamos todas as caretas imagináveis.

Decididamente, estamos fora do mundo. Mais nenhum som. Meu tato sumiu. Ah! meu castelo, minha Saxe, meu bosque de salgueiros. As tardes, as manhãs, as noites, os dias. Estou ali!

Deveria ter meu inferno pela cólera, meu inferno pelo orgulho – e o inferno da carícia; um concerto de infernos.

Morro de lassidão. É a tumba, vou para os vermes, horror dos horrores! Satã, farsante, queres me diluir com teus feitiços. Me queixo. Me queixo! Um golpe do tridente, uma gota de fogo.

Ah! voltar à vida! Lançar os olhos sobre nossas deformidades. E este veneno, este beijo mil vezes maldito! Minha fraqueza, a crueldade do mundo! Meu Deus, piedade, esconde-me, me aguento mal! – Estou oculto e não estou.

É o fogo que cresce, com seu condenado.

Délires

I

Vierge Folle

L'Époux Infernal

Écoutons la confession d'un compagnon d'enfer:

"Ô divin Époux, mon Seigneur, ne refusez pas la confession de la plus triste de vos servantes. Je suis perdue. Je suis soûle. Je suis impure. Quelle vie!

"Pardon, divin Seigneur, pardon! Ah! pardon! Que de larmes! Et que de larmes encore plus tard, j'espère!

"Plus tard, je connaîtrai le divin Époux! Je suis née soumise à Lui. – L'autre peut me battre maintenant!

"À présent, je suis au fond du monde! Ô mes amies!... non, pas mes amies... Jamais délires ni tortures semblables... Est-ce bête!

"Ah! je souffre, je crie. Je souffre vraiment. Tout pourtant m'est permis, chargée du mépris des plus méprisables coeurs.

"Enfin, faisons cette confidence, quitte à la répéter vingt autres fois, – aussi morne, aussi insignifiante!

"Je suis esclave de l'Époux infernal, celui qui a perdu les vierges folles. C'est bien ce démon-là. Ce n'est pas un spectre, ce n'est pas un fantôme. Mais moi qui ai perdu la sagesse, qui sui damnée et morte au monde, – on ne me tuera pas! – Comment vous le décrire! Je ne sais même plus parler. Je suis en deuil, je pleure, j'ai peur. Un peu de fraîcheur, Seigneur, si vous voulez, si vous voulez bien!

Delírios

I

Virgem Louca

O Esposo Infernal

Escutemos a confissão de um colega de inferno:

"Ó divino Esposo, meu Senhor, não recuse a confissão da mais triste de tuas servas. Estou perdida. Sou ébria. Sou impura. Que vida!

"Perdão, divino Senhor, perdão! Ah! Perdão! Quantas lágrimas! E quantas lágrimas espero ainda mais tarde!

"Mais tarde, conhecerei o divino Esposo! Nasci submissa a Ele. – O outro pode me bater agora!

"No momento, estou no fundo do mundo! Ó minhas amigas!... não, não minhas amigas... Nunca delírios nem torturas semelhantes... É tolo!

"Ah! Sofro, grito. Sofro realmente. Mas tudo me é permitido, cheia de desprezo pelos corações desprezíveis.

"Enfim, façamos esta confidência, com liberdade para repeti-la vinte outras vezes – tão morna, tão insignificante!

"Sou escrava do Esposo infernal, o que levou à perdição as virgens loucas. É esse o demônio. Não um espectro, não um fantasma. Mas eu que perdi a sensatez, que fui condenada e morta no mundo – não me matarão! – como descrevê-lo! Não sei mesmo mais falar. Estou de luto, claro, tenho medo. Um pouco de frescor, Senhor, se quiser, se de fato quiser!

"Je suis veuve... – J'étais veuve... – mais oui, j'ai été bien sérieuse jadis, et je ne suis pas née pour devenir squelette!... – Lui était presque un enfant... Ses délicatesses mystérieuses n'avaient séduite. J'ai oublié tout mon devoir humain pour le suivre. Quelle vie! La vraie vie est absente. Nous ne sommes pas au monde. Je vais où il va, il le faut. Et souvent il s'emporte contre moi, *moi, la pauvre âme*. Le Démon! – C'est un Démon, vous savez, *ce n'est pas un homme.*

"Il dit: 'Je n'aime pas les femmes. L'amour est à réinventer, on le sait. Elles ne peuvent plus que vouloir une position assurée. La position gagnée, coeur et beauté sont mis de côté: il ne reste que froid dédain, l'aliment du mariage, aujourd'hui. Ou bien je vois des femmes, avec les signes du bonheur, dont, moi, j'aurais pu faire de bonnes camarades, dévorées tout d'abord par des brutes sensibles comme des bûchers...'

"Je l'écoute faisant de l'infamie une gloire, de la cruauté un charme. 'Je suis de race lointaine: mes pères étaient Scandinaves: ils se perçaient les côtes, buvaient leur sang. – Je me ferai des entailles partout le corps, je me tatouerai, je veux devenir hideux comme un Mongol: tu verras, je hurlerai dans les rues. Je veux devenir bien fou de rage. Ne me montre jamais de bijoux, je ramperais et me tordrais sur le tapis. Ma richesse, je la voudrais tachée de sang partout. Jamais je ne travaillerai...' Plusieurs nuits, son démon me saisissant, nous nous roulions, je luttais avec lui! – Les nuits, souvent, ivre, il se poste dans des rues ou dans des maisons, pour m'épouvanter mortellement. – 'On me coupera vraiment le cou; ce sera dégoûtant.' Oh! ces jours où il veut marcher avec l'air du crime!

"Parfois il parle, en une façon de patois attendri, de la mort qui fait repentir, des malheureux qui existent certainement, des travaux pénibles, des départs qui déchirent les coeurs. Dans les bouges où nous nous enivrions, il pleurait en considérant ceux qui nous entouraient, bétail de la misère. Il relevait les ivrognes dans les

"Sou viúva... – Era viúva... – mas sim, outrora fui bem séria, e não nasci para me tornar esqueleto!... – Ele era quase uma criança... Suas delicadezas misteriosas me tinham seduzido. Esqueci qualquer dever humano para segui-lo. Que vida! A verdadeira vida está ausente. Não estamos no mundo. Vou onde ele vai, é preciso. E às vezes briga comigo, *comigo, a pobre alma.* O Demônio! – É um Demônio, sabem, *não é um homem.*

"Diz: 'Não amo as mulheres. O amor está para ser inventado, sabe-se. Elas só podem desejar uma situação segura. Ganha a situação, coração e beleza são postos de lado: não resta senão frio desdém, o alimento do casamento hoje! Ou então vejo mulheres com sinais de felicidade, que eu podia tornar boas camaradas, já endurecidas por rústicos, sensíveis como açougueiros...'

"Escuto-o a fazer da infâmia uma glória, da crueldade um atrativo. 'Pertenço à raça distante: meus pais eram escandinavos: faziam incisões nas costas, bebiam o sangue. – Farei entalhes por todo o corpo, me tatuarei, quero me tornar assustador como um mongol: vais ver, berrarei pelas ruas. Quero me tornar louco de raiva. Nunca me mostras joias, vou me arrastar e retorcer no tapete. Minha riqueza, gostaria de manchá-la de sangue por toda parte. Nunca trabalharei...' Muitas noites, seu demônio me tomando, rolamos juntos, lutava com ele! Seguido ele me aguarda à noite, bêbado, numa rua ou sob um teto, para me amedrontar mortalmente. – 'Vão me cortar o pescoço mesmo, que nojo.' Oh, os dias em que quer andar com a aura do crime!

"Às vezes fala, numa espécie de gíria enternecida, da morte que faz se arrepender, dos infelizes que sem dúvida existem, dos trabalhos penosos, das separações que dilaceram os corações. Nas espeluncas onde nos embriagamos, chorava observando os que estavam em volta, gado da miséria. Levantava os bêbados nas ruas

rues noires. Il avait la pitié d'une mère méchante pour les petits enfants. – Il s'en allait avec des gentillesses de petite fille au catéchisme. – Il feignait d'être éclairé sur tout, commerce, art, médecine. – Je le suivais, il le faut!

"Je voyais tout le décor dont, en esprit, il s'entourait; vêtements, draps, meubles: je lui prêtais des armes une autre figure. Je voyais tout ce qui le touchait, comme il aurait voulu le crèer pour lui. Quand il me semblait avoir l'esprit inerte, je le suivais, moi, dans des actions étranges et compliquées, loin, bonnes ou mauvaises: j'étais sûre de ne jamais entrer dans son monde. À côté de son cher corps endormi, que d'heures des nuits j'ai veillé, cherchant pourquoi il voulait tant s'évader de la réalité. Jamais homme n'eut pareil voeu. Je reconnaissals, – sans craindre pour lui, – qu'il pouvait être un sérieux danger dans la société. – Il a peut-être des secrets pour *changer la vie*? Non, il ne fait qu'enchercher, me répliquais-je. Enfin sa charité est ensorcelée, et j'en suis la prisonnière. Aucune autre âme n'aurait assez de force, – force de désespoir! – pour la supporter, – pour être protégée et aimée par lui. D'ailleurs, je ne me le figurais pas avec une autre âme: on voit son Ange, jamais l'Ange d'un autre, – je crois. J'étais dans son âme comme dans un palais qu'on a vidé pour ne pas voir une personne si peu noble que vous: voilà tout. Hélas! je dépendais bien de lui. Mais que voulait-il avec mon existence terne et lâche? Il ne me rendait pas meilleure, s'il ne me faisait pas mourir! Tristement dépitée, je lui dis quelquefois: "Je te comprends." Il haussait les épaules.

"Ainsi, mon chagrin se renouvelant sans cesse, et me trouvant plus égarée à mes yeux, – comme à tous les yeux qui auraient voulu me fixer, si je n'eusse été condamnée pour jamais à l'oubli de tous! – j'avais de plus en plus faim de sa bonté. Avec ses baisers et ses étreintes amies, c'était bien un ciel, un sombre ciel, où j'entrais, et où j'aurais voulu être laissée, pauvre, sourde, muette, aveugle. Déjà j'en pre-

escuras. Tinha a piedade de uma mãe malvada pelos filhinhos. – Ia embora com gentilezas de menina aprendendo o catecismo. – Fingia estar a par de tudo, comércio, arte, medicina. – Eu o seguia, era preciso.

"Eu via todo o ambiente no qual, em espírito, se envolvia; roupas, lençóis, móveis: eu lhe dava força, uma outra figura. Via tudo o que tocava, como se tivesse querido criar cada coisa por ele mesmo. Quando me parecia com o espírito inerte, eu o seguia em ações estranhas e complicadas, longe, boas ou más: estava segura de nunca entrar em seu mundo. Ao lado de seu querido corpo adormecido, quantas horas noturnas de vigília, me perguntando por que ele queria tanto se evadir da realidade. Nenhum homem teve igual propósito. Reconhecia – sem temer por ele – que podia constituir um sério perigo em sociedade. – Possui talvez segredos para *mudar a vida*? Não, não faz mais que os buscar, me replicava. Enfim sua caridade é encantada, e dela sou a prisioneira. Nenhuma outra alma teria tanta força – força de desespero! – para suportá-la – para ser protegida e amada por ele. Aliás, não o vejo com outra alma: vislumbro seu Anjo, nunca o Anjo de um outro, creio. Eu estava em sua alma como num palácio que se esvaziou para não ver uma pessoa tão pouco nobre como vós, eis tudo. Ai! Eu dependia muito dele. Mas o que ele queria com a minha existência tenra e frouxa? Ele não me tornava melhor, se não me fazia morrer! Tristemente despeitada, dizia-lhe não raro: 'Eu te entendo'. Ele dava de ombros.

"Assim, minha mágoa se renovando sem cessar, e me achando mais perdida a meus olhos – como a todos os olhos que tivessem querido me fixar, se eu tivesse sido condenada para sempre ao esquecimento de todos! – tinha cada vez mais fome da sua bondade. Com seus beijos e seus abraços amigos, era enfim um céu, um céu sombrio, em que eu estava e onde desejaria ser deixada,

nais l'habitude. Je nous voyais comme deux bons enfants, libres de se promener dans le Paradis de tristesse. Nous nous accordions. Bien émus, nous travaillions ensemble. Mais, après une pénétrante caresse, il disait: 'Comme ça te paraîtra drôle, quand je n'y serai plus, ce par quoi tu as passé. Quand tu n'auras plus mes bras sous ton cou, ni mon coeur pour t'y reposer, ni cette bouche sur tes yeux. Parce qu'il faudra que je m'en aille, très loin, un jour. Puis il faut que j'en aide d'autres: c'est mon devoir. Quoique ce ne soit guère ragoûtant..., chère âme...' Tout de suite je me presentais, lui parti, en proie au vertige, précipitée dans l'ombre la plus affreuse: la mort. Je lui faisais promettre qu'il ne me lâcherait pas. Il l'a faite vingt fois, cette promesse d'amant. C'etait aussi frivole que moi lui disant: 'Je te comprends.'

"Ah! je n'ai jamais été jalouse de lui. Il ne me quittera pas, je crois. Que devenir? Il n'a pas une connaissance, il ne travaillera jamais. Il veut vivre somnambule. Seules, sa bonté et sa charité lui donneraient-elles droit dans le monde réel? Par instants, j'oublie la pitié où je suis tombée: lui me rendra forte, nous voyagerons, nous chasserons dans les deserts, nous dormirons sur les pavés des villes inconnues, sans soins, sans paines. Ou je me réveillerai, et les lois et les moeur auront changé, – grâce à son pouvoir magique, – le monde, en restant le même, me laissera à mes désirs, joies, nonchalances. Oh! la vie d'aventures qui existe dans les livres des enfants, pour me récompenser, j'ai tant souffert, me la donneras-tu? Il ne peut pas. J'ignore son idéal. Il m'a dit avoir des regrets, des espoirs: cela ne doit pas me regarder. Parle-t-il à Dieu? Peut-être devrais-je m'adresser à Dieu. Je suis au plus profond de l'abîme, et je ne sais plus prier.

"S'il m'expliquait ses tristesses, les comprendrais-je plus que ses railleries? Il m'attaque, il passe des heures à me faire honte de tout ce qui m'a pu toucher au monde, et s'indigne si je pleure.

pobre, surda, muda, cega. Já ia me acostumando. Emocionados, trabalhávamos juntos. Mas, depois de uma carícia penetrante, ele dizia: 'Como isso te soará engraçado quando eu não estiver aqui, isso por que passaste. Quando não tiveres mais meus braços em volta do pescoço, nem meu peito para nele descansares, nem minha boca fechando-te os olhos. Porque é preciso que eu vá embora, para longe, um dia. E tenho de ajudar a outros, é meu dever. Embora isso não seja apetecível... cara amiga'... Em seguida o pressenti, tendo partido, presa de vertigem, precipitado na sombra mais temível, a morte. Fazia com que prometesse que não me abandonaria. Vinte vezes fez essa promessa de amante. Era tão superficial quanto eu lhe dizendo: 'Te entendo'.

"Ah! Nunca tive ciúmes dele. Não vai me deixar, acreditava. Que se tornaria? Não tem um preparo, nunca vai trabalhar. Quer viver sonâmbulo. Sua bondade e sua caridade, sozinhas, lhe darão o direito de ser no mundo real? Por instantes, esqueço a piedade em que caí: ele me fará forte, viajaremos, caçaremos nos desertos, dormiremos nas ruas de cidades desconhecidas, sem cuidados, sem dissabores. Ou despertava, e as leis e os costumes tinham mudado – graças ao seu poder mágico –, o mundo, continuando o mesmo, me abandonaria aos meus desejos, alegrias, indolências. Oh! A vida de aventuras que existe nos livros infantis, para me recompensar, tanto sofri, me darás? Ele não pode. Ignoro seu ideal. Contou-me ter remorsos, esperanças, o que não deve me dizer respeito. Fala ele com Deus? Talvez devesse me dirigir a Deus. Estou no fundo do abismo e já não sei mais rezar.

"Se me explicasse suas tristezas, as entenderia melhor que suas troças? Me agride, passa horas me dando vergonha por tudo o que possa me emocionar no mundo, e se indigna se choro.

" 'Tu vois cet élégant jeune homme, entrant dans la belle et calme maison: il s'appelle Duval, Dufour, Armand, Maurice, que sais-je? Une femme s'est dévouée à aimer ce méchant idiot: elle est morte, c'est certes une sainte au ciel, à présent. Tu me feras mourir comme il a fait mourir cette femme. C'est notre sort, à nous, coeurs charitables...' Hélas! il avait des jours où tous les hommes agissant lui paraissaient les jouets de délires grotesques: il riait affreusement, longtemps. – Puis, il reprenait ses manières de jeune mère, de soeur aimée. S'il était moins sauvage, nous serions sauvés! Mais sa douceur aussi est mortelle. Je lui suis soumise. – Ah! je suis folle!

"Un jour peut-être il disparaîtra merveilleusement; mais il faut que je sache, s'il doit remonter à un ciel, que je voie un peu l'assomption de mon petit ami!"

Drôle de ménage!

"– Vês este elegante jovem entrando na bela e calma casa: chama-se Duval, Dufour, Armand, Maurice, que sei eu?* Uma mulher se dedicou a amar esse idiota malvado: morreu, sem dúvida é uma santa no céu atualmente. Me farás morrer como ele fez morrer a essa mulher. É o nosso destino, de corações caridosos..." Ai! Ele tinha dias em que todos os homens agindo pareciam-lhe títeres de delírios grotescos: ria horrivelmente, muito tempo. – Logo retomava a sua atitude de jovem mãe, de irmã amada. Fosse menos selvagem e estaríamos salvos! Mas sua doçura também é mortal. Sou-lhe submissa. – Ah! Sou louca!

"Um dia talvez ele desaparecerá maravilhosamente; mas é preciso que eu saiba, se deve subir a um céu, que assista um pouco à assunção de meu amiguinho!"

Casal diferente!

---

* Alusão a Armand Duval, protagonista de *A Dama das Camélias*, de Dumas Filho, e a ela própria. (N.T.)

Délires

II

Alchimie du verbe

À moi. L'histoire d'une de mes folies.

Depuis longtemps je me vantais de posséder tous les paysages possibles, et trouvais dérisoires les célébrités de la peinture et de la poésie moderne.

J'aimais les peintures idiotes, dessus de portes, décors, toiles de saltimbanques, enseignes, enluminures populaires; la littérature démodée, latin d'église, livres érotiques sans orthographe, romans de nos aïeules, contes de fées, petits livres de l'enfance, opéras vieux, refrains niais, rhythmes naïfs.

Je rêvais croisades, voyages de découvertes dont on n'a pas de relations, républiques sans histoires, guerres de religion étouffées, révolutions de moeurs, déplacements de races et de continents: je croyais à tous les enchantements.

J'inventai la couleur des voyelles! – *A* noir, *E* blanc, *I* rouge, *O* bleu, *U* vert. – Je réglai la forme et le mouvement de chaque consonne, et, avec des rhythmes instinctifs, je me flattai d'inventer un verbe poétique accessible, un jour ou l'autre, à tout les sens. Je réservais la traduction.

Ce fut d'abord une étude. J'écrivais des silences, des nuits, je notais l'inexprimable. Je fixais des vertiges.

Loin des oiseaux, des troupeaux, des villageoises,
Que buvais-je, à genoux dans cette bruyère
Entourée de tendres bois de noisetiers,
Dans un brouillard d'après-midi tiède et vert?

Delírios

II

Alquimia do verbo

Para mim. A história das minhas loucuras.

Há muito me gabava de possuir todas as paisagens possíveis, e julgava irrisórias as celebridades da pintura e da poesia moderna.

Gostava das pinturas idiotas, em portas, decorações, telas circenses, placas, iluminuras populares; a literatura fora de moda, o latim da igreja, livros eróticos sem ortografia, romances de nossos antepassados, contos de fadas, pequenos livros infantis, velhas óperas, estribilhos ingênuos, ritmos ingênuos.

Sonhava com as cruzadas, viagens de descobertas de que não existem relatos, repúblicas sem histórias, guerras de religião esmagadas, revoluções de costumes, deslocamentos de raças e continentes: acreditava em todas as magias.

Inventava a cor das vogais! – *A* negro, *E* branco, *I* vermelho, *O* azul, *U* verde. Regulava a forma e o movimento de cada consoante, e, com ritmos instintivos, me vangloriava de ter inventado um verbo poético acessível, um dia ou outro, a todos os sentidos. Era comigo traduzi-los.

Foi primeiro um experimento. Escrevia silêncios, noites, anotava o inexprimível. Fixava vertigens.

Longe dos pássaros, do gato, dos campônios,
O que eu bebia, de joelhos no gramado,
Entre os doces troncos das aveleiras,
Na névoa quente e verde da tarde?

Que pouvais-je boire dans cette jeune Oise,
– Ormeaux sans voix, gazon sans fleurs, ciel
[couvert! –
Boire à ces gourdes jeunes, loin de ma case
Chérie? Quelque liqueur d'or qui fait suer.

Je faisais une louche enseigne d'auberge.
– Un orage vint chasser le ciel. Au soir
L'eau des bois se perdait sur les sables vierges,
Le vent de Dieu jetait des glaçons aux mares;

Pleurant, je voyais de l'or – et ne pus boire. –

À quatre heures du matin, l'été,
Le sommeil d'amour dure encore.
Sous les bocages s'évapore
L'odeur du soir fêté.

Là-bas, dans leur vaste chantier
Au soleil des Hespérides,
Déjà s'agitent – en bras de chemise -
Les Charpentiers.

Dans leurs Déserts de mousse, tranquilles,
Ils préparent les lambris précieux
Où la ville
Peindra de faux cieux.

Ô, pour ces Ouvriers charmants
Sujets d'un roi de Babylone,
Vénus! quitte un instant les Amants
Dont l'âme est en couronne.

Que podia beber no juvenil Oise
– Olmos sem voz, grama sem flores, céu coberto! –
Das cabaças amarelas, longe da minha choupana
Querida? Algum álcool dourado, de suar.

Fazia uma torta tabuleta de albergue.
– Uma tormenta vem tapar o céu. À noite,
A água das árvores se perdia nas areias virgens,
O vento de Deus jogava granizos nos banhados;

Chorando, via o ouro – e não pude beber.

No verão às quatro da manhã
O sono do amor ainda dura.
Sob o arvoredo se evapora
            O odor da noite de festa.

Ali, na vasta cocheira,
Das Hespérides* ao sol,
Já, em mangas de camisa,
                        Se movem os Carpinteiros.

Em seus Desertos de seiva, tranquilos,
Preparam os belos painéis
                        em que a cidade terá
            seus falsos céus.

Aos atraentes operários,
Súditos de um rei da Babilônia,
Vênus deixa um instante os Amantes
            Coroada por suas almas.

* As três filhas de Atlas. Tinham um jardim que dava frutos de ouro sob a guarda de um dragão de cem cabeças. Hércules, no décimo primeiro de seus doze trabalhos, mata o dragão e pega os frutos. (N.T.)

Ô Reine des Bergers,
Porte aux travailleurs l'eau-de-vie,
Que leurs forces soient en paix
En attendant le bain dans la mer à midi.

La vieillerie poétique avait une bonne part dans mon alchimie du verbe.

Je m'habituai à l'hallucination simple: je voyais trés-franchement une mosquée à la place d'une usine, une école de tambours faite par des anges, des calèches sur les routes du ciel, un salon au fond d'un lac; les monstres, les mystères; un titre de vaudeville dressait des épouvantes devant moi.

Puis j'expliquai mes sophismes magiques avec l'hallucination des mots!

Je finis par trouver sacré le désordre de mon esprit. J'étais oisif, en proie à une lourde fièvre: j'enviais la félicité des bêtes, – les chenilles, qui représentent l'innocence des limbes, les taupes, le sommeil de la virginité!

Mon caractère s'aigrissait. Je disais adieu au monde dans d'espèces de romances:

Chanson de la plus haute tour

Qu'il vienne, qu'il vienne,
Le temps dont on s'éprenne.

J'ai tant fait patience
Qu'à jamais j'oublie.
Craintes et souffrances
Aux cieux sont parties.
Et la soif malsaine
Obscurcit mes veines.
Qu'il vienne, qu'il vienne,
Le temps dont on s'éprenne.

Ó Rainha dos Pastores,
Traz a aguardente aos que trabalham,
Para manter-lhes as forças até o banho
Do meio-dia no mar.

A velharia poética tinha boa parte na minha alquimia do verbo.

Acostumei-me à alucinação simples: via fácil uma mesquita no lugar de uma fábrica, uma aula de tambores dada por anjos, carruagens nas rotas do céu, um salão no fundo de um lago; os monstros, os mistérios; um título de comédia me sugeria assombros.

Em seguida, explicava meus sofismas mágicos com a alucinação das palavras!

Acabei por considerar sagrada a desordem do meu espírito. Estava ocioso, com febre; invejava a felicidade dos animais – as larvas, que representam a inocência dos limbos, as toupeiras, o sono da virgindade!

Meu caráter se azedava. Dizia adeus ao mundo em espécies de canções:

Canção da torre mais alta

Que venha, que venha
A hora da paixão.

Tenho tido paciência,
Nunca esquecerei.
Temores e dores
Para os céus se foram.
E uma sede insana
Tolda as minhas veias.
Que venha, que venha
A hora da paixão.

Telle la prairie
À l'oubli livrée,
Grandie, et fleurie
D'encens et d'ivraies,
Au bourdon farouche
Des sales mouches.

Qu'il vienne, qu'il vienne,
Le temps dont on s'éprenne.

J'aimai le désert, les vergers brûlés, les boutiques fanées, les boissons tiédies. Je me traînais dans les ruelles puantes et, les yeux fermés, je m'offrais au soleil, dieu de feu.

"Général, s'il reste un vieux canon sur tes remparts en ruines, bombarde-nous avec des blocs de terre seche. Aux glace des magasins splendides! dans les salons! Fais manger sa poussière à la ville. Oxyde les gargouilles. Emplis les boudoirs de poudre de rubis brûlante..."

Oh! le moucheron enivré à la pissotière de l'auberge, amoureux de la bourrache, et que dissout un rayon!

Faim

Si j'ai du goût, ce n'est guère
Que pour la terre et les pierres.
Je déjeune toujours d'air,
De roc, de charbons, de fer.

Mes faims, tournez. Paissez, faims,
Le pré des sons.
Attirez le gai venin
Des liserons.

Mangez les cailloux qu'on brise,
Les vieilles pierres d'églises;

Estou como o campo
Entregue ao olvido,
Crescido e florido
De joios, resinas,
Ao bordão selvagem
Das moscas imundas.

Que venha, que venha
A hora da paixão.

Amava o deserto, os pomares calcinados, as vendinhas descoloridas, as bebidas amornadas. Arrastava-me por ruelas malcheirosas e, de olhos fechados, me oferecia ao sol, deus do fogo.

"General, se sobrou um velho canhão no seu forte em ruínas, nos bombardeie com torrões de terra seca. Nas vitrinas dos magazines esplêndidos! nos salões! Faça a cidade comer sua poeira. Enferruje as bicas. Encha as alcovas do pó crestante de rubis..."

Oh! o rapazinho ébrio no mictório da taverna, encantado com a planta diurética que dissolve um cálculo!

Fome

Se tenho gosto, é quase só
Pela terra e pelas pedras.
Meu almoço é sempre o ar,
A rocha, o carvão, o ferro.

Minhas fomes girem, girem,
　　　　Atravessem os trigais,
Atraiam o alegre veneno
　　　　da flor-de-pau.

Comam os seixos quebráveis,
As velhas pedras das igrejas,

Les galets des vieux déluges,
Pains semés dans les vallées grises.

Le loup criait sous les feuilles
En crachant les belles plumes
De son repas de volailles:
Comme lui je me consume.

Le salades, les fruits
N'attendent que la cueillette;
Mais l'araignée de la haie
Ne mange que des violettes.

Que je dorme! que je bouille
Aux autels de Salomon.
Le bouillon court sur la rouille,
Et se mêle au Cédron.

Enfin, ô bonheur, ô raison, j'écartai du ciel l'azur, qui est du noir, et je vécus, étincelle d'or de la lumière *nature*. De joie, je prenais une expression bouffonne et égarée au possible:

Elle est retrouvée!
Quoi? l'éternité.
C'est la mer mêlée
Au soleil.

Mon ême éternelle,
Observe ton voeu
Malgré la nuit seule
Et le jour en feu.

Donc tu te dégages
Des humains suffrages,

Os biscoitos dos naufrágios,
Os pães jogados nas cinzas.

O lobo uiva entre a folhagem
Cuspindo as bonitas penas
Da sua comida de aves:
Como ele me consumo.

As saladas ou os frutos
Só esperam a colheita;
Mas a aranha do valado
Não come senão violetas.

Que eu durma! Que eu ferva
nos altares do Salomão.
O caldo escorre na ferrugem
e se mistura ao Cedrom*.

Enfim, ó ventura, ó razão, descartava do céu o azul que pende ao negro e vivi, centelha de ouro da luz *natureza.* De alegria, assumia uma expressão no possível bufa e diferente:

Foi enfim achada.
Quê? a eternidade.
É o mar
                    Ao sol.

Minha alma eterna,
Mantém tua promessa
Apesar da noite
Ou do dia em fogo.

Assim te libertas
De humanas querelas

---

* Veio de água da Judeia. Separa Jerusalém do Monte das Oliveiras. (N.T.)

Des communs élans!
Tu voles selon...

– Jamais l'espérance.
Pas d'*orietur*.
Science et patience,
Le supplice est sûr.

Plus de lendemain,
Braises de satin,
Votre ardeur
Est le devoir.

Elle est retrouvée!
– Quoi? – l'Éternité.
C'est la mer mêlée
Au soleil.

Je devins un opéra fabuleux: je vis que tous les êtres ont une fatalité de bonheur: l'action n'est pas la vie, mais une façon de gâcher quelque force, un énervement. La morale est la faiblesse de la cervelle.

À chaque être, plusieurs *autres* vies me semblaient dues. Ce monsieur ne sait ce qu'il fait: il est un ange. Cette famille est une nichée de chiens. Devant plusieurs hommes, je causai tout haut avec un moment d'une de leurs autres vies. – Ainsi, j'ai aimé un porc.

Aucun des sophismes de la folie, – la folie qu'on enferme, – n'a été oublié par moi: je pourrais les redire tous, je tiens le système.

Ma santé fut menacée. La terreur venait. Je tombais dans des sommeils de plusieurs jours, et, levé, je continuais les rêves les plus tristes. J'étais mûr pour le trépas, et par une route de dangers ma faiblesse me menait aux confins du monde et de la Cimmérie, patrie de l'ombre et des tourbillons.

E impulsos comuns!
Voarás por ti...

– Nada de esperanças
Nem de recomeço.
Ciência e paciência,
O suplício é certo.

Fim dos amanhãs,
Brasas de cetim.
É no teu fervor
Que está o dever.

Foi enfim achada!
Quê? A eternidade.
É o mar
Ao sol.

Tornei-me uma ópera fantasiosa: vi que todos os seres têm a fatalidade da ventura: a ação não é a vida, mas o modo de gastar alguma força, um desenervamento. A moral é a fraqueza do cérebro.

A cada ser, várias *outras* vidas me pareciam devidas. Este senhor não sabe o que faz: é um anjo. Esta família é uma ninhada de cães. Com diversos homens, conversava com um momento de uma de suas outras vidas. – Assim, amei um porco.

Nenhum dos sofismas da loucura, a loucura que é internada, foi desprezado por mim; podia dizê-los todos, peguei o sistema.

Minha saúde ficou ameaçada, o terror vinha vindo. Caía em sonos de dias e, de pé, prosseguiam os sonhos mais tristes. Estava maduro para o falecimento; por uma rota de perigos, minha fraqueza me levava aos confins do mundo e da Ciméria, pátria da sombra e dos torvelinhos.

Je dus voyager, distraire les enchantements assemblés sur mon cerveau. Sur la mer, que j'aimais comme si elle eût dû me laver d'une souillure, je voyais se lever la croix consolatrice. J'avais été damné par l'arc-en-ciel. Le Bonheur était ma fatalité, mon remords, mon ver: ma vie serait toujours trop immense pour être dévouée à la force et à la beauté.

Le Bonheur! Sa dent, douce à la mort, m'avertissait au chant du coq, – *ad matutinum,* au *Christus venit,* – dans les plus sombres ville:

Ô saisons, ô châteux!
Quelle âme est sans défauts?

J'ai fait la magique étude
Du bonheur, qu'aucun n'élude.

Salut à lui, chaque fois
Que chante le coq gaulois.

Ah! je n'aurai plus d'envie:
Il s'est chargé de ma vie.

Ce charme a pris âme et corps
Et dispersé les efforts.

Ô saisons, ô châteaux!

L'heure de sa fuite, hélas!
Sera l'heure du trépas.

Ô saisons, ô châteaux!

Cela s'est passé. Je sais aujourd'hui saluer la beauté.

Tive de viajar, distrair os feitiços reunidos no meu cérebro. No mar, que amava como se ele fosse me livrar de uma sujeira, via se erguer a cruz consoladora. Tinha sido condenado pelo arco-íris. A Ventura era a minha fatalidade, meu remorso, meu verme; minha vida será sempre imensa demais para ser dedicada à força e à beleza.

A Ventura! Seu fio, sensível à morte, me advertia ao canto do galo – *ad matutinum* ao *Christus venit* – nas cidades mais sombrias:

Ó estações, ó castelos!
Que alma é sem defeitos?

Fiz o mágico aprendizado
Da Ventura, quem se esquiva.

Salve ela cada vez
Que cante o galo gaulês.

Ânsia já não sentirei,
Ela de mim tomou conta.

Seu encanto me salvou,
Dispensou qualquer procura.

Ó estações, ó castelos!

E ela só irá embora, ai!,
No momento em que eu morrer.

Ó estações, ó castelos!

Isso passou. Hoje sei saudar a beleza.

L'Impossible

Ah! cette vie de mon enfance, la grande route par tous les temps, sobre surnaturellement, plus désintéressé que le meilleur des mendiants, fier de n'avoir ni pays, ni amis, quelle sottise c'était. – Et je m'en aperçois seulement!

– J'ai eu raison de mépriser ces bonshommes qui ne perdraient pas l'occasion d'une caresse, parasites de la propreté et de la santé de nos femmes, aujourd'hui qu'elles sont si peu d'accord avec nous.

J'ai eu raison dans tous mes dédains: puisque je m'évade!

Je m'évade!

Je m'explique.

Hier encore, je soupirais: "Ciel! sommes-nous assez de damnés ici-bas! Moi j'ai tant de temps déjà dans leur troupe! Je les connais tous. Nous nous reconnaissons toujours; nous nous dégoûtons. La charité nous est inconnue. Mais nous sommes polis; nos relations avec le monde sont très-convenables." Est-ce étonnant? Le monde! les marchands, les naïfs! – Nous ne sommes pas déshonorés. – Mais les élus, comment nous recevraient-ils? Or il y a des gens hargneux et joyeux, de faux élus, puisqu'il nour faut de l'audace ou de l'humilité pour les aborder. Ce sont les seuls élus. Ce ne sont pas des bénisseurs!

M'étant retrouvé deux sous de raison – ça passe vite! – je vois que mes malaises viennent de ne m'être pas figuré assez tôt que nous sommes à l'Occident. Les marais occidentaux! Non que je croie la lumière altérée, la forme exténuée, le mouvement égaré... Bon! voici que mon esprit veut absolument se charger de tous les développements cruels qu'a subis l'esprit depuis la fin de l'Orient... Il en veut, mon esprit!

O impossível

Ah! essa vida da minha infância, a grande rota por todos os tempos, sobrenaturalmente sóbria, mais desinteressada que o melhor dos mendigos, ufana de não ter nem pátria nem amigos, que tolice. – E eu mal me apercebia!

– Tive razão em desprezar os bons sujeitos que não perderiam a ocasião de uma carícia, parasitas da limpeza e da saúde de nossas mulheres, hoje em que elas estão tão pouco de acordo conosco.

Tive razão em todos os desdéns; pois vou me evadir!

Evadir!

Explico.

Ontem ainda, suspirava: "Céu! somos os condenados da terra! Eu, já há tanto tempo nessa tropa! Conheço todos. Nos reconhecemos sempre; nos repugnamos. A caridade nos é desconhecida. Mas somos polidos; nossas relações com o mundo são decorosas." É surpreendente? O mundo! os comerciantes, os ingênuos! – Não somos vilipendiados. – Mas os eleitos, como nos receberiam? Ora, há pessoas irascíveis e alegres, falsos eleitos, já que precisamos de audácia ou humildade para abordá-los. São os únicos eleitos. Não dão a bênçao!

Tendo encontrado dois tostões de razão – isso passa ligeiro! – vejo que meus mal-estares vêm de não me ter dado conta mais cedo de que estamos no Ocidente. Os pântanos ocidentais! Não que julgue a lua alterada, a forma extenuada, o movimento equivocado... Bem! meu espírito quer absolutamente se encarregar de todos os desenvolvimentos cruéis que o espírito sofreu desde o fim do Oriente... Tem raiva, meu espírito!

... Mes deux sous de raison sont finis! – L'esprit est autorité, il veut que je sois en Occident. Il faudrait le faire taire pour conclure comme je voulais.

J'envoyais au diable les palmes des martyrs, les rayons de l'art, l'orgueil des inventeurs, l'ardeur des pillards; je retournais à l'Orient et à la sagesse première et éternelle. – Il paraît que c'est un rêve de paresse grossière!

Pourtant, je ne songeais guère au plaisir d'échapper aux souffrances modernes. Je n'avais pas en vue la sagesse bâtarde du Coran. – Mais n'y a-t-il pas un suplice réel en ce que, depuis cette déclaration de la science, le christianisme, l'homme *se joue*, se prouve les évidences, se gonfle du plaisir de répéter ces preuves, et ne vit que comme cela! Torture subtile, niaise; source de mes divagations spirituelles. La nature pourrait s'ennuyer, peut-être! M. Prudhomme est né avec le Christ.

N'est-ce pas parce que nous cultivons la brume! Nous mangeons la fièvre avec nos légumes aqueux. Et l'ivrognerie! et le tabac! et l'ignorance! et les dévouements! – Tout cela est-il assez loin de la pensée de la sagesse de l'Orient, la patric primitive? Pourquoi un monde moderne, si de pareils poisons s'inventent!

Les gens d'Église diront: C'est compris. Mais vous voulez parler de l'Éden. Rien pour vous dans l'histoire des peuples orientaux. – C'est vrai; c'est à l'Éden que je songeais! Qu'est-ce que c'est pour mon rêve, cette pureté des races antiques!

Les philosophes: Le monde n'a pas d'âge. L'humanité se déplace, simplement. Vous êtes en Occident, mais libre d'habiter dans votre Orient, quelque ancien qu'il vous le faille, – et d'y habiter bien. Ne soyez pas un vaincu. Philosophes, vous êtes de votre Occident.

Mon esprit, prends garde. Pas de partis de salut violents. Exerce-toi! – Ah! la science ne va pas assez vite pour nous!

... Meus dois tostões de razão terminaram! – O espírito é autoridade, quer que eu esteja no Ocidente. Cumpre fazê-lo calar para concluir como eu pretendia.

Mando para o inferno o sacrifício dos mártires, os clarões da arte, o orgulho dos inventores, o ardor dos plagiários; volto ao Oriente e à sabedoria primeira e eterna. – Parece uma veleidade de grosseira preguiça!

No entanto, quase não pensava no prazer de escapar aos sofrimentos modernos. Não tinha em vista a sabedoria bastarda do Corão. – Mas há um suplício real no fato de que, desde esta declaração da ciência, o cristianismo, o homem *se exerce*, prova-se com as evidências, se incha do prazer de repetir essas provas, e não vive senão assim! Tortura sutil, boba; fonte de minhas indagações espirituais. A natureza poderia se aborrecer, talvez! O sr. Prudhomme* nasceu com o Cristo.

Não é por cultivarmos a bruma! Engolimos a febre com nossos legumes aquosos. E a bebedeira! e o tabaco! e a ignorância! e as dedicações! – Tudo isso está tão longe do pensamento, da sensatez do Oriente, a pátria primitiva? Por que um mundo moderno, se se inventam tais venenos?

Gentes da Igreja dirão: Compreende-se. Mas pretendem falar do Éden. Nada para eles na história dos povos orientais. – É certo; é no Éden que eu pensava! O que é para o meu sonho essa pureza das raças antigas!

Os filósofos: O mundo não tem idade. A humanidade se desloca, simplesmente. Está no Ocidente, mas livre para ir morar no seu Oriente, por antigo que o julgue – e de morar bem ali. Não seja um vencido. Filósofos, vocês pertencem ao Ocidente de vocês.

Meu espírito, em guarda. Nada de partidos de salvação violentos. Cumpre-te! – Ah! a ciência não vai bastante ligeiro para nós.

---

* Joseph Prudhomme, personagem de Henry Monier em títulos de 1830 e 1857, representa a nulidade satisfeita. (N.T.)

– Mais je m'aperçois que mon esprit dort.

S'il était bien éveillé toujours à partir de ce moment, nous serions bientôt à la vérité, qui peut-être nous entoure avec ses anges pleurant!... S'il avait été éveillé jusqu'à ce moment-ci, c'est que je n'aurais pas cédé aux instincts délétères, à une époque immémoriale!... – S'il avait toujours été bien éveillé, je voguerais en pleine sagesse!...

Ô pureté! pureté!

C'est cette minute d'éveil qui m'a donné la vision de la pureté! – Par l'esprit on va à Dieu!

Déchirante infortune!

– Mas noto que meu espírito adormece.

Se estivesse bem acordado sempre, a partir deste momento, chegaríamos logo à verdade, que talvez nos cerque com seus anjos chorando!... – Se ele tivesse sido despertado até este momento, seria por eu não ter cedido aos instintos deletérios, numa época imemorial!... – Se ele estivesse sempre desperto, eu navegaria em plena sabedoria!...

Ó pureza! pureza!

Foi este momento do despertar que me deu a visão da pureza! – Pelo espírito se vai a Deus!

Dilacerante infortúnio!

L'Éclair

Le travail humain! c'est l'explosion qui éclaire mon abîme de temps en temps.

"Rien n'est vanité; à la science, et en avant!" crie l'Ecclésiaste moderne, c'est-à-dire *Tout le monde.* Et pourtant les cadavres des méchants et des fainéants tombent sur le coeur des autres... Ah! vite, vite un peu; là-bas, par delà la nuit, ces récompenses futures, éternelles... les échappons-nous?...

– Qu'y puis-je? Je connais le travail; et la science est trop lente. Que la prière galope et que la lumière gronde... je le vois bien. C'est trop simple, et il fait trop chaud; on se passera de moi. J'ai mon devoir, j'en serai fier à la façon de plusieurs, en le mettant de côté.

Ma vie est usée. Allons! feignons, fainéantons, ô pitié! Et nous existerons en nous amusant, en rêvant amours monstres et univers fantastiques, en nous plaignant et en querellant les apparences du monde, saltimbanque, mendiant, artiste, bandit, – prêtre! Sur mon lit d'hôpital, l'odeur de l'encens m'est revenue si puissante; gardien des aromates sacrés, confesseur, martyr...

Je reconnais là ma sale éducation d'enfance. Puis quoi!... Aller mes vingt ans, si les autres vont vingt ans...

Non! non! à présent je me révolte contre la mort! Le travail paraît trop léger à mon orgueil: ma trahison au monde serait un supplice trop court. Au dernier moment, j'attaquerais à droite, à gauche...

Alors, – oh! – chère pauvre âme, l'éternité serait-elle pas perdue pour nous!

O clarão

O trabalho humano! é a explosão que ilumina meu abismo de tempos em tempos.

"Nada é vaidade; à ciência, e avante!" clama o Eclesiastes moderno, isto é, *Todo mundo*. E no entanto os cadáveres dos maus e dos mandriões tombam sobre o coração dos outros... Ah! se apresse, se apresse um pouco; lá, além da noite, as recompensas futuras, eternas... Escapamos delas?...

– O que posso? Conheço o trabalho; e a ciência é lenta demais. Que a prece galopa e a luz pulsa... vejo bem. É simples, quente demais; podem passar sem mim. Tenho meu dever, e o orgulho de o pôr de lado, como tantos outros.

Minha vida está gasta. Vamos! finjamos, preguicemos, ó piedade! E existiremos nos distraindo, sonhando amores prodigiosos e universos fantásticos, nos queixando e discutindo as aparências do mundo, saltimbanco, mendigo, artista, bandido – podre! Na minha cama no hospital, o odor do incenso me voltou tão poderoso; guardador dos aromas sagrados, confessor, mártir...

Nisso reconhecia minha má educação na infância. Mas quê!... Andar meus vinte anos, se os outros andam os seus...

Não! não! no momento me revolto contra a morte! O trabalho me parece leve demais ao meu orgulho; minha traição ao mundo seria um suplício demasiado breve. No último instante, acometeria à direita, à esquerda...

Então – oh! – querida alminha, a eternidade estaria perdida para nós!

Matin

N'eus-je pas *une fois* une jeunesse aimable, héroïque, fabuleuse, à écrire sur des feuilles d'or, – trop de chance! Par quel crime, par quelle erreur, ai-je mérité ma faiblesse actuelle? Vous qui prétendez que des bêtes poussent des sanglots de chagrin, que des malades désespèrent, que des morts rêvent mal, tâchez de raconter ma chute et mon sommeil. Moi, je ne puis pas plus m'expliquer que le mendiant avec ses continuels *Pater* et *Ave maria. Je ne sais plus parler!*

Pourtant, aujourd'hui, je crois avoir fini la relation de mon enfer. C'était bien l'enfer; l'ancien, celui dont le fils de l'homme ouvrit les portes.

Du même désert, à la même nuit, toujours mes yeux las se réveillent à l'étoile d'argent, toujours, sans que s'émeuvent les Rois de la vie, les trois mages, le coeur, l'âme, l'esprit. Quand irons-nous, par delà les grèves et les monts, saluer la naissance du travail nouveaus, la sagesse nouvelle, la fuite des tyrans et des démons, la fin de la superstition, adorer – les premiers! – Noël sur la terre!

Le chant des cieux, la marche des peuples! Esclaves, ne maudissons pas la vie.

Manhã

Não tive *uma vez* uma juventude amável, heroica, fabulosa, a ser narrada sobre folhas de ouro – muita sorte! Por que crime, por que erro, mereci minha fraqueza atual? Os que creem que os animais têm soluços de pena, que os doentes desesperam, que os mortos tenham maus sonhos, tratem de contar a minha queda e o meu sono. Eu não posso me explicar mais que o mendigo com seus contínuos *Pater* e *Ave Maria. Não sei mais falar!*

Porém hoje creio ter terminado o relato do meu inferno. Era o inferno; o velho, de que o filho do homem abriu as portas.

Do mesmo deserto, à mesma noite, sempre meus olhos cansados se abrem para a estrela de prata, sempre, sem que se comovam os reis da vida, os três magos, o coração, a alma, o espírito. Quando iremos, além das praias e dos montes, saudar o nascimento do trabalho novo, da sabedoria nova, a fuga dos tiranos e demônios, o fim da superstição, adorar – os primeiros! – O Natal na terra!

O cântico dos céus, a marcha dos povos! Escravos, não amaldiçoemos a vida.

Adieu

L'automne déjà! – Mais pourquoi regretter un éternel soleil, si nous sommes engagés à la découverte de la clarté divine, – loin des gens qui meurent sur les saisons.

L'automne. Notre barque élevée dans les brumes immobiles tourne vers le port de la misère, la cité énorme au ciel taché de feu et de boue. Ah! les haillons pourris, le pain trempé de pluie, l'ivresse, les mille amours qui m'ont crucifié! Ele ne finira donc point cette goule reine de millions d'âmes et de corps morts *et qui seront jugés*! Je me revois la peau rongée par la boue et la peste, des vers plein les cheveux et les aisselles et encore de plus gros vers dans le coeur, étendu parmi les inconnus sans âge, sans sentiment... J'aurais pu y mourir... L'affreuse évocation! J'exècre la misère.

Et je redoute l'hiver parce que c'est la saison du comfort!

– Quelquefois je vois au ciel des plages sans fin couvertes de blanches nations en joie. Un grand vaisseau d'or, au-dessus de moi, agite ses pavillons multicolores sous les brises du matin. J'ai créé toutes les fêtes, tous les triomphes, tous les drames. J'ai essayé d'inventer de nouvelles fleurs, de nouveaux astres, de nouvelles chairs, de nouvelles langues. J'ai cru acquérir des pouvoirs surnaturels. Eh bien! je dois enterrer mon imagination et mes souvenirs! Une belle gloire d'artiste et de conteur emportée!

Moi! moi qui me suis dit mage ou ange, dispensé de toute morale, je suis rendu au sol, avec un devoir à chercher, et la réalité rugueuse à étreindre! Paysan!

Suis-je trompé? la charité serait-elle soeur de la mort, pour moi?

Adeus

O outono já! – Mas por que sentir falta dum sol permanente, se nos empenhamos na descoberta da claridade divina – longe dos que morrem pelas estações.

O outono. Nossa barca nas brumas imóveis avança para o porto da miséria, a enorme cidade manchada de fogo e lama. Ah! os farrapos podres, o pão molhado de chuva, a embriaguez, os mil amores que me crucificaram! Ela não terminará com o vampiro rei de milhões de almas e corpos e *que serão julgados*! Me imagino com a pele tomada pelo barro e a peste, vermes cheios de cabelos e axilas e o maior deles no coração, estendido entre desconhecidos sem idade, sem sentimento... Teria podido morrer... A terrível evocação! Execro a miséria.

E temo o inverno por ser a estação do conforto!

– Não raro vejo no céu praias sem-fim cobertas de brancas nações alegres. Um grande navio de ouro, acima de mim, agita as bandeiras multicores sob as brisas da manhã. Criei todas as festas, todos os êxitos, todos os dramas. Procurei inventar flores novas, astros novos, carnes novas, línguas novas. Pensei adquirir poderes sobrenaturais. Bem! devo enterrar minha imaginação e minhas lembranças! Uma bela glória de artista e narrador suprimida!

Eu! eu que tinha me dado por mágico ou anjo, dispensado de toda moral, à superfície da terra, com um dever a buscar, e a realidade rugosa a estender! Aldeão!

Me enganei? a caridade seria irmã da morte para mim?

Enfin, je demanderai pardon pour m'être nourri de mensonge. Et allons.

Mais pas une main amie! et où puiser le secours?

Oui, l'heure nouvelle est au moins très sévère.

Car je puis dire que la victoire m'est acquise: les grincements de dents, les sifflements de feu, les soupirs empestés se modèrent. Tous les souvenirs immondes s'effacent. Mes derniers regrets détalent, – des jalousies pour les mendiants, les brigands, les amis de la mort, les arriérés de toutes sortes. – Damnés, si je me vengeais!

Il faut être absolument moderne.

Point de cantiques: tenir le pas gagné. Dure nuit! le sang séché fume sur ma face, et je n'ai rien derrière moi, que cet horrible arbrisseau!... Le combat spirituel est aussi brutal que la bataille d'hommes; mais la vision de la justice est le plaisir de Dieu seul.

Cependant c'est la veille. Recevons tous les influx de vigueur et de tendresse réelle. Et à l'aurore, armés d'une ardente patience, nous entrerons aux splendides villes.

Que parlais-je de main amie! Un bel avantage, c'est que je puis rire des vieilles amours mensongères, et frapper de honte ces couples menteurs, – j'ai vu l'enfer des femmes là-bas; – et il me sera loisible de *posséder la vérité dans une âme et um corps.*

Avril-août, 1873.

Afinal pedirei perdão por me ter nutrido de mentira. Prossigamos.

E nem uma mão amiga! onde encontrar socorro?

Sim, a hora nova é a menos severa.

Pois posso dizer que a vitória está garantida: o ranger de dentes, as labaredas de fogo, os suspiros enfermos se moderam. Todas as lembranças sujas se apagam. Meus últimos remorsos se retiram – invejas pelos mendigos, os facínoras, os amigos da morte, os retardados de toda espécie. – Condenados, se eu me vingasse!

É preciso ser absolutamente moderno.

Nada de cânticos: manter o passo dado. Dura noite! O sangue seco recende no meu rosto, e nada tenho atrás de mim senão este horrível pinheiro!... O combate espiritual é tão brutal quanto a batalha de homens; mas a visão da justiça é o prazer apenas de Deus.

Entretanto, a vigília. Recebemos todos os influxos de vigor e ternura real. E na aurora, armados duma ardente paciência, entraremos nas cidades esplêndidas.

Que falei de mão amiga! Uma vantagem é que posso rir dos falsos amores e causar vergonha a esses casais mentirosos – vi o inferno das mulheres – e me será lícito *possuir a verdade numa alma e num corpo.*

Abril-agosto, 1873.

Correspondência de Rimbaud

Cartas familiares, Correspondência com Verlaine, Agonia em Marselha, Cartas da África

SENHORA RIMBAUD A GEORGES IZAMBARD

4 de maio de 1870.

Senhor,

Agradeço-lhe profundamente por tudo o que tem feito pelo Arthur. O senhor não se cansa de lhe dar conselhos, obriga-o a fazer os deveres de casa, são tantos os cuidados, que não os merecemos.

Mas há uma coisa que eu não saberia aprovar, por exemplo, a leitura de livros como este que o senhor lhe deu há alguns dias, *Les Misérables (Os miseráveis),* de V. Hugo. O senhor deve saber melhor do que eu, Professor, que é preciso muito cuidado na escolha dos livros que colocamos ao alcance dos jovens. Pensei ainda, que se Arthur o obteve sem o seu conhecimento, seria certamente perigoso permitir-lhe tais leituras.

Tenho a honra, senhor, de apresentar-lhe meus respeitos.

VIÚVA RIMBAUD

RIMBAUD A GEORGES IZAMBARD

Charleville, 25 de agosto de 1870.

Senhor,

Feliz é o senhor por não mais morar em Charleville! – Minha cidade natal é superiormente idiota entre as cidadezinhas da província. Saiba que não tenho mais ilusões a este respeito. Por ser ao lado de Mézières – uma cidade que ninguém encontra –, por ver peregrinar em suas ruas duzentos ou trezentos soldadinhos, esta população hipócrita gesticula, ridiculamente fanfarrona, de maneira bem diferente dos sitiados de Metz e Strasbourg! São assustadores os merceeiros reformados que voltam a vestir seus uniformes! São surpreendentes, e como têm charme, os notários, os vidraceiros, os perceptores, os marceneiros e todas as panças que, com o fuzil no coração, fazem patrulhotismos às portas de Mézières; minha pátria se levanta!... Quanto a mim, prefiro vê-la sentada; não movam as botas! É o meu princípio.

Estou desorientado, doente, furioso, brutalizado, confuso; esperava banhos de sol, passeios infinitos, repousos, viagens, aventuras, boemia, enfim; esperava sobretudo jornais, livros... Nada! Nada! O correio não envia nada mais aos livreiros; Paris se diverte conosco: nem um único livro novo! É a morte! Eis-me reduzido no que diz respeito a jornais ao honorável *Courrier des Ardeimes* – proprietário, gerente, diretor, chefe de redação e redator único: A. Pouillard! Este jornal resume as aspirações, os anseios e as opiniões da população: julgue-o portanto! Tudo muito limpo!... Estou exilado em minha pátria!!!

Felizmente tenho o seu quarto: – o senhor se lembra da permissão que me deu. – Levei a metade de seus livros! Peguei *Le Diable à Paris.** Diga-me depressa se já houve alguma coisa mais idiota que os desenhos de Grandville. – Tenho *Costal l'Indien*, tenho *La Robe de*

---

* *Le Diable à Paris*, de George Sand, P.J. Stahl, Léon Gozlan, Charles Nodier, etc., 1845.(N.T.)

*Nessus**, dois romances interessantes. Além disto, que mais lhe dizer? Li todos os seus livros, todos; há três dias desci até as *Épreuves*, em seguida até as *Glaneuses*** – sim! Reli este volume! – E foi tudo!... Nada mais. Sua biblioteca, minha única tábua de salvação, se esgotou!... O *Dom Quixote* se apresentou a mim***; ontem, por duas horas, passei em revista o bosque de Doré: agora, não tenho mais nada!

Estou lhe enviando versos; leia-os uma manhã, ao sol, como eu *fiz: o* senhor não é mais professor agora, espero!...

Me pareceu que o senhor queria conhecer Louisa Seifert, quando eu lhe emprestei seus últimos versos; acabo de conseguir partes de seu primeiro volume de poesias, os *Rayons Perdus,* 4ª edição. Eis uma peça muito comovente e extremamente bela. Marguerite.

Moi, j'étais à l'écart, tenant sur mes genoux
Ma petite cousine aux grands yeux bleus si doux:
C'est une ravissante enfant que Marguerite
Avec ses cheveux blonds, sa bouche si petite
E son teint transparent...

Marguerite est trop jeune. Oh! si c'était ma fille,
Si j'avais une enfant, tête blonde et gentille,
Fragile créatrure en qui je revivrais,
Rose et candide avec de grands yeux indiscrets!
Des larmes sourdent presque au bord de ma paupière

---

* *Le Dragou de Ia Reine* ou *Costal I'Indien.*romance de Gabriel Ferry, 1885 e *La Robe de Nessus,* romance de Amedée Achard, 1885. (N.T.)

** *Les Épreuves,* poesias de Sully Prudhomme, 1886 e *Les Glaneuses,* de Paul Demeny, 1870. (N.T.)

*** A edição de *Don Quichotte* ilustrada por Gustave Doré foi publicada em 1863. (N.T.)

Quand je pense à l'enfant qui me rendrait si fière,
Et que je n'aurai pas, que je n'aurai jamais;
Car l'avenir, cruel en celui que j'aimais,
De *cette* enfant aussi *veut* que je désespère...

Jamais on ne dira de moi: c'est une mère!
Et jamais un enfant ne me dira: maman!
C'en est fini pour moi du céleste roman
Que toute jeune fille à mon âge imagine...

Ma vie, à dix-huit ans, compte tout un passé.*

– É tão belo quanto os lamentos de Antígona em Sófocles.

Tenho as *Fêtes Galantes*, de Paul Verlaine, um belo in-doze. É bastante bizarro, muito engraçado; mas, realmente, é adorável. Às vezes, licenças ousadas: assim,

*Et la tigresse épou-vantable d'Hyrcanie*** é um verso deste volume. Compre, eu o aconselho, *La Bonne Chan-*

---

* Tradução literal: Estava afastada, tendo em meu colo, / Minha priminha de grandes e tão doces olhos azuis: / É uma criança encantadora, a Marguerite, / Com seus cabelos louros, sua boca tão pequena / E sua tez transparente... / ... / Marguerite é bem jovem. Oh, se fosse minha filha, / Se tivesse uma criança, loura e gentil, / Frágil criatura em que eu reviveria, / Rósea e cândida com grandes olhos indiscretos! / Lágrimas quase surgem em minha pálpebra / Quando penso na criança que tanto orgulho me daria / E que não terei, que não teria jamais; / Pois o futuro, cruel àquele que amei, / Quer que também desta criança eu perca a esperança... /... / Jamais dirão de mim: é uma mãe! / E jamais me dirá uma criança: mamãe! / Acabou-se para mim o celeste romance / Com que sonha toda a jovem de minha idade... /... / Minha vida, aos dezoito anos, conta todo um passado. (N.T.)

** Trata-se de um jogo de palavras. A tradução literal seria "E a tigresa assustadora de Hyrcanie". No entanto, Verlaine dividiu a palavra *épouvancable* e fez surgir duas outras: *épou (époux)*, esposo, e *vantable* (do verbo *vanter*), gabola, o que conta vantagens, pretensioso. (N.T.)

son, um pequeno volume de versos do mesmo poeta: acaba de ser lançado pela Lamerre; eu ainda não o li: nada chega aqui; mas vários jornais falam muito bem dele.

Até a vista, envie-me uma carta de 25 páginas – posta-restante – e depressa!

A. RIMBAUD

P.S. – Em breve, revelações sobre a vida que vou levar após... as férias...

Senhor Georges Izambard
29, rue de l'Abbaye-des-Prés,
Douai (Norte).

Urgente

RIMBAUD A GEORGES IZAMBARD

Paris, 5 de setembro de 1870.

Caro Senhor,

O que o senhor me aconselhou a não fazer, eu fiz: parti para Paris e abandonei a casa materna! Fiz esta viagem dia 29 de agosto.

Preso ao descer do vagão por não ter um tostão e dever treze francos à estrada de ferro, fui conduzido à delegacia e hoje aguardo meu julgamento em Mazzas! Oh! *Confio no senhor* como em minha mãe; o senhor sempre foi para mim como um irmão: peço-lhe imediatamente a ajuda que me ofereceu. Escrevi a minha mãe, ao procurador imperial, ao comissário de polícia de Charleville; se o senhor não receber nenhuma notícia minha até quarta-feira, antes do trem que parte de Douai para Paris, *tome este trem, venha aqui reclamar-me por carta ou apresentando-se ao procurador, implorando, respondendo por mim, pagando minha dívida! Faça tudo que puder* e quando receber esta carta, escreva, o senhor também, eu o ordeno, sim, *escreva à minha pobre mãe* (Quai de la Madeleine, 5, Charleville) *para consolá-la. Escreva-me também;* faça tudo! Eu o amo como um irmão – eu o amarei como um pai.

Aperto sua mão.

Do seu pobre

ARTHUR RIMBAUD

detido em Mazas.

(e se conseguir me libertar, o senhor me levará consigo para Douai).

Senhor Georges Izambard,
em Douai.

MADAME RIMBAUD A GEORGES IZAMBARD

Charleville, 24 de setembro de 1870.

Senhor,

Estou muito inquieta e não compreendo esta ausência prolongada de Arthur; ele deve ter compreendido, no entanto, pela minha carta de 17 de setembro que não devia ficar nem mais um dia em Douai; por outro lado, a polícia faz perguntas para saber onde ele está, e receio que, antes do recebimento desta, o engraçadinho seja preso pela segunda vez; mas ele não precisa mais voltar, pois juro que nunca mais em minha vida eu o receberei. É possível compreender a tolice desta criança, geralmente tão sensata e tão tranquila? Como tal loucura pôde chegar ao seu espírito? Alguém a terá soprado para ele? Mas não, não devo pensar assim. Somos injustos também, quando estamos infelizes. Seja portanto bondoso e adiante dez francos a este infeliz. E mande-o embora, que ele volte logo!

Venho do correio onde mais uma vez me recusaram um vale postal, já que a linha não está aberta até Douai. O que fazer? Sinto-me **bastante** infeliz. Que Deus não puna a loucura deste infeliz como ele merece.

Tenho a honra, senhor, de apresentar-lhe meus respeitos.

VIÚVA RIMBAUD

Senhor Izambard, professor,
Rue de l'Abbaye-des-Près,
Douai (Norte).

RIMBAUD A PAUL DEMENY

Douai, 26 de setembro de 1870.

Passei para dizer-lhe adeus e não o encontrei em casa.

Não sei se poderei revê-lo; parto amanhã pela manhã para Charleville – tenho um salvo-conduto. Lamento profundamente não poder lhe dizer adeus.

Aperto-lhe a mão o mais fortemente possível – Boa esperança. Eu lhe escreverei. Você me escreverá? Não?

ARTHUR RIMBAUD

Senhor Paul Demeny, em Douai.

RIMBAUD A GEORGES IZAMBARD

Charleville, 13 de maio de 1871.

Caro Senhor!

E eis que o senhor é novamente professor. Temos obrigações com a Sociedade, o senhor me disse; o senhor faz parte do corpo docente; anda no bom caminho. – Eu também sigo o princípio: cinicamente deixo que me *conversem;* desenterrei velhos imbecis do colégio: tudo que posso inventar de estúpido, de sujo, de mau, em ação e em palavras, eu passo para eles: pagam-me com cerveja e vinho. *Stat mater dolorosa, dum pendet filius.* – Tenho obrigações com a sociedade, é justo; – e tenho razão. – O senhor também tem razão, por enquanto. No fundo, em seu princípio, o senhor vê apenas poesia subjetiva: prova-o a sua obstinação em readquirir seu cargo universitário – perdão! Mas o senhor terminará sempre como um homem satisfeito que não fez nada e que nunca quis fazer nada. Sem contar que a sua poesia subjetiva será sempre horrivelmente insípida. Um dia, espero – outros esperam a mesma coisa – verei em seu princípio a poesia objetiva, eu a verei com mais sinceridade que o senhor mesmo! – Serei um trabalhador: é a ideia que me segura, quando as cóleras loucas me empurram para a batalha de Paris – onde, no entanto, tantos trabalhadores morrem ainda enquanto eu lhe escrevo! Trabalhar agora, nunca, jamais; estou em greve.

No entanto, estou me tornando o maior dos crápulas. Por quê? Quero ser poeta e trabalho para me tomar *Vidente: o* senhor não compreenderá nada, e eu não saberei como lhe explicar. Trata-se de chegar ao infinito pela desorganização de *todos os sentidos*. Os sofrimentos são enormes, mas é preciso ser forte, nascer poeta, e eu me reconheci poeta. Não é culpa minha, absolutamente. É errado dizer: Eu penso: deveríamos dizer pensam-me. – Perdão pelo jogo de palavras.*

Eu é um outro. Pior para a madeira que se transforma em violino e desprezo aos inconscientes que argumentam sobre o que ignoram completamente!

O senhor não é *Professor* para mim. Dou-lhe isto: é sátira, como diria o senhor? É poesia? É fantasia, sempre. – Mas, eu lhe suplico, não sublinhe nem com lápis nem com pensamento:

Le Coeur Supplicié

Mon triste coeur bave à la poupe**

---

* Rimbaud põe aqui, em desordem e sem desenvolvê-las, ideias que iria afirmar em sua carta a Paul Demeny dois dias mais tarde. (N.E.)

** Tradução literal: O Coração Martirizado / *Meu triste coração baba na popa* /...

Isto não quer dizer nada. – RESPONDA-ME: Aos cuidados de Sr. Deverrière, para A.R.

Bom dia de coração,

AR. RIMBAUD

Senhor Georges Izambard,
27, rue de l'Abbaye-des-Champs,
Em Douai (Norte).

RIMBAUD A GEORGES IZAMBARD

Charleville, 12 de julho de 1871.

Caro Senhor,

(O senhor toma banhos de mar)*, passeou de (barco... Os ricaços ficam longe, já não os) quer mais, (eu o invejo, eu, que morro de calor aqui!)

E depois, eu me entedio inefavelmente e não consigo colocar absolutamente nada no papel.

No entanto, desejo pedir-lhe uma coisa: uma dívida – com um livreiro – veio cair sobre mim, que não tenho um tostão no bolso. É preciso revender livros. Pois o senhor deve estar se lembrando que em setembro de 1870, quando veio – por mim – tentar amolecer um coração de mãe endurecido trouxe a meu con(selho, vários volumes, cinco ou seis, que em agosto eu levei para sua casa.)

Bem, o senhor é muito apegado a *F(lorise*, de Banville), aos *Exilés*, do mesmo autor? Eu, que preciso (devolver) livros ao meu livreiro, ficaria muito contente e(m reaver) estes dois volumes: tenho outros Banville em casa; junto com os seus comporiam uma coleção, e as coleções são mais bem aceitas que os volumes isolados.

---

* Esta carta foi publicada em *fac-simile* no nº 11 da revista *Le Grand Jeu*, em 1929, e mais tarde no jornal *Mercure de France*, em 1930. Segundo Izambard esta carta foi destruída pela cola derramada sobre pontos do original, tornando-os inelegíveis. A parte reconstituída, aqui entre parênteses, é a mais fiel possível, segundo Izambard. (N.E.)

O senhor não tem *Les Couleuvres?** Este eu venderia como novo! – O senhor é apegado a *Nuits Persanes?***, um título que pode seduzir, mesmo entre livros de segunda mão. É muito apegado a (este) volume de Pontmartin? Há literatos (por aqui que) comprariam esta prosa. O senhor é muito apegado aos *Glaneuses? Os* colegiais de Ardennes pode(riam desembolsar) três francos (para divagar) nestes infinitos. (Eu saberei mostrar ao meu crocodilo que a compra de uma tal coleção traria lucros portentosos.) Farei rutilar os títulos desc(onhecidos. Garanto) que não há nenhuma audácia negligente neste comércio de velharias.

Se soubesse em que estado minha mãe pode e quer me deixar com minha dívida de 35 francos e 23 centavos, o senhor não hesitaria em me entregar estes livros! O senhor me enviaria o pacote aos cuidados do Sr. Deverrière, 95, nas Alamedas, que está a par da coisa e que o aguarda! Eu lhe reembolsarei o preço do transporte e ficarei extremamente grato!

Se o senhor tiver impressos inconvenientes para uma (biblioteca de professor, não faça rodeios). Mas rápido, por favor, que me apressam!

C(ordialmente) e agradeço-lhe antecipadamente.

A. RIMBAUD

P.S. – Vi em uma carta sua ao Sr. Deverrière que o senhor estava preocupado com suas caixas de livros. Ele as fará seguir assim que tenha recebido suas instruções.

(Eu) lhe aperto a mão.

A.R.

Senhor Georges Izambard
Professor de Retórica
Colégio de Cherbourg,
Cherbourg (Mancha).

---

* *Les Couleuvres,* de Louis Veuillot, publicado em 1869. (N.E.)

** *Nuits Persanes,* de Armand Renaud, publicada em 1870. (N.E.)

RIMBAUD A VERLAINE*

Charleville, setembro de 1871.

(Rimbaud se declara admirador entusiasta de Verlaine. Confia-lhe seu ideal, suas raivas, seu entusiasmo, seu tédio, tudo o que ele é.

Ele também é poeta; submete seus versos ao julgamento de Verlaine. Anexa à carta les *Effarés, Accroupissements, Les Douaniers, Le Coeur Volé, Les Assis,* copiados por Delahaye com pequenas letras redondas, porque se parecem mais com as de forma e por serem mais fáceis de se ler.

Alguns dias depois, sem resposta de Verlaine, Rimbaud *endereça-lhe uma nova carta com outros poemas, Mes Petites Amoureuses, Les Premières Communions, Paris se Repleuple...)*

Senhor Paul Verlaine,
Em Paris.

RIMBAUD A VERLAINE

Charleville, setembro de 1871.

(...) Estou com o projeto de fazer um grande poema e não posso trabalhar em Charleville. Estou impedido de ir a Paris pois não tenho recursos. Minha mãe é viúva e extremamente devota. Ela me dá apenas dez centavos todos os domingos para pagar minha cadeira na igreja.

(...) Pequena indelicadeza (...)

(...) Menos incômodo que um Zanetto (...)

Senhor Paul Verlaine,
em Paris.

---

* As cartas trocadas entre Verlaine e Rimbaud neste período, em sua maioria, foram perdidas ou destruídas em parte e são reproduzidas aqui através de trechos isolados que restaram ou citações contidas nas obras *Souvenirs Familiers*, de E. Delahaye; *Nouvelles Notes sur Rimbaud*, artigo de Verlaine publicado na revista *La Plume* (Outbro de 1895); Rimbaud de E. Delahaye (1893); *Memoires de ma vie*, de Mathilde Verlaine (1935) (N.E.).

VERLAINE A RIMBAUD

Paris, (...) setembro de 1871.

(...) Tenho como que uma suspeita de sua licantropia (...) Você está prodigiosamente armado para a guerra (...)

VERLAINE A RIMBAUD

Paris, (...) setembro de 1871.

(...) Venha, meu querido, nós o esperamos, nós o aguardamos.

VERLAINE A RIMBAUD

Paris, (...) março de 1872.

(...) Estou com raiva de você, e furioso!... Judiths! Charlottes!(...)

VERLAINE A RIMBAUD

Paris, 2 de abril de 1872.

Do Café de la Closerie des Lilas.

Bom amigo,

E encantadora a *Ariette Oubliée**, letra e música! Pedi que a decifrassem e cantassem para mim! Obrigado por este delicado presente! Quanto às remessas de que você me fala, envie-as *pelo Correio* ainda para Batignolles, rua Lécluse. De agora em diante, informe-me dos preços do porte e se lhe faltar dinheiro, avise-me que eu o enviarei em selos ou vale postal (para Bretagne).

Eu me ocuparei ativamente da vendagem e ganharei algum dinheiro – que será enviado a você ou bem guardado até nosso reencontro – o que você quiser que eu faça.

---

* *Ariette Oubliée:* É pouco provável que se trate de uma poesia de Rimbaud. O texto está claro. Rimbaud fez chegar a Verlaine a *Ariette*, de Favard, letra e música, e Verlaine agradece. (N.E.)

E obrigado por sua boa carta! O "*rapazinho*" aceita a justa palmada, o "*amigo dos sapos*"* retira tudo – e sem nunca ter abandonado seu martírio, pense no assunto, se possível – com mais *fervor* e mais alegria ainda, você bem sabe, Rimbe.

É isto, me ame, me proteja e me dê confiança. Sou muito fraco e necessitado de carinhos. E assim como não lhe encherei mais o sapato com minhas criancices, também não encherei mais o saco de nosso venerado Padre com tudo isto – e prometa-lhe para brevíssimo uma carta de verdade, com desenhos e outras brincadeiras bem bonitas.

Você já deve ter recebido, há muito tempo, minha carta em papel bíblia cor-de-rosa e provavelmente já deve tê-la respondido. Amanhã irei à minha *posta-restant* de costume buscar sua provável missiva e a responderei... Mas quando diabos começaremos o *caminho da cruz*, hein?

Gavroche** e eu cuidamos hoje de sua mudança. Seus trapinhos, gravuras e móveis estão em segurança. Além disto, você é locatário à rua Campe até o dia oito. Reservei – até seu regresso – dois buris de sanguínea que usarei para substituir em sua armadura negra a Estampa do doutor. Enfim, cuido de você e o desejo. Até breve – por nós – seja aqui, seja em qualquer outra parte.

Pensamos em você.

P.V.

Sempre o mesmo endereço.

Que vão à merda Mérat – Chanal – Périn, Guérin! e Laure. O falecido Carjat o abraça.

Fale-me de Favart, na verdade.

Gavroche vai lhe escrever *ex imo*.

---

* "*rapazinho*" e "*amigo dos sapos*" são expressões usadas pelos amigos de Verlaine para referirem-se a ele. (N.T.)

** Gavroche (personagem de Victor Hugo em *Os Miseráveis*, que morre aos doze anos numa barricada durante os confrontos de 1832) designa Forain, grande amigo de Rimbaud e Verlaine. (N.E.)

RIMBAUD A VERLAINE

Charleville, abril de 1872.

(...) O trabalho está mais longe de mim que minha unha de minha orelha. Que vá à merda! À merda! À merda? À merda! À merda! À merda! À merda!

Quando você me vir comer merda realmente, só então não achará mais que fica caro me alimentar!...

VERLAINE A RIMBAUD

Paris, abril de 1872.

Rimbaud,

Obrigado por sua carta e *bosannab* por sua "prece". Certamente *nós nos reveremos!* Quando? – Esperar um pouco! Necessidades penosas! Oportunidades implacáveis! – Que seja! E vá à merda a primeira, como vá à merda a segunda! E como vá Eu à merda! E Você também!

Mas enviar-me seus versos "maus" (!!!), suas preces (!!!), enfim, ser-me sempiternamente comunicativo, esperar o melhor, após meu *lar refeito.* E escrever-me, *logo,*– através de Bretagne – de Charleville ou de Nancy, *Meurthe, Sr. Auguste Bretagne, rua Ravinelle, n° 11, onze.*

E jamais sentir-se abandonado por mim. – Remember! *Memento! Memento!*

Do seu

P.V.

E escrever-me logo! E enviar-me seus versos antigos e suas preces recentes. – Não é, Rimbaud?

VERLAINE A RIMBAUD

Paris, maio de 1872.

Caro Rimbaud gentil, acuso recebimento do crédito solicitado e concedido, com mil graças e (estou loucamente feliz por estar quase certo) *sem atraso* desta vez.

Portanto, até sábado, ainda por volta das 7 horas, não é? – Além disto, ter tempo e enviar-lhe o dinheiro em momento oportuno.

Enquanto isto, todas as cartas martirizantes aos cuidados de minha mãe, todas as cartas referentes aos reencontros, às prudências etc., aos cuidados de *Sr. L. Forain, 17, Quaid'Anjou, Hôtel Lauzun, Paris, Seine (pr. Sr. P. Verlaine).*

Sem ver Gavroche ontem ainda que encontro marcado. Escrevo-lhe esta em Cluny (3 horas), a esperá-lo. Tramamos *vingâncias loucas* contra alguém que você saberá. Quando você voltar, por pouco que isto possa diverti-lo, serão realizadas *coisas tigrescas.* Trata-se de um senhor que não deixou de ter influências nos seus 3 meses de Ardennes e nos meus 6 meses de merda. Você verá, ora!

Aos cuidados de Gavroche, escreva-me e informe-me sobre meus deveres, a vida que pretende que levemos, as alegrias, os medos, as hipocrisias, os cinismos que serão necessários: eu tudo bem, todo seu – sabe disto! Isto aos cuidados de Gavroche.

Aos de minha mãe, suas *cartas martirizantes,* sem nenhuma alusão a reencontro algum.

Última recomendação: assim que você chegar, apoderar-se de mim em seguida, de modo que nenhuma agitação – e você saberá fazê-lo muito bem!

Prudência: faça com que, ao menos por algum tempo, seu aspecto seja menos terrível que antes: *roupa, sapatos engraxados, cabelos penteados, pequenos gestos:* isto necessário e você entrar em projetos tigrescos: eu além disto, ordenança, cuido da roupa branca etc. (se você quiser).

(Tais projetos, aliás, você neles, nos *serão úteis, porque* "alguém de muita importância no Madrid*" interessada nisto – *daí* security very good!)

* Café de Madrid, frequentado pelo alto mundo intelectual de Paris na época. (N.E.)

Agora, adeus, reencontro, alegria, à espera de carta, à sua espera – Eu ter sonhado duas vezes esta noite: Você, *martirizador de crianças – Você todo goldez* (Em inglês, dourado: esqueci que você desconhece esta língua tanto quanto eu). Engraçado, não é, Rimbe!

Antes de encerrar esta, aguardo Gavroche. Virá? Ou desistirá? (– até daqui a alguns minutos! –)

4 horas da tarde

Gavroche veio, voltar'a'fa'd'hon'hospe'd'segur.* Ele vai te escrever.

Do seu velho

P.V.

Escrever-me o tempo todo de suas Ardennes
Escrever-lhe tudo sobre a minha merda.
Por que não mandar H. Regnault à merda?

RIMBAUD A ERNEST DELAHAYE

Laitou** (Roche) (Cantão d'Attigny).

Maio de 1873.

Caro amigo, você pode ver minha existência atual nesta aquarela abaixo. Oh, Natureza! Oh, minha mãe!

(Aqui, um desenho)

Que cagada! E que monstros de inocência estes camponeses. De noite, é preciso percorrer duas léguas, ou mais, para beber um pouco. A *mother* me pôs num buraco bem triste.

(Aqui, outro desenho)

Não sei como sair disto: sairei, no entanto. Sinto falta desta atroz Charlestown, o Universo, a Biblioteca etc... No entanto, trabalho bastante regularmente, faço pequenas

---

* No original, *repar'd'hon'gites sûrs* que, certamente, quer dizer *reparlerons d'honnê tes gîtes sûrs* (voltaremos a falar de honestas hospedagens de segurança). (N.T.)

** Um artigo de *La. Revue Palladienne* de abril-maio de 1949 esforçou-se em encontrar um sentido para *Laitou.* (N.T.)

histórias em prosa, título geral: *Livre Paien (Livro Pagão)* ou *Livre Nègre (Livro Negro)*.* E tolo e inocente. Oh, inocência! Inocência, inocência, inoc... calamidade!

Verlaine deve ter dado a você a infeliz incumbência de parlamentar com o senhor Devin, responsável pela impressão de *Nôress*.** Creio que este Devin poderia fazer o livro de Verlaine a bom preço e quase sem sujeiras. (Se ele não empregar os caracteres borrados do *Nôress*. Ele seria capaz de colar um clichê, um anúncio!)

Não tenho mais nada a te dizer, a *contemplostação* da natureza me *absorçua**** inteiro. Sou teu, oh, Natureza, oh, minha mãe!

Aperto-lhe as mãos, na esperança de um reencontro que eu ativo o quanto posso.

R.

Reabri a carta. Verlaine deve ter-lhe proposto um encontro no domingo, dia 18, em Boulion. Eu não poderei ir. Se você for, ele provavelmente o encarregará de me devolver alguns fragmentos em prosa, meus ou dele.

A mãe Rimb. voltará a Charlestown durante o mês de junho. Eu tratarei de ficar algum tempo nesta bela cidade.

O sol é opressivo e fica gelado pela manhã. Antes de ontem, fui ver os Prussmars em Vouziers, uma subprefeitura de 10.000 almas, a sete quilômetros daqui. E isto me reanimou.

Estou abominavelmente entediado. Nem um livro, nem um bar ao meu alcance, nem um incidente nas ruas. Que horror o campo francês. Meu destino

---

* Este é o título que Rimbaud colocou provisoriamente em "*Une saison en Enfer*", Bruxelas, *Alliance tipographique*. 1873 (edição original). (N.E.)

** *Nôress* é, naturalmente, *Le Nord-Est*, jornal de Charleville no qual Rimbaud havia trabalhado. (N.E.)

*** No original, *la contemplostate* e m'absorculant. (N.T.)

depende deste livro, para o qual falta inventar uma meia dúzia de histórias atrozes. Mas como inventar atrocidades aqui! Não lhe envio nenhuma história, ainda que já tenha três, *elas custam tanto!* Enfim, é isto!

Até breve, você vai ver.

RIMB.

Dentro em breve, eu lhe enviarei selos para que compre e envie-me o *Fausto,* de Goethe, Biblioteca Popular. O transporte deve custar um tostão. Diga-me se não há traduç. de Shakespeare entre os novos livros de bibliot. Se você mesmo puder me enviar o catálogo mais novo, envie.

R.

Senhor Ernest Delahaye,
Em Charleville.

VERLAINE A RIMBAUD

Boglione, domingo, 18 de maio de 1873.

Caro amigo, obrigado pela aula, severa e justa, de inglês. Você sabe, eu "durmo". E por sonambulismo estes *thines,* estes *ours,* estes *theirs;* é pelo embotamento da inteligência produzido pelo Tédio, pela escolha de sujos verbos auxiliares, *to do, to have,* em lugar de análogos mais expressivos. Por exemplo, defenderei o meu *How* inicial. O verso é:

Mais qu'est-ce qu'ils ont donc à dire que c'est laid...*

Até agora só encontrei *How* (que, por sinal, tem categoria de exclamação surpreendida) para traduzir isto. *Laid* (feio) me pareceu bastante bem traduzido por *foul.* Além disto, como traduzir:

Ne ruissellent-ils pas de tendresse et de lait?

a não ser por:

Do not stream by fire and milk?**

---

* Tradução literal: Mas o que é que eles têm a dizer que é tão feio... (N.T.)

** Tradução literal: Não estão banhados de ternura e de leite? (N.T.)

Ao menos assim me parece, após ampla contrição de minhas porcarias de velho Babaca adormecido do bosque (Delatrichine* nunca teria pensado nesta!).

Cheguei aqui ao meio-dia, pancada de chuva, a pé. Não achei nenhum Deléclanche. Vou voltar no carro postal. – Jantei com François de Sedan e um grande estudante do colégio de Charleville. Besta sombria! E no entanto, Badingue arrastado no cocô, o que é um regalo neste país necrofilizante.

Irmãozinho, tenho tantas coisas para lhe dizer mas eis que já são duas horas e o carro postal partirá. Talvez amanhã eu lhe escreva sobre todos os projetos que tenho, literários e outros. Você ficará contente com a sua velha porca (você perdeu, Delamoure!).

Por enquanto, eu o beijo e conto com um encontro para breve, com o qual você me dá esperança para esta semana. Assim que você me der um sinal, eu irei.

Meu irmão *(brother-plainly)*, tenho esperanças. Tudo vai bem. Você ficará contente.

Até breve, não é? Escreva logo. *Envie explanagem.* Você receberá seus fragmentos logo.

Sou seu *old cunt ever open* ou *opened*, não estão comigo *meus* verbos irregulares.

P.V.

Recebi carta de Lepelletier (negócios): ele se encarrega dos romances – Claye e Lechevalier. Amanhã eu lhe enviarei *manus.*

E mais uma vez as aperto.

P.V.

Perdão por esta *carta porca (sic)* e estúpida. Um pouco bêbado. E depois, estou escrevendo com uma pena sem bico e fumando um cachimbo entupido.

---

* Delatrichine, Deléclanche e Delamorue designam todos o amigo Delahaye. (N.T.)

VERLAINE A RIMBAUD

No mar, 3 de julho de 1873.

Meu amigo,

Não sei se você ainda estará em Londres quando receber esta. Desejo, no entanto, dizer que você deve no fundo compreender, enfim, que era absolutamente necessário que eu partisse, que esta vida violenta e cheia de cenas sem motivos de sua fantasia não podia mais me encher o saco.

Apenas, como eu o amava imensamente (Honni soit qui mal y pense*), desejo também confirmar a você que, se, daqui a três dias, eu não estiver com minha esposa, em perfeitas condições, eu me dou um tiro na cara. 3 dias em hotel, uma revolvita, isto custa dinheiro: desde agora, minha "avareza" de dentro em breve. Você devia me perdoar. – Se, como é muito provável, eu tiver que fazer esta última besteira, eu a farei como uma besta valente.

– Meu último pensamento, caro amigo, será para você, para você que me chamava de píer ainda há pouco e para quem eu não quis voltar porque era preciso que eu morresse, – ENFIM!

Quer que eu o abrace moribundo?

Do seu pobre

P. VERLAINE

Não nos reencontraremos mais, em todo caso. Se minha esposa vier, você receberá meu endereço e espero que me escreva. Enquanto isto, daqui a três dias, não mais, não menos, Bruxelas, posta-restante – em meu nome.

---

* *Maldito seja quem fizer mau juízo.* Em francês arcaico. Expressão cunhada pelo rei Eduardo III em 1347 que marca a criação da "Ordem da Jarreteira" e que está até hoje no brasão do Reino Unido. Consta que, em um baile, a Condessa de Salisbury, amante do rei, perde a liga (jarreteira) de sua roupa íntima em pleno salão. O rei abaixa-se, pega a liga, e a recoloca na Condessa bradando a famosa frase: *Honni soit qui mal y pense.* (N.E.)

Devolva estes três livros a Barrère.*
England
Sr. Arthur Rimbaud,
8 Great College Street,
Camden Town, N.W.
London.
Very Urgent
or, in case of a departure, Roche, Cantão d'Attigny
Ardennes, França (aos cuidados de Sra. Rimbaud).

RIMBAUD A VERLAINE

Londres, sexta-feira, de tarde.

4 de julho de 1873.

Volte, volte, caro amigo, único amigo, volte. Juro que serei bom. Se fui desagradável com você, foi tudo uma brincadeira que me havia deixado obstinado, eu estou mais do que arrependido. Volte, tudo isto será esquecido. Que infelicidade que você tenha acreditado nesta brincadeira. Já são dois dias que choro sem parar. Volte. Tenha coragem, caro amigo. Nada está perdido. Tudo que você tem a fazer é viajar de volta. Nós viveremos aqui com coragem, pacientemente. Ah, eu imploro! E por seu bem, além disto. Volte, você encontrará todas as suas coisas. Espero que agora você saiba que não houve nada de verdadeiro em nossa discussão. Terrível momento! Por que você não veio quando eu lhe fiz sinal para que abandonasse o barco? Nós vivemos juntos dois anos para chegarmos a isto? O que vai fazer? Se você não quiser voltar aqui, quer que eu vá ao seu encontro onde você estiver?

Sim, fui eu o errado.

Oh, diga, você me esquecerá?

---

* Camile Barrère, francês, na época exilado em Londres depois de participar da Comuna de Paris. Mais tarde foi embaixador da França em Londres. (N.E.)

Não, você não pode me esquecer.

Você está sempre comigo.

Diga, responda a seu amigo, não devemos mais viver juntos?

Tenha coragem. Responda-me logo.

Não posso mais ficar aqui por muito tempo.

Escute apenas o seu bom coração.

Diga-me logo se devo ir me unir a você.

Seu por toda a vida.

RIMBAUD

Responde logo, posso ficar aqui o mais tardar até segunda-feira à noite. Ainda não tenho nem um *penny*, não posso pôr esta carta no correio. Confiei seus livros e seus manuscritos a *Vermetsch.*

Se eu não devo mais revê-lo, entrarei para a marinha ou para o exército. Oh, volte, eu choro a cada momento. Diga-me para ir ao seu encontro, eu irei, diga, telegrafe – Eu preciso partir segunda-feira à noite, aonde você vai? O que você quer fazer?

RIMBAUD A VERLAINE

Londres, 5 de julho de 1873.

Caro amigo, recebi sua carta datada "No mar". Você está errado desta vez, e muito errado. Primeiramente, nada de positivo em sua carta: sua mulher não irá, ou irá em três meses, três anos, quem sabe? Quanto a morrer, eu conheço você. Portanto, você, enquanto espera sua esposa e sua morte, irritar-se, divagar e entediar as pessoas. Ora, você ainda não reconheceu que as raivas eram falsas tanto de um lado quanto de outro! Mas os últimos erros são seus, pois mesmo após eu o ter chamado, você persistiu em seus falsos sentimentos. Acredita que sua vida será mais agradável com outros que comigo: *Reflita sobre isto!* – Ah, certamente que não!

– Apenas comigo você pode ser livre, e eu juro que serei mais gentil daqui em diante e deploro toda a minha parte nestes erros. Tenho enfim o espírito limpo, gosto de você; se você não quiser voltar ou que eu vá até você, será um crime e *você vai se arrepender* por LONGOS ANOS *pela perda de toda liberdade e por sofrimentos talvez mais atrozes que aqueles pelos quais já passou.* E agora, medite sobre o que você era antes de me conhecer.

Quanto a mim, não volto mais à casa de minha mãe. Vou para Paris, tratarei de ir embora segunda-feira à noite. Você terá me forçado a vender todas as suas roupas, não posso fazer nada. Ainda não foram vendidas: segunda-feira pela manhã é que serão levadas. Se você quiser me enviar carta em Paris, escreva para L. Forain, 289, rue Saint-Jacques, para A. Rimbaud. Ele saberá meu endereço.

Certamente, se sua mulher voltar, eu não o comprometerei com cartas – eu não escreverei jamais.

A única palavra verdadeira é: volte, quero estar com você, eu o amo. Se você der ouvidos a isto, mostrará coragem e espírito sincero.

De outra forma, terei pena de você.

Mas eu o amo, abraço-o e nós voltaremos a nos ver.

RIMBAUD

8 Great College etc... até segunda-feira à noite ou terça-feira ao meio-dia, se você me chamar.

VERLAINE A MATUSZEWICZ

Bruxelas – Posta-Restante, 5 de julho de 1873.

Meu caro amigo, motivos tão penosos quanto imprevistos me forçaram a sair de Londres de maneira inesperada. Tive que deixar Rimbaud um pouco abandonado, que horrível pena, francamente (mesmo que não acreditem), isto me deu – deixei-lhe, no entanto, meus livros e minhas roupas a fim de lavá-las para se repatriar. Já que minha esposa se recusa a vir após uma ameaça minha de suicídio – eu a espero até amanhã ao meio-dia mas ELA NÃO VIRÁ – começo a achar a ideia de me matar desta forma muito idiota e prefiro – já que estou tão infeliz, e isto é verdade mesmo! – entrar para os voluntários republicanos espanhóis. Irei amanhã à embaixada da Espanha tratar disso e espero partir em pouco tempo. Peço-lhe o favor de ir *em seguida* a 8, Great College Street Camdentown, reclamar as roupas e os livros que Rimbaud não tenha usado e, assim, pegue todos os manuscritos, cadernos etc., que ele certamente deixou lá. – Eu lhe imploro, *principalmente por causa dos manuscritos,* vá logo. Eu lhe serei eternamente grato. – Vá até lá, eu suplico, *assim que receber esta* – e escreva-me logo, logo, de correio a correio. Diga aos meus locadores (já prevenidos por mim) que receberão de minha parte – vou colocá-lo no correio amanhã – um vale-postal de 7 shillings, preço da 2ª semana que deixei de pagar adiantado.

Enfim, fale-me de Rimbaud. Você o viu depois de minha partida? Escreva-me a respeito. Isto me interessa muito! (toda boa brincadeira à parte, hein?) Não é tempo para brincadeiras, em nome de Deus!

Portanto, espero resposta de correio a correio, eu lhe enviarei adiantado o preço da expedição das roupas e dos manuscritos, assim como meu endereço atual, pois ficarei alojado aqui por alguns dias a partir de amanhã.

Do seu antecipadamente agradecido e amigo de sempre.

P. VERLAINE

SENHORA RIMBAUD A VERLAINE

Roche, 6 de julho de 1873.

Senhor,

No momento em que lhe escrevo, espero que a calma e a reflexão já tenham voltado ao seu espírito. Matar-se, infeliz! Matar-se quando se está oprimido pela tristeza é uma *covardia;* matar-se quando se tem uma santa e boa mãe que daria sua vida por você, que morreria ao vê-lo morto, e quando se é pai de um pequeno ser que hoje estende-lhe os braços, que amanhã lhe sorrirá e que um dia, precisará de seu apoio, seus conselhos; matar-se em tal situação é uma infâmia. O mundo despreza todos aqueles que morrem assim, e o próprio Deus não pode perdoá-lo por tal crime e o rejeita de seu seio.

Senhor, ignoro quais são as suas desgraças com Arthur, mas sempre previ que o desenlace da ligação de vocês dois não seria feliz. Por que, me perguntará o Senhor. Porque o que não é autorizado, aprovado por pais honestos e bons, não deve servir para a felicidade dos filhos. Vocês, jovens, riem e acham graça de tudo, mas não é menos verdade que nós temos experiência por nós mesmos, e todas as vezes em que não seguirem nossos conselhos, serão infelizes. O senhor pode ver que não o estou adulando, eu não adulo nunca aqueles que amo. O senhor lamenta sua vida infeliz; pobre criança! Por acaso sabe o que virá amanhã? Aguarde, então! Como compreender a felicidade aqui em baixo? O senhor é bastante razoável para acreditar que a felicidade seja a realização de um projeto ou a satisfação de um capricho ou de uma fantasia: não, uma pessoa que visse, desta forma, todos os seus anseios atendidos, todos os seus desejos satisfeitos, de modo algum seria feliz, pois a partir do momento em que não tivesse mais aspirações, não haveria mais emoção possível e portanto, não haveria mais felicidade. É preciso que o coração bata com o pensamento do bem; do bem que fizemos, do bem a que nos propomos fazer.

Eu também estive muito infeliz. Sofri bastante, chorei muito e fiz com que todas as minhas aflições viessem em meu proveito. Deus me deu um coração forte, cheio de coragem e energia, lutei contra todas as adversidades; e depois, refleti, olhei em minha volta e me convenci, mas me convenci mesmo, que cada um de nós tem no coração uma chaga mais ou menos profunda, e a minha chaga me parecia muito mais profunda que a dos outros; o que é natural, pois eu sentia o meu mal e não sentia o dos outros. Foi então que disse a mim mesma (e vejo todos os dias que tenho razão): a verdadeira felicidade consiste no cumprimento de todos os seus deveres, por mais penosos que sejam!

Faça como eu, caro senhor: seja forte e corajoso contra todas as dores; expulse do seu coração todos os maus pensamentos, lute, lute sem descansar contra aquilo que chamamos de injustiça do destino; e o senhor verá que a infelicidade deixará de persegui-lo e voltará a ser feliz. E também preciso trabalhar muito, dar um propósito à nossa vida; sem dúvida haverá ainda dias ruins; mas qualquer que seja a maldade dos homens, não perca jamais a confiança em Deus. Ele, e somente Ele, consola e traz a salvação, acredite em mim.

A senhora sua mãe me daria um grande prazer ao me escrever. Aperto-lhe a mão e não lhe digo adeus, espero vê-lo um dia.

VIÚVA RIMBAUD

RIMBAUD A VERLAINE

Meio-dia de segunda-feira.

Londres, 7 de julho de 1873.

Meu caro amigo,

Li a carta que você enviou à Sra. Smith.

(Infelizmente já é muito tarde.)

Você quer voltar a Londres! Você não sabe como todo o mundo iria recebê-lo! E a cara que me fariam Andrieu e outros se tornassem a me ver com você. No entanto, eu terei coragem. Diga-me o que quer sinceramente, Você quer voltar a Londres por mim? Que dia? Foi minha carta que o aconselhou? Mas já não há mais nada no quarto. – Tudo foi vendido, menos um casaco. Ganhei duas libras e dez. Mas a roupa suja ainda está na casa da lavadeira, e eu guardei muitas coisas para mim: cinco gibões, todas as camisas, ceroulas, colarinhos, luvas e todos os sapatos. Todos os seus livros e manusc. estão em segurança. Em suma, foram vendidos apenas as suas calças, a preta e a cinza, um casaco e um gibão, a mala e a caixa de chapéu. Mas por que você não me escreve?

Sim, meu querido, vou ficar ainda uma semana. E você virá, não é? Diga-me a verdade. Você terá dado uma prova de coragem. Espero que seja verdade. Fique tranquilo quanto a mim, eu terei um bom caráter.

Do seu. Eu o aguardo.

RIMB.

VERLAINE A RIMBAUD

Office of origin Brussels 7
Handed in at 8.38
Sent out at 10.16
From Verlaine

To Rimbaud
8 gt. College St. Camdentown
London.

Voluntário Espanha venha aqui Hotel Liégeois roupa lavada e manuscritos se possível.

DEPOIMENTO DE RIMBAUD AO COMISSÁRIO DE POLÍCIA*

10 de julho de 1873 (aproximadamente 8 horas da noite).

Há um ano que moro em Londres com o Senhor Verlaine. Éramos correspondentes dos jornais e dávamos aulas de francês. Nossa sociedade tornou-se impossível e eu manifestei o desejo de voltar a Paris.

Há quatro dias ele me deixou para vir para Bruxelas e enviou-me um telegrama para que viesse me unir a ele. Cheguei há dois dias e hospedei-me com ele e sua mãe na rua des Brasseurs, nº 1. Ainda manifestava o desejo de voltar a Paris. Ele me respondeu:

"Sim, parta e verá!"

Esta manhã ele foi comprar um revólver na passagem das Galerias Sain-Hubert, que me mostrou quando voltou, mais ou menos ao meio-dia. Fomos em seguida à Maison des Brasseurs, Grand'Place, onde continuamos a falar de minha partida. De volta ao apartamento, aproximadamente às duas horas, ele fechou a porta a chave e sentou-se em frente; depois, armou seu revólver e deu dois tiros, dizendo:

"Aí está! Eu lhe ensinarei a querer partir!"

Estes tiros foram dados a três metros de distância; o primeiro me feriu o pulso esquerdo, o segundo não me atingiu. Sua mãe estava presente e me prestou os primeiros socorros. Fui em seguida ao Hospital Sain-Jean, onde me fizeram um curativo. Eu estava acompanhado de Verlaine e sua mãe. Feito o curativo, voltamos os três para casa. Verlaine continuava repetindo que não partisse e que ficasse com ele; mas eu não quis consentir e

---

* Dia 10 de julho de 1873 em uma discussão no Grande Hotel Liégeois em Bruxelas, Verlaine dá um tiro que corta a mão de Rimbaud. Verlaine é preso e processado. (N.E.)

parti por volta das sete horas da noite, acompanhado de Verlaine e sua mãe. Próximo à Place Rouppe, Verlaine avançou alguns passos e em seguida, virou-se para mim: eu o vi pôr a mão no bolso para apanhar seu revólver; eu recuei e voltei sobre os meus passos. Encontrei o agente policial, dei parte do que havia me acontecido, e ele convidou Verlaine a acompanhá-lo até a delegacia.

Se este último tivesse me deixado partir livremente, eu não teria dado queixa do ferimento que ele me causou.

A. RIMBAUD

DEPOIMENTO DA SENHORA VERLAINE AO COMISSÁRIO DE POLÍCIA

Há aproximadamente dois anos que o Senhor Rimbaud vive às custas de meu filho, que sempre se queixa de seu caráter impertinente e mau; ele o conheceu em Paris e depois, em Londres. Meu filho chegou em Bruxelas há quatro dias. Mal havia chegado, recebeu uma carta de Rimbaud, que queria vir unir-se a ele. Ele respondeu afirmativamente por telegrama e Rimbaud veio se hospedar conosco há dois dias. Esta manhã, meu filho, que tem a intenção de viajar, fez a compra de um revólver. Após o passeio, eles voltaram para casa, mais ou menos às duas horas. Uma discussão surgiu entre eles. Meu filho apanhou seu revólver e deu dois tiros em seu amigo Rimbaud: o primeiro o feriu no braço esquerdo, o segundo não o atingiu. No entanto, não encontramos as balas. Após haver sido atendido no Hospital Sain-Jean, visto que Rimbaud testemunhava o desejo de voltar a Paris, dei-lhe vinte francos, porque ele não tinha dinheiro. Depois, fomos reconduzi-lo à estação do Midi, quando ele se dirigiu ao agente de polícia para que prendesse o meu filho, que não guardava rancor contra ele e que havia agido em um momento de desespero.

DEPOIMENTO DE VERLAINE AO COMISSÁRIO DE POLÍCIA

10 de julho de 1873.

Cheguei a Bruxelas há quatro dias, infeliz e desesperado. Conheci Rimbaud há mais de um ano. Vivi com ele em Londres, cidade que deixei há quatro dias para vir viver em Bruxelas, a fim de estar mais perto de meus negócios, já que estou me separando de minha esposa, residente em Paris, que pretende que eu mantenho relações imorais com Rimbaud.

Escrevi à minha esposa dizendo que se ela não viesse ter comigo em três dias, eu daria um tiro em minha cabeça, e foi com esta finalidade que comprei o revólver esta manhã na passagem das Galerias Saint-Hubert, com o estojo e uma caixa de balas, pela soma de 23 francos.

Depois de minha chegada a Bruxelas, recebi uma carta de Rimbaud que me perguntava se podia vir se unir a mim. Enviei-lhe um telegrama dizendo que o aguardava; e ele chegou há dois dias. Hoje, ao ver-me infeliz, quis me abandonar. Perdi o controle em um momento de loucura e atirei nele. Ele não deu queixa desta vez. Fui com ele e minha mãe ao Hospital Saint-Jean para que o atendessem e voltamos juntos. Rimbaud queria partir de qualquer maneira. Minha mãe deu-lhe vinte francos para a sua viagem; e foi no caminho para a estação que ele pretendeu que eu queria matá-lo.

INTERROGATÓRIO DE VERLAINE PELO JUIZ DE INSTRUÇÃO

PERGUNTA: O senhor nunca foi condenado?

RESPOSTA: Não.

Não sei bem ao certo o que se passou no dia de ontem. Eu havia escrito à minha esposa que mora em Paris para que ela viesse se unir a mim, e ela não me respondeu; por outro lado, um amigo a quem prezo muito havia chegado a Bruxelas dois dias antes para ficar comigo e queria voltar à França; tudo isto me lançou em desespero, comprei um revólver com a intenção de me matar. Ao voltar à minha casa, tive uma discussão com este amigo; apesar de todo o meu empenho, ele queria me deixar: em meu delírio, dei-lhe um tiro de pistola que o atingiu na mão. Deixei então cair o revólver e o segundo tiro foi acidental. Tive imediatamente o mais vivo remorso pelo que havia feito; minha mãe e eu conduzimos Rimbaud ao hospital para que lhe fizessem um curativo; a ferida era sem importância. Apesar de minhas insistências, ele persistia na resolução de voltar à França. Ontem à noite, nós o conduzimos à estação do Midi. A caminho, eu renovei minhas insistências; cheguei até mesmo a me colocar diante dele, como para impedi-lo de continuar seu trajeto e o ameacei de dar um tiro em minha cabeça; ele talvez tenha compreendido que ameaçava matá-lo, mas esta não era a minha intenção,

P.: Qual é o motivo de sua presença em Bruxelas?

R.: Esperava que minha esposa viesse se unir a mim aqui, como ela já havia feito anteriormente depois de nossa separação.

P.: Não compreendo como a partida de seu amigo possa tê-lo lançado em desespero. Nao há, entre o senhor e Rimbaud, outras relações além de amizade?

R.: Não, é uma calúnia que foi inventada por minha mulher e sua família para me prejudicar; acusam-me de tal na petição apresentada ao tribunal por minha esposa como justificativa ao seu pedido de separação.

Após a leitura, persiste e assina:

P. Verlaine, Th. T'Serstevens, C. Ligour.

DEPOIMENTO DE RIMBAUD DIANTE DO JUIZ DE INSTRUÇÃO

12 de julho de 1873.

Há aproximadamente dois anos, travei conhecimento com Verlaine em Paris. No ano passado, em seguida aos desentendimentos com sua esposa e a família dela, convidou-me para acompanhá-lo numa viagem ao exterior; deveríamos ganhar a vida de uma maneira ou de outra, pois eu não tenho nenhuma fortuna pessoal, e Verlaine tem apenas o produto de seu trabalho e algum dinheiro que lhe dá sua mãe. Viemos juntos a Bruxelas no mês de julho do ano passado; aqui ficamos por aproximadamente dois meses; vendo que nada havia para nós nesta cidade, fomos para Londres. Vivemos juntos até os últimos tempos, ocupando a mesma casa e compartilhando tudo.

Em seguida a uma discussão que tivemos no começo da semana passada, discussão nascida das admoestações que eu lhe fazia por sua indolência e sua maneira de agir em relação a pessoas de nosso relacionamento, Verlaine me deixou praticamente sem me avisar, sem mesmo me informar sobre o lugar para onde ia. Supus, entretanto, que ele vinha para Bruxelas, ou que passaria por aqui, pois havia pego o barco de Anvers. Recebi em seguida, uma carta sua datada "No mar", que eu enviarei ao senhor, onde ele anunciava que ia chamar sua esposa para perto dele, e que se não respondesse ao seu apelo cm três dias, ele se mataria; ele me disse também para escrever-lhe à posta-restante em Bruxelas. Escrevi-lhe em seguida duas cartas nas quais pedia-lhe que voltasse para Londres, ou que consentisse que eu viesse ter com ele em Bruxelas. Eu desejava que nos uníssemos novamente, porque não tínhamos motivo algum para nos separar.

Parti de Londres, portanto; cheguei a Bruxelas terça-feira de manhã e voltei para Verlaine. Sua mãe estava com ele. Não tinha nenhum projeto determinado: não queria ficar em Bruxelas, pois temia não haver nada para fazer nesta cidade; quanto a mim, eu não queria consentir em voltar a Londres, como ele me propôs, porque nossa partida devia ter produzido um efeito bastante desagradável no espírito de nossos amigos, e eu resolvi retornar a Paris. Ora Verlaine manifestava a intenção de me acompanhar, para ir, como ele próprio dizia, fazer justiça à sua esposa e aos seus sogros; ora recusava-se a me acompanhar, porque Paris trazia-lhe à memória tristes lembranças. Ele estava em um estado de exaltação muito grande. Entretanto, insistia muito para que eu ficasse com ele: ora estava desesperado, ora era tomado de fúria. Não havia lógica em suas ideias. Quarta-feira à noite bebeu além das medidas e se embriagou. Quinta-feira de manhã, saiu às seis horas; regressou apenas por volta de meio-dia; novamente estava em estado de embriaguez, mostrou-me uma pistola que havia comprado e quando perguntei-lhe o que esperava fazer com aquilo, respondeu em tom de brincadeira: "É para você, para mim, para todo mundo!" Ele estava altamente excitado.

Enquanto estávamos juntos em nosso quarto, desceu ainda várias vezes para beber licor; queria me impedir de executar meu projeto de voltar a Paris. Eu continuava impassível. Cheguei a pedir dinheiro à sua mãe para fazer a viagem. Então, em um dado momento, ele trancou a porta do quarto que dava para o patamar da escada e sentou-se em uma cadeira contra esta porta. Eu estava de pé, apoiado contra a parede em frente. Ele me disse então: "Isto é para você, já que vai embora!", ou qualquer coisa neste sentido. Apontou sua pistola para mim e deu um tiro que atingiu meu punho esquerdo; o primeiro tiro foi quase imediatamente seguido de um segundo, mas desta vez a arma não estava mais apontada para mim, mas abaixada em direção do assoalho.

Verlaine exprimiu imediatamente o mais vivo desespero pelo que havia feito; precipitou-se em direção ao quarto contíguo ocupado por sua mãe e se jogou em cima da cama. Estava como louco: pôs a pistola entre as minhas mãos e pediu-me que eu a descarregasse em sua têmpora. Sua atitude era de profundo remorso pelo que havia feito.

Por volta das cinco horas da tarde, sua mãe e ele me trouxeram aqui para que me fizessem um curativo. De volta ao hotel, Verlaine e sua mãe me propuseram ficar com eles para me tratar, ou voltar ao hospital até minha cura completa. A ferida me parecia pouco grave, e eu manifestei a intenção de voltar naquela noite mesmo para a França, para Charleville, perto de minha mãe. Esta notícia novamente lançou Verlaine em desespero. Sua mãe deu-me vinte francos para que eu fizesse a viagem, e eles me acompanharam até a estação do Midi. Verlaine estava como louco, fez todos os esforços para me reter; por outro lado, punha constantemente a mão no bolso de sua roupa onde estava a pistola. Quando chegamos à Praça Rouppe, ele deu alguns passos à nossa frente e depois voltou-se para mim; sua atitude me fez recear que ele se entregasse a novos excessos; virei-me e fugi correndo. Foi então que implorei a um agente de polícia que o prendesse.

A bala que me atingiu na mão ainda não foi extraída, o doutor daqui me disse que isto só poderá ser feito dentro de dois ou três dias.

PERGUNTA: De que viviam vocês em Londres?

RESPOSTA: Principalmente do dinheiro que a Senhora Verlaine enviava a seu filho. Tínhamos também as aulas de francês que dávamos juntos, mas estas aulas não rendiam grande coisa, uns doze francos por semana, já no final.

P.: O senhor conhece os motivos dos desentendimentos entre Verlaine e sua esposa?

R.: Verlaine não queria que sua esposa continuasse a morar na casa do pai dela.

P.: Ela não invoca como agravante a intimidade do senhor com Verlaine?

R.: Sim, ela até mesmo nos acusa de relações imorais; mas não quero me dar ao trabalho de desmentir semelhante calúnia.

Após a leitura, persiste e assina:

A. Rimbaud, Th. T'Serstevens, C. Ligour.

NOVO INTERROGATÓRIO DE VERLAINE

18 de julho de 1873.

Não posso acrescentar mais nada ao meu primeiro interrogatório sobre o motivo do atentado cometido por mim contra Rimbaud. Estava naquele momento em estado de total embriaguez, estava fora de minha razão. É verdade que depois dos conselhos de meu amigo Mourot* renunciei por um instante ao meu projeto de suicídio; havia decidido me engajar como voluntário no exército espanhol; mas como a visita que fiz, com este objetivo, à embaixada espanhola não levou a nada, fui novamente tomado por minhas ideias de suicídio. Foi nesta disposição de espírito que, na tarde da quinta-feira, comprei meu revólver. Carreguei minha arma em um botequim da rua dos Chartreux, onde tinha ido para fazer uma visita a um amigo.

Não me lembro de ter tido com Rimbaud uma discussão de tal forma irritante, que pudesse explicar o ato pelo qual sou recriminado. Minha mãe, com quem estive depois de minha prisão, disse-me que eu havia pensado em voltar a Paris para fazer, junto de minha mulher,

* Auguste Mourot, citado por Verlaine, é um pintor residente em Bruxelas. Amigo de Verlaine, Mourot o considerava vítima de Rimbaud. (N.E.)

uma última tentativa de reconciliação e que eu desejava que Rimbaud não me acompanhasse; mas, pessoalmente, não tenho nenhuma lembrança disto. De resto, nos dias que precederam o atentado, minhas ideias não tinham uma sequência e nem muito menos uma lógica.

Se eu chamei Rimbaud por telegrama, não foi para viver novamente com ele; quando enviei o telegrama, tinha a intenção de entrar para o exército espanhol; foi mais para dizer-lhe adeus.

Lembro-me que na noite de quinta-feira fiz todos os esforços para que Rimbaud não saísse de Bruxelas, mas ao fazê-lo, eu obedecia a sentimento de remorso e ao desejo de mostrar-lhe, por minha atitude a seu respeito, que não houvera nada de voluntário no ato que eu havia cometido. Desejava, além disto, que ele curasse completamente sua ferida antes de regressar à França.

Feita a leitura, persiste e assina:

P. Verlaine, Th. T'Serstevens, C. Ligour.

NOVO DEPOIMENTO DE RIMBAUD

18 de julho de 1873.

Eu insisto nas declarações feitas por mim anteriormente, ou seja, que antes de me dar um tiro de revólver, Verlaine havia feito todas as tentativas para me manter junto dele. É verdade que a um certo momento ele manifestou a intenção de ir a Paris para fazer uma tentativa de reconciliação com sua esposa e que queria me impedir de acompanhá-lo; mas ele mudava de ideia a cada instante, não se prendia a nenhum projeto. Tampouco posso encontrar um motivo sério para o atentado que ele cometeu contra mim. De resto, ele estava completamente alucinado: encontrava-se em estado de embriaguez, havia bebido pela manhã, coisa que, aliás, tem o hábito de fazer quando está entregue a si mesmo.

A bala de revólver que me feriu foi extraída ontem de minha mão; o médico me disse que dentro de três ou quatro dias minha ferida estará curada.

Penso em voltar para a França, para a casa de minha mãe, que reside em Charleville.

Feita a leitura, persiste e assina:

A. Rimbaud, Th. T'Serstevens, C. Ligour.

RETIRADA DA QUEIXA DE RIMBAUD

Eu abaixo-assinado, Arthur Rimbaud, 19 anos, homem de letras, com endereço fixo em Charleville (Ardennes, França), declaro, em nome da verdade, que na quinta-feira, dia 10 do presente mês, por volta das 2 horas, no momento em que o Sr. Paul Verlaine, no quarto de sua mãe, deu, com seu revólver, um tiro que me feriu levemente o punho esquerdo, o Sr. Verlaine se encontrava em um estado tal de embriaguez que não tinha consciência de seus atos.

Que estou intimamente convencido que ao comprar esta arma, o Sr. Verlaine não tinha nenhuma intenção hostil contra mim e que não houve nenhuma intenção criminosa no ato de trancar a porta sobre nós.

Declaro também propor, de espontânea vontade, e consentir na minha desistência pura e simples de toda açao criminal, correcional e civil e desisto, a partir de hoje, dos benefícios de toda demanda judicial que possa vir a ser feita pelo Ministério Público contra o Sr. Verlaine pelo fato do que aqui se trata.

A. RIMBAUD

Sábado, 19 de julho de 1873.

DE VITALIE RIMBAUD PARA A IRMÃ ISABELLE

Londres, 12 de julho de 1874.

Minha querida irmãzinha,

Como você é gentil e boa. Se soubesse o quanto sua carta nos encheu de alegria. Você é muito mais amável que eu. Como seu pequeno coração nos diz coisas boas. Você me deu uma bela lição. Mas saiba que a amo tanto quanto você nos ama, e que meu único desejo, aqui, é que você esteja a meu lado. Oh, você já sabia, não é? Você sente isso. Mas você não imagina como estou contente que você tenha gostado do Santo Sepulcro.* Aliás, não fico nem um pouco surpresa. Sei que, lá, vive-se perfeitamente bem. As irmãs são tão boas: cuidam muito bem das alunas. Fique sabendo, no entanto, que não pensei nada na saída quinta-feira passada, mesmo assim meu espírito com frequência estava com você. – Você disse que faz muito quente em Charleville, mas aqui talvez esteja mais quente ainda. Fazia tempo que não sentíamos um calor como esse, e no entanto o céu está sempre cinza, o sol não está forte, e há sempre um nevoeiro no ar. – Você me pede detalhes da viagem. Oh, com o maior prazer, minha querida; é tão bom conversar com você. Aliás, tínhamos combinado isso antes da nossa partida. Vou começar, então.

Saímos de Charleville às 6h30 da manhã. O tempo estava muito bom. O sol não se mostrava totalmente, mas o céu não estava muito encoberto. As aldeias se sucederam com rapidez, chegamos a Hirson às 9h15. Ali fizemos uma pequena parada e partimos para Valenciennes.

Os principais lugares que cruzamos foram Avesnes, cidade fortificada, Aulnoy, que é um burgo e que tem uma belíssima estação de trem. Descemos em Valenciennes; ela

* Ordem religiosa das Chanoinesses du Saint-Sépulcre, onde Isabelle foi deixada enquanto a mãe e a irmã viajavam para Londres. (N.T.)

tem três igrejas, Saint-Géri, Notre-Dame e Saint-Nicolas. Uma magnífica prefeitura e um teatro bem perto.

Deixamos Valenciennes e, depois de passarmos por três ou quatro aldeias, o trem parou alguns minutos em Douai. Não descemos. A estação de Douai se parece muito com a de Charleville. Os campos estavam todos cobertos de magníficas plantações. Vimos muitas fábricas de tecidos. Chegamos a Lille às 6h25 da tarde. Apesar de querermos, não pudemos ver Lille, não se descia. A partir dessa cidade, a estrada de ferro vai muito mais rápido, só para por dois ou três minutos a cada estação. Antes de chegar a Calais, passamos por várias aldeias: Baieul, Widogen, Walten, Audrisch e várias outras. – Enfim chegamos a Calais, às dez horas da noite. Descemos do trem. Tínhamos que esperar até as duas horas da manhã.

Achei a espera muito longa. – Visitamos a cidade. Compramos coisas para a viagem. Comemos um pouco. Mamãe me levou para ver os barcos, o mar. Eu não enxergava direito porque estava bem escuro, o ar carregado por uma densa neblina. Estava tão bom, tão fresco. Foi a primeira vez que eu vi o mar. Também vimos o cometa, mas bem pequeno. No fim, depois de providenciarmos dinheiro inglês, nos dirigimos para o barco que nos conduziria à Inglaterra. – Não ousei descer; estava com medo. Se você estivesse ali, Isabelle, teria visto que é impossível conter uma certa emoção. De fato, deixamos nossa pátria. Partimos para o estrangeiro, para o mar, algo extraordinário para nós, e no entanto eu estava bem contente.

O que dizer da travessia? Já falei sobre ela. – O barco estava pintado de branco. Ele tinha duas enormes chaminés também pintadas de branco. Pensamos que ficaríamos melhor e descemos para as cabines. Ficamos nelas cerca de meia hora. Só havia ingleses: nem um único francês. Ninguém falava nossa língua, a não ser o comandante do barco. Mamãe não se sentiu muito bem. Subimos para o convés: o ar fresco e puro a restabeleceu um pouco. O dia começava a raiar quando Mamãe ficou realmente enjoada. Pobre Mamãe! Vendo-a sofrer, fiquei ainda pior. No entanto, fiquei apenas uma meia hora enjoada.

Mas que belo espetáculo o mar, Isabelle, quando nunca o vimos. O dia nascia cada vez mais rápido e nos permitia ver muito bem aquela imensa camada de água. O vento estava bem forte, as ondas fustigavam o barco e, às vezes, algumas gotas caíam sobre nós. Enxergávamos até bem longe e, a nossa volta, havia uma infinidade de barcos grandes e pequenos, canoas de pescadores que a cada instante pareciam engolidas pelas ondas do mar.

— Enfim o litoral da Inglaterra, que víamos havia um bom tempo e se mostrava cada vez mais, e logo o barco parou. Enfim desembarcamos. Eram 3h30. Eu tinha a impressão de que eram oito horas. Todas as senhoras estavam enjoadas. Fomos conduzidas à alfândega. Ali, tivemos bastante dificuldade para sermos entendidas e saímos de Dover às seis horas.

Costeamos o mar por um bom tempo. Como ele estava bonito. Havia sol, que resplandecia sobre as ondas azuladas. Antes de chegar a Londres passamos por seis túneis, descemos na estação de Charing-Cross às dez horas. – Arthur ficou tão contente de nos rever: você pode imaginar. – Fiquei muito espantada de ver tantos carros e pessoas, pois Londres não se parece em nada com nossas cidades da França.

Descansamos nesse dia, e no seguinte começamos a visitar uma parte de Londres.

Arthur nos levou para ver o Parlamento. Que obra-prima! O Parlamento tem duas grandes torres douradas e várias pequenas. As grades também são douradas. E que arquitetura! Não entendo como é possível fazer coisas tão complicadas.

Nesse dia também vimos o palácio do duque de Northumberland. Ele também é muito bonito, mas num estilo muito antigo. Estava fechado. Depois o Royal Alhambra Theatre, numa praça magnífica. Bem no meio dela, uma estátua de Shakespeare. Ela tinha como pedestal um imenso bloco de mármore branco como a estátua, e seis tubarões que jorravam vários jatos d'água pela cabeça. Havia ali um magnífico jardim com bancos. Nesse dia, havia um mundo de gente. Parece que um senhor da vizinhança morreu recentemente e deixou uma certa quantia para a construção desse magnífico monumento.

Agora vejo que meu papel se enche bem rápido e que ainda não disse um décimo do que tinha reservado para você. Logo precisarei me despedir, minha irmãzinha. Que pena! Mesmo assim, estou muito feliz de contar o que vi. Vou resumir o máximo que puder. Quando tiver a felicidade de voltar a vê-la, terei tempo de aprofundar vários detalhes.

Arthur nos levou a todos os lugares. Ele lamentou muito que você não tenha vindo. Vimos a catedral protestante de Saint-Paul. Quando entramos nela, estavam em oração. Contarei como a fazem. Não conhecemos nenhuma igreja católica. Elas não existem por aqui. Todos os bairros do nosso lado são protestantes, e numa única rua contamos seis templos. Hoje, domingo, não estivemos na missa e assistimos a um ofício protestante que durou boas duas horas. Garanto a você que me entediei bastante.

Vimos a caserna dos guardas da rainha. Homens muito bonitos. Vestem-se tão bem. Não tenho tempo de me demorar sobre tudo o que vi em matéria de monumentos, passeios, lojas, mas direi que Londres tem coisas admiráveis, maravilhosas. Ontem, Arthur nos levou ao British Museum. Há uma infinidade de tesouros, que para apreciar seria preciso frequentar por vários meses. O que dizer de todos os peixes, pássaros, répteis, pedras preciosas e diamantes que estão lá, expostos à vista de todos os espectadores? Vi antiguidades egípcias e chinesas, bustos de imperadores gregos e romanos, petrificações, incrustações, esqueletos de animais antediluvianos, como mastodontes, rinocerontes. Não consigo entender direito como essas coisas puderam se conservar por tanto tempo. Uma biblioteca onde Arthur vai com muita frequência encerra mais de três milhões de volumes. As senhoras são admitidas tanto quanto os senhores.

Ao anoitecer, fomos fazer um passeio no Tâmisa. Mas uma tempestade acabou desabando. Fomos obrigados a descer às cabines, e ali não enxergamos tão bem quanto no convés. Mesmo assim foi bem agradável, Isabelle, o passeio pelo Tâmisa. Há sempre muita gente. Fomos mais ou menos até o fim de Londres. É sempre a mesma coisa, casas exatamente iguais na mesma rua, com pequenos jardins na frente. Quando começamos a voltar, não chovia mais, e os trovões tinham cessado. Tenho certeza, minha querida irmãzinha, que você ficaria muito feliz de estar aqui para ver todas essas belas coisas, mas você não imagina a dificuldade que temos para nos fazer compreender. Não conhecemos quase ninguém que fale francês, a não ser nos lugares onde Arthur vai. Agora não ficamos mais totalmente constrangidas. No início, Arthur sempre precisava estar junto para tudo o que queríamos. Mas ele se sai tão bem em todas as coisas que tudo sempre dá certo.

Ele está muito melhor, mas várias pessoas o aconselharam a ir para o campo, para a beira-mar, para se recuperar totalmente. Não sei ainda o que fará.

Não falei das lojas, mas há ruas em que elas são magníficas. Do nosso lado, há muitas estações. Construíram uma bem perto da outra. Não temos nada para fazer ao longo do dia, mas o calor é tão grande que sufocamos dentro dos apartamentos.

Hoje é domingo. Todas as lojas estão fechadas e vemos pouquíssima gente. Se sairmos, será apenas ao anoitecer.

Passei com alegria uma parte da tarde escrevendo a você, e gostaria de ainda ter espaço para falar por muito mais tempo. Mamãe fala em você o tempo todo. Ela repete sem parar: Se Isabelle estivesse aqui, como ficaria contente. Mesmo assim, ela diz que você fez bem em ficar, pois teria se cansado demais com a viagem.

Vamos, minha pequena Isabelle, não pense que a estou deixando. Não, estou sempre perto de você, no coração e em espírito. Adeus, minha querida e pequena Isabelle.

Um beijo carinhoso, de todo coração, e outro de Mamãe e de Arthur.

Sua irmã amada.
Vitalie.

Apresente meus afetuosos e sinceros cumprimentos a todas as madres, em particular a Madame Sainte-Cécile e Madame Sainte-Mélanie. Mamãe roga a essas senhoras que aceitem suas respeitosas saudações. Tenha a bondade de transmitir minha estima a essas senhoritas.

Argyle Square W.C.
Londres.
(Mesmo endereço que da última vez)

RIMBAUD A ERNEST DELAHAYE

Stuttgart, 5 de março de 1875.

Verlaine chegou aqui há alguns dias, rosário na mão... Três horas mais tarde, já havíamos negado o seu deus e sangrado as 98 chagas de Nosso Senhor. Ele ficou dois dias e meio, foi bastante razoável e seguindo o meu raciocínio, voltou à Paris, para em seguida, ir terminar seus estudos lá *na* ilha.

Não tenho mais que uma semana de Wagner e deploro este dinheiro que paga o ódio e todo este tempo perdido com nada. No dia 15, terei uma Ein freundliches *Zimmer* em algum lugar, e eu estalo a língua com frenesi, tanto e tanto que terei terminado em dois meses no máximo.

Tudo é bastante inferior aqui, exceto uma coisa: o Riessling, e euh konvido focê a beberr un kopo bem em vrente das kolinas queh o firam nazer, à sua saúde imperbeduosa.*

O sol assola e o frio esfria, é cansativo.

(Depois do dia 15, posta-restante Stuttgart)

Do seu,

RIMB.

(Desenho)

Senhor Ernest Delahaye,
Em Charleville.

RIMBAUD AOS SEUS

Stuttgart, 17 de março de 1875.

Cara família,

Não quis escrever antes de ter um novo endereço. Hoje, acuso o recebimento de sua última remessa de 50 francos. E eis o modelo como subscrever o meu endereço nas cartas:

* No original, *imperbédueuse.* (N.T.)

Wurtemverg,
Senhor Arthur Rimbaud
2, Marien Strasse, 3 tr.
Stuttgart.
"3 tr." significa terceiro andar.

Tenho agora um quarto bem grande, extremamente bem mobiliado, no centro da cidade, por dez florins, isto é, 21 francos e 50 centavos, incluindo o serviço. Já me ofereceram o serviço de pensão por 60 francos ao mês, mas não tenho necessidade: por sinal, estes pequenos acordos sempre acabam em roubos e chateações, mesmo que pareçam ser mais econômicos. Tratarei portanto de ir até o dia 15 com o que me resta (ainda 50 francos), quando terei novamente necessidade de adiantamentos. Espero que você ache isto moderado e razoável. Empenho-me em assimilar as maneiras daqui por todos os meios possíveis, busco informar-me; mesmo assim, sofro realmente com a maneira deles. Saúdo o exército*, espero que Vitalie e Isabelle estejam bem, peço que me informem se desejarem alguma coisa daqui. Sou seu filho dedicado.

A. RIMBAUD

Em Charleville.

VERLAINE A RIMBAUD

Londres, domingo, 12 de dezembro de 1875.

Meu caro amigo,

Não lhe escrevi, ao contrário de minhas promessas (se tenho boa memória), porque esperava, confesso, carta sua. Nada recebido, nada respondido. Hoje rompo este longo silêncio para confirmar-lhe tudo o que lhe escrevi há mais ou menos dois meses.

---

* A frase "...Saúdo o exército..." refere-se a Frédéric Rimbaud, que fazia, na época, o serviço militar. (N.E.)

O de sempre. Estritamente religioso, porque é a única coisa inteligente e boa. Todo o resto é trapaça, maldade, estupidez. A Igreja fez a civilização moderna, a ciência, a literatura: fez a França, particularmente, e a França está morrendo por ter rompido com ela. *É* bastante claro. E a Igreja também faz os homens, ela os *cria:* admira-me que você não veja isto, é surpreendente. Tive tempo, nestes dezoito meses, para pensar e repensar sobre este assunto e asseguro-lhe que me agarro a esta ideia como a única tábua de salvação.

E sete meses passados entre os protestantes me confirmaram meu catolicismo, meu legitimismo e a minha coragem resignada.

Resignada pela excelente razão de que me sinto e me vejo *punido*, humilhado com justiça, e quanto mais severa for a lição, maior é a graça e a obrigação de dar uma resposta.

E impossível que você possa afirmar que isto é afetação ou pretexto. E quanto ao que você me escreveu, não me lembro mais dos termos, "modificações do mesmo indivíduo sensitivo", "rubbisch", "potarada", piadas e miscelâneas dignas de Pelletan e outros *sub-Vacquerie.*

Portanto, o de sempre. A mesma afeição (modificada) por você. Eu o queria tanto esclarecido, reflexivo. É para mim uma grande tristeza vê-lo tomar rumos idiotas, você tão inteligente, tão *pronto* (ainda que isto possa surpreendê-lo). Refiro-me ao seu desgosto por tudo e por todos, à sua perpétua raiva contra qualquer coisa – até o fundo esta raiva, ainda que inconsciente *do porquê.*

Quanto à questão do dinheiro, você não pode, seriamente, deixar de reconhecer que eu sou o homem *generoso* em pessoa: é uma das minhas raras qualidades – ou um dos meus inúmeros defeitos, como você verá. Mas, considerando a minha necessidade de reparar o mínimo possível, à força de pequenas economias, as brechas enormes feitas aos meus parcos bens por *nossa* vida absurda e vergonhosa de há três anos atrás – e o pensamento em meu filho e enfim minhas novas, firmes ideias, você deve compreender maravilhosamente bem que eu não posso sustentá-lo. Aonde iria meu dinheiro? Para as mulheres, para os donos dos bares? Aulas de piano? Que "problema"! Sua mãe consentiria em dar-lhe o dinheiro, ora pois!?

Você me escreveu, em abril, cartas muito significativas das suas más e vis intenções, para que eu corra o risco de dar-lhe meu endereço (ainda que no fundo toda tentativa de me prejudicar seja ridícula e antecipadamente ineficaz e que além disso seria, eu o previno, *replicada legalmente,* provas na mão). Mas eu afasto esta hipótese odiosa. E, estou certo, algum "capricho" fugidio de sua parte, algum infeliz acidente cerebral que um pouco de reflexão terá dissipado. – A prudência ainda é a mãe da segurança, e você só terá o meu endereço quando eu estiver seguro quanto a você.

Eis por que implorei a Delahaye que não lhe desse meu endereço e o encarreguei, se ele aceitar, de fazer chegar a mim todas as suas cartas.

Vamos, um bom exercício, um pouco de interesse, que diabo!, de consideração e de afeição por este que será sempre, você bem sabe,

cordialmente seu

P.V.

Eu lhe explicarei os meus planos – oh, tão simples – e os meus conselhos que gostaria de vê-lo seguir, religião à parte, ainda que seja este o meu grande, grande conselho, quando via Delahaye, você tiver me respondido *properly.*

P.S. – Inútil escrever para cá *till called for.* Parto amanhã para longas viagens, muito longe...

ERNEST DELAHAYE A ERNEST MILLOT

Rethel, 28 de janeiro de 1877.

Caro amigo,

Eu o fiz esperar um pouco e estou até mesmo envergonhado de haver sido prevenido a este respeito, mas trago-lhe, em compensação, uma grande notícia:

Ele está de volta.*!...

De uma pequena viagem, quase nada. Eis as estações: Bruxelas, Rotterdam, Le Helder, Southampton, Gibraltar, Nápoles, Suez, Aden, Sumatra, Java (estada de dois meses), Cidade do Cabo, Sta. Helena, Ascenção, Açores, Queenstown, Cork (na Irlanda), Liverpool, Le Havre, Paris e, como sempre, para terminar... em Charlestown.

Por meio de quais surpreendentes ardis ele executou estas escapulidelas é o que seria longo demais para explicar aqui: satisfaço-me com anexar alguns "janbon--d'hommes" absolutamente autênticos.

Ele esteve – coisa deprimente – em Charlestown desde o dia 9 de dezembro: silêncio a este respeito. Além disto, ele ainda não acabou e (nós) veremos, parece, muitas outras (aventuras). Isto é tudo (No momento). A ousadia ilustrativa que aqui segue vale mais que qualquer comentário.

Até breve,

SUA VELHA DELAHAYE

RIMBAUD AOS SEUS

Gênova, domingo, 17 de novembro de 1878.

Caros amigos,

Cheguei esta manhã a Gênova e recebi as cartas de vocês. A passagem para o Egito é paga em ouro, de

* Esta carta refere-se a Rimbaud e traz luz ao seu itinerário nesta época, comprovando que esteve em atividade na Legião Estrangeira da Holanda, em Java. (N.E.)

modo que não há nenhuma vantagem. Parto segunda-feira, dia 19, às 9 horas da noite. Chegaremos no final do mês.

Quanto à maneira como cheguei aqui, foi acidentada, principalmente devido ao clima gelado que enfrentei no caminho. Em Ardennes, na Suíça, por querer pegar via Remiremont, a correspondência alemã de Wesserling, fui obrigado a passar pelos Vosges; primeiro, de diligência, depois a pé, pois nenhuma diligência conseguia mais circular com cinquenta centímetros de neve em média e por uma tormenta notável. Mas a façanha prevista era a passagem de Gothard, que não se atravessa mais de carro nesta época do ano e que eu tive que atravessar a pé.

Em Altdorf, no ponto meridional do lado dos Quatro-Cantões, que costeamos de vapor, começa a estrada de Gothard. Em Amsteg, a aproximadamente quinze quilômetros de Altdorf, a estrada começa a subir e a fazer curvas, à maneira dos Alpes. Não há mais vales, e apenas nos protegemos dos precipícios devido aos marcos decamétricos da estrada. Antes de chegar a Andermatt, passa-se por um lugar de um horror notável chamado Pont-du-Diable – menos belo, no entanto, que a Via Mala do Splügen, que vocês têm em gravura. Em Göschenen, uma vila transformada em burgo devido à afluência dos operários, vê-se ao fundo do desfiladeiro a abertura do famoso túnel, os escritórios e as cantinas da empresa. Além disto, todo este país de aspecto tão feroz é extremamente trabalhado e trabalhador. Se não vemos debulhadoras a vapor no desfiladeiro, ouvimos por quase todos os lugares a serra e a picareta nas alturas invisíveis. Desnecessário dizer que a indústria do país se baseia sobretudo nas madeiras. Há também muitas escavações mineiras. Os estalajadeiros oferecem-nos espécimes minerais mais ou menos curiosos, que o diabo, segundo dizem, vem comprar no alto das colinas e vai revender nas cidades.

Em seguida, começa a verdadeira subida, no Hospital, creio: de início, quase uma escalada, por obstáculos, depois as planuras ou simplesmente a estrada. Mas é preciso imaginar que não se pode seguir pela estrada o tempo todo, já que ela segue em imensos zigue-zagues, para suavizar a grande subida, e levaria um tempo infinito. A pique, temos apenas 4.900 m de elevação, em cada face, e até menos que 4.900 m, em relação a elevação dos arredores. Mas não subimos a pique, seguimos escaladas habituais, ou então trilhas recém-abertas. As pessoas não acostumadas ao espetáculo das montanhas aprendem também que uma montanha pode ter picos, mas que um pico não é uma montanha. O cume de Gothard tem, assim, vários quilômetros de superfície.

A estrada, que tem apenas seis metros de largura, está coberta em todo o seu comprimento, à direita, por um desmoronamento de neve de quase dois metros de altura. Este acúmulo de neve deita sobre a estrada uma barreira de um metro de altura que se atravessa sob uma atroz tormenta de granizo. É assim. Nem uma sombra acima, embaixo ou dos lados, ainda que estejamos rodeados de objetos enormes; não há mais estrada, precipícios, desfiladeiros, nem céu: apenas o branco para sonhar, tocar, ver ou não ver, porque é impossível tirar os olhos do tédio branco que acreditamos ser o centro de tudo. Impossível levantar o nariz em um frio tão violento, os cílios e o bigode ficam como estalactites, a orelha rasgada, o pescoço inchado. Sem nossas próprias sombras e sem os postes telegráficos, que seguem a possível estrada, estaríamos tão perdidos e tontos como uma barata no melado.

E então é preciso furar mais de um metro de altura sobre um quilômetro de comprimento. Há muito não vemos mais nossos joelhos. É irritante. Ofegantes, pois em meia hora a tormenta pode nos enterrar sem muito esforço, nos encorajamos uns aos outros com gritos (não se sobe sozinho, mas em bandos). Eis enfim um alojamento: nele, pagamos 1,50 francos por uma tigela de água salgada. Novamente a caminho. Mas o vento sopra forte, a estrada se cobre inteiramente. Eis um comboio de trenós, um cavalo caído, enterrado até a metade. Mas perdemos a estrada. De que lado dos postes fica? (há postes apenas de um lado). Desviamos, afundamos até as costelas, até debaixo dos braços... Uma sombra pálida atrás de uma vala: é o hospício de Gothard, estabelecimento civil e hospitalar, feia construção de pinheiro e de pedras; um campanário. Tocamos a campainha e um homem vesgo nos recebe; subimos até uma sala baixa e suja onde recebemos, de direito, pão e queijo, sopa e vinho. Vemos os já famosos cães amarelos, belos e grandes. Logo chegam meio mortos os retardatários da montanha. À noite, somos aproximadamente trinta, e nos distribuem, após a sopa, em esteiras duras e debaixo de cobertores insuficientes. Tarde da noite, escutamos os anfitriões exaltarem em cânticos sagrados seu prazer em roubar um dia mais os governos que subvencionam seu casebre.

De manhã, após o pão-queijo-vinho, restabelecidos por esta hospitalidade que pode se prolongar por quanto permitir a tempestade, partimos: Aí então, pela manhã, ao sol, a montanha é maravilhosa: sem ventos, sempre descendo, pelos atalhos, com saltos, inclinações quilométricas que nos fazem chegar a Airolo, o outro lado do túnel, onde a estrada retoma seu aspecto alpino, circular e obstruído, mas sempre descendo. É o Tessin.

A estrada está coberta de neve até mais trinta quilômetros do Gothard. A apenas trinta quilômetros, em Giornico, o vale se alarga um pouco. Alguns vinhedos e algumas pradarias que são cuidadosamente adubados com folhas e outros detritos de pinheiro que deviam ter servido de cama para o gado. Na estrada, desfilam cabras, bois, vacas cinza, porcos negros. Em Bellinzona, há um grande mercado destes animais. Em Lugano, a vinte léguas de Gothard, tomamos o trem e vamos do agradável lago de Lugano ao agradável lago de Como. Em seguida, o trajeto é conhecido.

Pertenço inteiramente a vocês, eu os agradeço e dentro de mais ou menos vinte dias receberão uma carta minha.

Seu amigo.

RIMBAUD AOS SEUS

Alexandria, dezembro de 1878.

Caros amigos,

Cheguei aqui após uma travessia de aproximadamente dez dias e, depois de quinze dias de tentativas de me arranjar, é que as coisas começam a melhorar! Terei um emprego brevemente; e já trabalho o suficiente para viver, mal, é verdade. Ou serei empregado em uma grande exploração agrícola a mais ou menos dez léguas daqui (já fui até o local, mas não haverá nada antes de algumas semanas), ou brevemente entrarei paras os serviços aduaneiros anglo-egípcios, com bom ordenado, ou então, acho que o mais certo é que partirei em breve para Chipre, a ilha inglesa, como intérprete de um grupo de trabalhadores. Em todo caso, prometeram-me alguma coisa; e trato do assunto com um engenheiro francês – homem prestativo e de talento. Mas vejam o que pedem de mim: uma declaração sua, mamãe, com legalização da prefeitura e contendo o seguinte: “Eu abaixo-assinado, Senhora Rimbaud, proprietária em Roche, declaro que meu filho, Arthur Rimbaud, trabalhou em minha propriedade, que deixou Roche por sua própria vontade, no dia 20 de outubro de 1878, que teve um comportamento honrável aqui e em todos os outros lugares, e que, no momento, não está em débito com a lei militar.

Assinado: Sra. R...”

E o selo da prefeitura, que é o mais importante.

Sem este documento, não me darão uma colocação fixa, ainda que eu acredite que continuarão a me empregar ocasionalmente. Mas evite dizer que fiquei pouco tempo em Roche, porque podem exigir um tempo mais longo e a coisa nunca teria fim; depois, isto fará com que as pessoas da companhia agrícola acreditem que sou capaz de dirigir os trabalhos.

Rogo-lhe que me envie esta declaração o mais rápido possível: tudo é muito simples e terá bons resultados, pelo menos terei uma boa colocação para o inverno.

Brevemente eu enviarei a vocês detalhes e descrições de Alexandria e da vida egípcia. Hoje estou sem tempo. Despeço-me de vocês. Cumprimentem Frédéric, se ele estiver aí. Aqui o calor é tão forte quanto em Roche no verão.

Mandem notícias.

A. RIMBAUD

Correio francês, Alexandria, Egito.

RIMBAUD AOS SEUS

Monte-Troodos (Chipre), domingo, 23 de maio de 1880.

Perdoem-me por não haver escrito antes. Vocês já devem querer saber por onde eu ando, mas até o momento estive realmente impossibilitado de fazer chegar até vocês notícias minhas.

Não encontrei nada para fazer no Egito e parti para Chipre há quase um mês. Ao chegar, encontrei meus antigos patrões na falência. Ao cabo de uma semana, porém, arrumei o emprego que tenho no momento. Sou fiscal do palácio que está sendo construído para o governador geral, no topo de Troodos, a mais alta montanha do Chipre (2.100 metros).

Até agora, estive sozinho com o engenheiro em uma das barracas de madeira que formam o acampamento. Ontem chegaram cinquenta operários, e o trabalho seguirá em frente. Sou o único fiscal, e até o momento recebo apenas duzentos francos por mês. Recebi o salário de quinze dias mas tenho tido muitos gastos: é preciso viajar sempre a cavalo; os transportes são muito difíceis, as vilas muito longe, a alimentação muito cara. Além disto, enquanto faz muito calor nas planícies, nesta altura em que estou, faz e fará ainda durante um mês um frio desagradável; chove, cai granizo, o vento derruba as pessoas. Foi preciso comprar colchão, cobertores, paletó, botas etc. etc.

Há, no topo da montanha, um acampamento que receberá as tropas inglesas em algumas semanas. Então, o serviço de provisões ficará garantido.

Portanto, no momento encontro-me a serviço da administração inglesa: espero ser aumentado em breve e ficar no emprego até o fim deste trabalho, que deve terminar por volta de setembro. Assim, poderei ganhar um bom certificado, para ser empregado em outros trabalhos que vão provavelmente se seguir a este, e economizar uns cem francos.

Minha saúde não está boa; tenho ataques de taquicardia e isto me incomoda muito. Mas é melhor não pensar neste assunto. Além disto, o que posso fazer? No entanto, o ar é muito puro aqui. Na montanha há apenas pinheiros e filifolhas.

Estou escrevendo esta carta hoje, domingo, mas é preciso colocá-la no correio a dez léguas daqui, em um porto chamado Limassol, e não sei quando terei oportunidade de ir ou de arrumar um portador. Provavelmente não antes da semana que vem.

No momento, preciso lhes pedir um favor. Tenho absolutamente necessidade, para o meu trabalho, de dois livros:

Album des Scieres Forestières et Agricoles (Álbum das serralherias florestais e agrícolas), em inglês, preço 3 francos, contendo 128 ilustrações.

(Para tal, escrevam vocês mesmos a Sr. Arbey, construtor-mecânico, Cours de Vincennes, Paris.)

Em seguida:

Le Livre de Poche du Charpentier (O livro de bolso do carpinteiro), coleção de 140 ilustrações, de Merly, preço 6 francos. (Façam o pedido a Lacroix, editor, Rue des Saints-Pères, Paris.)

É preciso que vocês peçam e me enviem estas duas obras o mais breve possível, ao endereço abaixo:

Senhor Arthur Rimbaud
Posta-Restante
Limassol (Chipre)

Será preciso que vocês paguem por estas obras, por favor. O correio daqui não recebe dinheiro, e portanto não posso enviá-lo a vocês. Seria necessário que eu comprasse um pequeno objeto qualquer, que fosse aceito pelo correio, e escondesse o dinheiro dentro. Mas isto é proibido, e a ideia não me agrada. Brevemente, porém, se eu tiver alguma coisa, tratarei de fazer chegar o dinheiro até vocês desta maneira.

Vocês sabem quanto tempo é preciso para chegar a Chipre. Considerando ida e volta, e aqui onde me encontro, mesmo com toda a diligência, não penso receber estes livros antes de seis semanas.

Até agora falei apenas de mim. Perdoem-me. É que pensei que vocês devem se encontrar com boa saúde e em melhor situação ainda quanto ao resto. Com certeza, vocês sentem mais calor que eu. E deem-me notícias das coisas por aí. E pai Michel? E Cotaîche?*

Tratarei de lhes enviar brevemente um pouco do famoso vinho da Comendadoria.

Pensem em mim.

Do seu

ARTHUR RIMBAUD

Posta-Restante, Limassol (Chipre)

(A propósito, esqueci-me do assunto do livro. Vou prevenir o cônsul francês daqui e vamos ver no que dá.)

RIMBAUD AOS SEUS

Aden, 17 de agosto de 1880.

Caros amigos,

Deixei Chipre com 400 francos, após quase dois meses, depois de discussões que tive com o pagador geral e com o meu engenheiro. Se tivesse ficado, chegaria a uma boa posição em poucos meses. Mas posso, no entanto, voltar.

Procurei serviço em todos os portos do Mar Vermelho, em Djedda, Suakim, Massaua, Hodeida etc. Vim para cá após ter tentado encontrar alguma coisa para fazer na Abissínia. Estava doente quando cheguei. Estou empregado no escritório de um mercador de café.** Tenho por enquanto apenas sete francos. Quando tiver algumas centenas de francos, partirei para Zanzibar, onde, dizem, tem muito o que fazer.

Deem notícias.

RIMBAUD

Aden-camp.

---

* Pai Michel é um empregado da granja de Roche, propriedade da família Rimbaud e Cotaîche era seu jumento. (N.E.)

** Este "Mercador de café" é na verdade a Casa Viannay, Bardey e Cia. (N.E.)

O serviço de correio custa mais de 25 centavos. Aden não faz parte da União Postal.

– A propósito, vocês me enviaram os livros, em Chipre?

RIMBAUD AOS SEUS

Aden, 25 de agosto de 1880.

Caros amigos,

Parece-me que já havia mandado, anteriormente, uma carta para vocês contando como tive que, infelizmente, deixar Chipre e como cheguei até aqui após ter andado por todo o Mar Vermelho.

Aqui, trabalho no escritório de um mercador de café. O agente da Companhia é um general da reserva. Fazemos negócios razoáveis e pretendemos aumentar. Eu não ganho muito, não chega a seis francos por dia, mas eu vou ficar por aqui, e é preciso, pois é longe demais de tudo para que não se fique o suficiente para ganhar algumas centenas de francos. Se eu ficar, creio que receberei um cargo de confiança, talvez uma agência em outra cidade, e assim poderei ganhar alguma coisa um pouco mais depressa.

Aden é uma rocha medonha, sem um fio de erva e nem uma gota de água potável: bebemos água do mar destilada. O calor é excessivo, sobretudo em junho e setembro, que são as duas canículas. A temperatura constante, dia e noite, em um escritório bastante fresco e ventilado, é de 35 graus. Tudo é caro e assim por diante. Mas não tem jeito: estou como um prisioneiro aqui e, seguramente, precisarei ficar pelo menos por mais três meses antes de me firmar ou ter um emprego melhor.

E aí em casa? A colheita terminou?

Contem-me as novidades.

ARTHUR RIMBAUD

RIMBAUD AOS SEUS

Aden, 22 de setembro de 1880.

Caros amigos,

Recebi sua carta de 9 de setembro e, como uma mala do correio sai amanhã para a França, eu a respondo.

Estou tão bem quanto é possível sê-lo aqui. O estabelecimento faz várias centenas de milhares de francos por mês. Sou o único empregado, e tudo passa por minhas mãos; estou muito bem informado sobre o comércio de café no momento. Tenho toda a confiança do patrão. Apenas sou mal pago: recebo cinco francos por dia, mais alimentação, alojamento, lavanderia etc. etc., com cavalo e carro, o que representa mais ou menos uns doze francos por dia. Mas como sou o único empregado um pouco inteligente em Aden, no fim do meu segundo mês aqui, isto é, no dia 16 de outubro, se não me pagarem duzentos francos por mês, além das despesas, irei embora. Prefiro partir a ser explorado. Além disso, já tenho cerca de 200 francos no bolso. Irei provavelmente para Zanzibar, onde há o que fazer. Aqui também, aliás, há muito o que fazer. Várias sociedades comerciais vão se estabelecer na costa da Abissínia. O estabelecimento tem também caravanas da África; inclusive, é possível que eu vá para lá, onde terei lucros e onde me entediarei menos que em Aden, que é, como todo mundo reconhece, o lugar mais entediante do mundo depois deste em que vocês moram.

Faz 40 graus de calor aqui em casa: suamos litros de água por dia. Queria apenas que fizesse 60 graus, como quando eu estava em Massaua!

Vejo que vocês tiveram um belo verão. Ainda bem. É a revanche do famoso inverno.

Os livros não chegaram porque (tenho certeza) alguém se apropriou deles em meu lugar tão logo deixei o Troodos. Continuo precisando deles assim como de outros, mas não vou pedir nada por enquanto. Não quero enviar dinheiro, antes de estar seguro de que não precisarei dele, o que vai acontecer caso eu parta no fim do mês.

Desejo-lhes muita sorte e um verão de 50 anos sem interrupção.

Respondam-me sempre no mesmo endereço, se eu partir eu avisarei.

RIMBAUD

Casa Viannay,
Bardey e Cia.,
Aden.

– Escrevam corretamente o meu endereço, porque há um outro Rimbaud aqui, agente de viagens marítimas. Fizeram-me pagar 10 centavos de taxa extra de franquia.

Acho que não devem encorajar Frédéric a ir se estabelecer em Roche, mesmo que não encontre muito mais o que fazer em outros lugares. Logo ele se entediaria, e não podem esperar que ele fique. Quanto à ideia de se casar, quando não se tem dinheiro, nem a perspectiva nem o poder de ganhá-lo, não é uma ideia idiota? De minha parte, quem me condenasse ao casamento em tais circunstâncias faria melhor se me assassinasse em seguida. Mas cada um tem sua ideia, e o que ele pensa não me diz respeito, não me interessa, e eu lhe desejo toda a felicidade possível na terra e particularmente no Cantão de Attigny (Ardennes).

Do seu

PRIMEIRO CONTRATO DE RIMBAUD COM A CASA VIANNAY E BARDEY, DE ADEN

Aden, 10 de novembro de 1880.

Sr. A. Rimbaud, em Aden.

Tenho a honra de confirmar-lhe, de conformidade com as normas, as condições do compromisso que o sr. consente em assinar com a Casa Viannay, Bardey e Cia., de Lyon-Aden.

O sr. consente em fazer pane do corpo de pessoal da Casa como empregado da agência de Harar (África Oriental), ou em qualquer outra feitoria ou agência da costa da África ou da Arábia, onde as necessidades do serviço e os interesses da Casa reclamem a sua presença.

O sr. consagrará todos os seus cuidados e todo o seu trabalho aos negócios da Casa e à defesa de seus interesses.

De seu lado, a Casa Viannay, Bardey e Cia. garante-lhe as seguintes vantagens:

O sr. receberá um salário de mil e oitocentas rupias por ano, ou seja, cento e cinquenta rupias por mês, pagáveis mensalmente. O sr. terá, além disto, um lucro de um por cento sobre o rendimento líquido da agência do Harar. O sr. receberá alojamento e alimentação gratuitamente: as despesas e os bens pessoais ficam por conta do sr.

O presente contrato tem o consentimento de ambas as partes por um período de três anos e as partes se comprometem a executá-lo com probidade e prudência.

Em caso de rescisão do presente contrato, fica também estabelecido que o sr. está proibido de prestar serviços a outra casa de comércio que tenha feitoria ou agência na costa da África ou da Arábia ou no interior destes países, durante um período igual ao do contrato ao qual o sr. se liga, isto é, durante nove anos a partir de 1º de novembro de 1880 a 31 de outubro de 1889.

Queira acusar o recebimento desta cana e estipular a aceitação de todas as cláusulas e condições nela relatadas.

Apresento-lhe, senhor, meus sinceros cumprimentos.

Agente Geral para a África e a Arábia da Casa V., B. e Cia.

DUBAR*

---

* Dubar foi gerente da Casa Viannay, Bardey e Cia., chefe e protetor de Rimbaud na Abissínia. (N.E.)

RIMBAUD AOS SEUS

Harar, 13 de dezembro de 1880.

Caros amigos,

Cheguei a este país após vinte dias a cavalo através do deserto somali. Harar é uma cidade colonizada pelos egípcios e dependente de seu governo. A guarnição é composta de milhares de homens. Aqui se encontram nossa agência e nossas lojas. Os produtos vendáveis são o café, o marfim, as peles etc. O país é alto mas não infértil. O clima é fresco mas não malsão. Aqui, todas as mercadorias são importadas da Europa em camelos. Há muito o que fazer neste país. Não temos correio regular aqui. Somos forçados a enviar nossa mala postal a Aden, o que acontece raramente. Portanto, esta não chegará até vocês antes de muito tempo ainda. Espero que tenham recebido os 100 francos cuja remessa eu solicitei à Casa de Lyon e espero que tenham encontrado um meio de encaminhar os objetos pedidos. Ignoro, no entanto, quando os receberei.

Estou aqui entre os galas. Penso que terei que seguir adiante brevemente. Peço-lhes que me façam chegar notícias suas o mais frequentemente possível. Espero que seus negócios estejam indo bem e que vocês estejam se comportando direito. Acharei um meio de escrever outra vez em breve. Enderecem suas cartas desta maneira: Sr. Dubar, agente geral em Aden.

Para Sr. Rimbaud, Harar.

RIMBAUD AOS SEUS

Harar, 15 de janeiro de 1881.

Caros amigos,

Escrevi-lhes duas vezes em dezembro de 1880 e naturalmente ainda não recebi respostas de vocês. Escrevi-lhes em dezembro que estava enviando uma segunda soma de cem francos, que vocês já devem ter recebido e que empregarão da maneira como lhes disse. Tenho muita necessidade de tudo que pedi e suponho que os primeiros objetos já chegaram a Aden. Mas de Aden até aqui há ainda um mês. Chegará uma grande quantidade de mercadorias da Europa, e vamos ter muito trabalho. Brevemente, farei uma viagem ao deserto, para realizar compras de camelos. Naturalmente, temos cavalos, armas, e o resto. O país não é desagradável: neste momento, o tempo é como o do mês de maio na França.

Recebi as duas cartas de novembro; mas eu as perdi em seguida. Tive, porém, o tempo de lê-las e lembro-me que vocês acusavam o recebimento dos primeiros cem francos que eu enviei. Envio-lhes mais cem francos para cobrir gastos extras com taxas. Esta será a terceira remessa e para por aqui até nova ordem; além disto, quando eu tiver recebido uma resposta a esta carta, o mês de abril já terá chegado. Eu não lhes disse que estou empregado aqui por três anos; o que me impedirá de sair com glória e confiança, caso me façam alguma perversidade. Meu salário é de 300 francos por mês, fora qualquer espécie de gasto, e tanto por cento sobre os lucros.

Iremos ver, nesta cidade, um bispo católico* que será provavelmente o único católico do país. Estou aqui entre os galas.

Encomendamos um aparelho fotográfico, e eu lhes enviarei vistas do país e das pessoas. Receberemos também o material de pesquisador de história natural e eu poderei lhes enviar os pássaros e os animais que ainda não foram vistos na Europa. Já tenho aqui algumas curiosidades e espero a ocasião de expedi-las.

Fico feliz em saber que vocês pensam em mim e que seus negócios estão indo bem. Espero que tudo esteja o melhor possível entre vocês. De minha parte,

* Trata-se de Taurin-Cahagne, vigário de Gala. (N.E.)

tratarei de fazer o meu trabalho de maneira interessante e lucrativa.

No momento, tenho a lhes pedir algums pequenos serviços fáceis. Enviem a seguinte carta ao Sr. Lacroix, livreiro-editor, Paris:

AO SR. LACROIX

Senhor

Existe uma obra de um autor alemão ou suíço, publicada na Alemanha há alguns anos e traduzida para o francês com o título de Guide du Voyager ou Manuel Théorique et Pratique de l'Explorateur. É este o título ou mais ou menos este. Esta obra, disseram-me, é um compêndio muito inteligente de todos os conhecimentos necessários ao explorador, em topografia, mineralogia, hidrografia, história natural etc. etc.

Encontrando-me neste momento em um lugar onde não posso encontrar nem o nome do autor, nem o endereço dos editores e tradutores, supus que esta obra é conhecida pelo Sr. e que poderia dar-me estas informações. Agradeceria se me enviasse a obra imediatamente, escolhendo o modo de pagamento de sua preferência.

Agradeço antecipadamente,

RIMBAUD

Roche, por Attigny, Ardennes (França).

Enviem esta carta ao Sr. Bautin, fabricante de instrumentos de precisão, Paris, Rua du Quatre-Septembre, 6.

AO SR. BAUTIN

Aden, 30 de janeiro de 1881.

Senhor,

Desejoso de me ocupar com a venda de instrumentos de precisão em geral no Oriente, tomei a liberdade de lhe escrever para lhe pedir a seguinte informação:

Desejo conhecer o que se fabrica de melhor na França (ou no Exterior) em matéria de instrumentos de matemática, ótica, astronomia, eletricidade, metereologia, pneumática, mecânica, hidráulica e mineralogia. Não trabalho com instrumentos de cirurgia. Ficaria muito contente se o sr. pudesse reunir todos os catálogos que formam este conjunto e confio esta tarefa à sua bondosa competência. Pedem-me igualmente catálogos de fábricas de jogos físicos, pirotecnia, prestidigitação, modelos mecânicos e de construções em miniatura etc. Se existem na França fábricas interessantes neste gênero, ou se o sr. conhece outras melhores no Exterior, eu lhe agradeceria muitíssimo se pudesse obter endereços e catálogos.

O sr. poderia enviar suas informações neste sentido ao endereço abaixo: "Rimbaud, Roche, por Attigny, Ardennes, França". Este correspondente cuidará naturalmente de todas as despesas que possam surgir e adiantará seu pagamento.

Envie-me igualmente, se forem sérios e totalmente modernos e práticos, um Manuel Complet du Fabricant d'Instmments de Précision.

Agradeço antecipadamente,

RIMBAUD

Aden, Arábia

Esta carta deverá ser precedida da seguinte nota:

Senhor,

Estamos enviando uma nota ao seu endereço de um dos nossos parentes no Oriente, e ficaríamos contentes se o sr. pudesse lhe dar toda a atenção. Estamos à sua disposição quanto às despesas que tal possa ocasionar.

RIMBAUD

Roche, por Attigny, Ardennes.

Enfim, informem-se se existe em Paris uma Libralrie de l'École des Mines (Livraria da Escola das Minas) e, se existir, enviem-me um catálogo.

Seu de todo o coração.

RIMBAUD

Casa Viannay, Bardey
Aden, Arábia.

RIMBAUD AOS SEUS

Harar, 15 de fevereiro de 1881.

Caros amigos,

Recebi sua carta de 8 de dezembro e acredito que já lhes escrevi uma vez desde então. Aliás, com a viagem já não me lembro de mais nada a este respeito.

Lembro-lhes que lhes enviei 300 francos: 1º de Aden, 2º de Harar, à data de 10 de dezembro aproximadamente, 3º de Harar, à data de 10 de janeiro aproximadamente. Espero que neste momento vocês já tenham recebido estas três remessas de cem francos e posto em andamento o que lhes pedi. Agradeço-lhes desde já a remessa, a qual vocês já me comunicaram mas que não receberei antes de dois meses a partir de hoje, quem sabe.

Enviem-me as Constructions Métalliques (Construções Metálicas), de Monge, preço: 10 francos.

Espero não ficar muito tempo por aqui; saberei em breve quando partir. Não encontrei o que pensava, vivo de uma maneira extremamente entediante e sem lucros. Assim quc tivcr 1.500 ou 2.000 francos, partirci e ficarei contente com isso. Espero encontrar coisa melhor um pouco mais longe. Mandem-me notícias dos trabalhos do Panamá: assim que estiverem abertos irei. Ficarei mesmo feliz se conseguir ir embora daqui. Peguei uma doença*, pouco perigosa em si, mas o clima daqui é traiçoeiro para qualquer espécie de doença. Não se cura nunca de uma ferida. Um corte de um milímetro

---

* Os biógrafos acreditam que esta carta é a primeira referência à doença que acabou matando o poeta. (N.E.)

em um dedo supura durante meses e provoca gangrena com muita facilidade. Por outro lado, a administração egípcia não dispõe de médicos e de medicamentos suficientes. O clima é muito úmido no verão, é malsão; aborreço-me ao máximo, é frio demais para mim.

Com respeito aos livros, não me enviem mais estes manuais Roret.

Há quatro meses que encomendei mercadorias em Lyon e não receberei nada antes de dois meses.

Não pensem que este país é extremamente selvagem. Temos o exército, a artilharia e a cavalaria egípcia e a sua administração. Tudo é idêntico ao que existe na Europa; só que é um bando de cachorros e bandidos. Os indígenas são os galas, todos agricultores e pastores; gente tranquila, quando não é atacada. O país é excelente, ainda que relativamente frio e úmido, mas a agricultura não é muito avançada. O comércio comporta principalmente pele de animais, que são bem tratados durante a vida toda e escorchados em seguida; depois, café, marfim, ouro; perfumes, incensos, almíscar etc. O mal é que estamos a 60 léguas do mar e os transportes são caros.

Se vocês encontrarem um exemplar usado do Bottin, Paris et Étranger (Catálogo, Paris e Exterior), ainda que velho, por alguns francos, enviem-no a mim, em uma caixa: estou precisando muito. Ponham também meia libra de grãos de beterraba sacarífera em um canto do pacote.

Peçam se vocês tiverem dinheiro de sobra – à editora Lacroix o Dictionary of Engineering Military and Civil (Dicionário de Engenharia Militar e Civil), preço 15 francos. Não é muito urgente.

Estejam certos de que terei cuidado com os meus livros.

Nosso material de fotografia e de pesquisa de história natural ainda não chegou, e creio que terei partido antes que ele chegue.

Tenho uma quantidade enorme de coisas a pedir, mas é preciso que me enviem o Catálogo primeiro.

A propósito, como vocês não encontraram o dicionário árabe? Ele deve estar em casa.

Digam ao Frédéric que procure entre os papéis árabes um caderno intitulado Plaisanteries, Jeux de Mots, etc. (Brincadeiras, jogos de palavras etc.) em árabe; e deve haver também uma coleção de diálogos, canções ou sei lá o quê, úteis àqueles que aprendem a língua. Se há uma obra em árabe, enviem, mas tudo isto como correspondência simples somente, pois não vale o porte.

Vou lhes enviar vinte quilos de café moca para serem descontados de meu ordenado. Isto, se a aduana não cobrar muito caro.

Digo-lhes até breve, na esperança de um tempo melhor e de um trabalho menos idiota; pois se vocês imaginam que vivo como um príncipe, lhes digo que vivo de maneira extremamente idiota e chata.

Esta carta segue com uma caravana e não chegará até vocês antes do fim de março.

Do seu,

RIMBAUD

RIMBAUD AOS SEUS

Harar, domingo, 16 de abril de 1881.

Caros amigos,

Recebi uma carta de vocês da qual não lembro a data: perdi esta carta recentemente. Nela, vocês acusam o recebimento de uma soma de cem francos, foi a segunda, conforme dizem. Está correto. A outra creio eu, isto é, a 3ª, não deve ter chegado: minha remessa deve ter se extraviado. Assim, ponham estes 100 francos de lado.

Continuo em suspense. Os negócios não vão muito bem. Quem sabe por quanto tempo ficarei aqui? Talvez em breve faça uma viagem pelo país. Chegou uma tropa de missionários franceses, e pode ser que os acompanhe nos países até o momento inacessíveis aos brancos, deste lado.

Sua remessa ainda não chegou; deve estar em Aden, no entanto, e espero recebê-la dentro de poucos meses. Imaginem que encomendei roupas em Lyon, há sete meses e elas nem sonham em chegar!

Nada de muito interessante no momento.

Desejo-lhes estômagos menos em perigo que o meu, e ocupações menos entediantes que as minhas.

RIMBAUD

RIMBAUD AOS SEUS

Harar, 4 de maio de 1881.

Caros amigos,

Vocês estão no verão, e é inverno aqui, isto é, faz bastante calor mas chove frequentemente. E assim vai ser por alguns meses. Breve, haverá a colheita do café.

Quanto a mim, espero deixar em breve esta cidade para ir fazer negócios no desconhecido. Há um grande lago a alguns dias daqui e é no país do marfim, tentarei chegar lá. Mas o país deve ser hostil.

Vou comprar um cavalo e ir embora. Caso aconteça alguma coisa de errado e eu tenha que ficar por lá, previno-lhes que tenho uma soma de 7 vezes 150 rupias, que pertencem a mim, depositadas na agência de Aden e que vocês reclamarão, caso isto lhes pareça valer a pena.

Enviem-me um número de um jornal qualquer de trabalhos públicos, para que eu saiba o que está se passando. Estão trabalhando no Panamá?

Escrevam aos Srs. Wurster e Cia, editores, em Zurique, Suíça, e peçam que lhes enviem em seguida o Manuel du Voyageur (Manual do viajante), de Kaltbrünner, por reembolso postal ou como lhes convier. Enviem também as Constructions à la Mer (Construções no mar), de Bonniceau, Livraria Lacroix.

Enviem à agência de Aden.

Comportem-se bem. Adeus.

RIMBAUD

RIMBAUD AOS SEUS

Harar, 25 de maio de 1881.

Caros amigos,

Cara mamãe, recebi sua carta de 5 de maio. Fico feliz em saber que sua saúde está melhor e que você pode ficar de repouso. Na sua idade, seria uma infelicidade ser obrigada a trabalhar. Eu, pobre de mim, não tenho nenhum apego à vida e, se vivo, estou acostumado a viver de cansaços, mas se for forçado a continuar a me cansar como agora e a me alimentar de tristezas tão grandes quanto absurdas nestes climas atrozes, receio abreviar minha existência.

Continuo aqui nas mesmas condições e dentro de três meses poderei lhes enviar 5.000 francos de economias, mas creio que os guardarei para começar algum pequeno negócio por minha própria conta nestas paragens, pois não tenho a intenção de passar toda a minha existência na escravidão.

Enfim, que possamos gozar de alguns anos de verdadeiro repouso nesta vida; e ainda bem que esta vida é a única, e que isto é evidente, pois é impossível uma outra vida com um tédio maior que esta.

Do inteiramente seu,

RIMBAUD

RIMBAUD AOS SEUS

Harar, 2 de julho de 1881.

Caros amigos,

Acabo de chegar do interior, onde comprei uma quantidade considerável de couros secos.

Tenho um pouco de febre, no momento. Parto novamente dentro de alguns dias para um país totalmente inexplorado pelos europeus e se conseguir me pôr decidamente a caminho, será uma viagem de seis semanas, difícil e perigosa, mas que poderá ser proveitosa. Sou o único responsável por esta pequena expedição. Espero que tudo dê o menos errado possível. Em todo caso, não se preocupem comigo.

Vocês devem estar muito ocupados no momento; e desejo-lhes todo o sucesso em suas pequenas tarefas.

Do seu,

RIMBAUD

P.S. – Eu não estou em contravenção com a lei militar? Nunca saberei em que pé estou a este respeito.

RIMBAUD AOS SEUS

Harar, quarta-feira, 22 de julho de 1881.

Caros amigos,

Recebi recentemente uma carta de vocês, de maio ou de junho. Vocês se espantam com o atraso das correspondências e isto não é justo: elas chegam mais ou menos regularmente, ainda que em prazos longos. Quanto aos pacotes, caixas e livros que vocês enviaram, recebi tudo de uma só vez, há mais de quatro meses, e já acusei recebimento. As distâncias são enormes, eis tudo. Atravessar duas vezes o deserto dobra a distância postal.

Eu não os esqueço jamais, como poderia? E se minhas cartas são curtas demais é porque ando sempre em expedições, e escrevo – devido às inúmeras tarefas

– com pressa, na hora de partida das malas postais. Mas eu só penso em vocês. E o que querem que eu lhes conte do meu trabalho daqui, que já me repugna tanto, do país, do qual tenho horror, e assim por diante? Quando lhes contarei o esforço que tenho feito com cansaços extraordinários e que não me renderam nada além da febre, que se apossou de mim há quinze dias da mesma maneira como em Roche há dois anos? Mas, o que querem? Estou acostumado a tudo, não temo nada.

Brevemente farei um arranjo com a Casa para que meus salários sejam regularmente pagos a vocês na França, por trimestre. Farei primeiro com que lhes paguem tudo o que me é devido até hoje e em seguida isto funcionará regularmente. Que querem que eu faça com a moeda improdutiva da África?

Vocês comprarão imediatamente um título de valor ou rendimento qualquer, com o dinheiro que receberão, e o consignarão em meu nome em um cartório de confiança; ou vocês encontrarão qualquer outra maneira conveniente, depositando em um cartório ou em um banco de confiança das redondezas. As duas únicas coisas que desejo são que seja depositado com confiança e em meu nome; 2º, que renda lucros regularmente.

Seria necessário somente que eu estivesse certo de que não estou absolutamente em contravenção com a lei militar, para que nada venha me impedir de gozar o meu dinheiro depois, de uma maneira ou de outra.

Vocês retirarão por conta própria a quantidade que lhes interessar dos lucros do dinheiro desta maneira colocado aos seus cuidados.

A primeira soma que vocês poderão receber dentro de três meses deverá se elevar a 3.000 francos. Tudo isto é muito natural. Não tenho necessidade de dinheiro no momento e não posso produzir nada com ele aqui.

Desejo-lhes sucesso em suas pequenas tarefas. Não se cansem, é uma coisa insensata! A vida e a saúde não são mais preciosas que as outras sujeiras do mundo?

Vivam com tranquilidade.

RIMBAUD

RIMBAUD AOS SEUS

Harar, 22 de setembro de 1881.

Caros amigos,

Suas notícias estão atrasadas, me parece: há muito tempo que não recebo nada aqui. Faz-se pouco caso da correspondência nesta agência!

O inverno vai começar aí para vocês. Aqui a estação das chuvas vai acabar e começa o verão.

Sou o único encarregado dos negócios, neste momento, na agência durante a ausência do diretor. Entreguei meu pedido de demissão há vinte dias e aguardo um substituto. Pode ser, no entanto, que eu fique no País.

Devem ter escrito à agência de Lyon para que lhes enviasse uma quantidade de 1.165 rupias, proveniente de meus ordenados de 1º de dezembro a 31 de julho. Vocês a receberam? – caso tenham recebido, depositem-na como lhes convier. No momento, ocupo-me eu mesmo da caixa, estando para abandonar o local de um momento a outro.

Por que vocês não me enviaram, conforme meu pedido, as obras intituladas:

1º Manuel du Voyageur, de Kaltbrünner (que pode ser encontrado em Reinwald e Companhia, 15, Rue des Saints-Pères, Paris);

2º Constructions à La Mei, de Bonniceau (Editora Lacroix)?

Fiz o pedido há muito tempo e não chegou nada.

Não me deixem muito tempo sem notícia. Desejo-lhes um outono agradável e toda prosperidade.

Do seu,

RIMBAUD

RIMBAUD AOS SEUS

Aden, 18 de janeiro de 1882.

Caros amigos,

Recebi sua carta de 27 de dezembro de 1881 contendo uma carta de Delahaye. Vocês dizem que me escreveram duas vezes a propósito do recebimento do dinheiro. Como se explica que as cartas não tenham chegado a mim? E acabo de telegrafar de Aden a Lyon, na data de 5 de janeiro, ordenando-lhes que pagassem esta quantia! Vocês também não me disseram qual a soma receberam, e eu estou ansioso para saber se tudo deu certo. Enfim, é bom que tenha chegado, depois de ficar retida durante seis meses! Pergunto-me também a que câmbio vocês receberam o dinheiro. No futuro, escolherei uma outra forma de remeter dinheiro, pois o modo de agir destas pessoas é muito desagradável. Tenho, neste momento, cerca de 2.000 francos livres, mas precisarei deles brevemente.

Saí de Harar e voltei a Aden, onde espero romper meu compromisso com a Casa. Encontrarei facilmente outra coisa.

Quanto ao caso do serviço militar, estou incluindo uma carta do cônsul enderaçada a mim, mostrando-lhes o que fiz e quais os documentos que estão no ministério. Mostrem esta carta à autoridade militar, isto os tranquilizará. Se for possível enviar-me o mais rápido possível uma segunda via do meu certificado de serviço militar perdido, eu ficaria agradecido, pois o cônsul o exige. Com o que vocês têm e o que lhes enviei, creio que o assunto poderá ser resolvido.

Em anexo, tomem conhecimento de uma carta para Delahaye. Se ele ficar em Paris, será bom para os meus negócios: preciso que ele me compre alguns instrumentos de precisão, pois vou escrever um livro para a Sociedade de Geografia, com mapas e gravuras, sobre Harar e o país dos galas. Neste momento, estou fazendo vir de Lyon um aparelho fotográfico; eu o levarei para Harar e fotografarei vistas destas regiões desconhecidas. É um ótimo negócio.

Preciso também de instrumentos para fazer levantamentos topográficos e calcular latitudes. Quanto este trabalho estiver terminado e for recebido pela Sociedade de Geografia, poderei talvez obter fundos para outras viagens. A coisa é muito fácil.

Rogo-lhes, portanto, que enviem o pedido anexo a Delahaye, que cuidará das compras e vocês terão apenas que pagar o total. Ficará em vários milhares de francos, mas o lucro será bom. Ficarei muito agradecido se me enviarem o conjunto o mais cedo possível, diretamente a Aden. Suplico-lhes que executem o pedido por completo; se me faltar alguma coisa da lista, vocês me colocarão em dificuldade.

Do seu,

RIMBAUD

RIMBAUD A ERNEST DELAHAYE

Aden, 18 de janeiro de 1882.

Meu caro Dalahaye,

Sem maiores preâmbulos, vou lhe explicar como, se ficar em Paris, você poderá me prestar um grande favor.

Estou para realizar uma obra sobre Harar e o país dos Galas, que eu pretendo explorar, e submetê-la à Sociedade de Geografia. Passei um ano nestas regiões, como empregado de uma casa de comércio francesa.

Pedi recentemente a Lyon um aparelho fotográfico que me permitirá intercalar, nesta obra, várias fotos destas estranhas regiões.

Faltam-me instrumentos para a confecção de mapas e proponho-me a comprá-los. Tenho uma quantia de dinheiro depositado com minha mãe, na França, e eu cobrirei as despesas.

Eis o que me falta e eu ficarei infinitamente agradecido se você fizer estas compras com a ajuda de algum conhecedor do assunto, por exemplo, um professor de matemática de seu conhecimento e você se dirigirá ao melhor fabricante de Paris:

1º Um teodolito de viagem, de pequenas dimensões. Cuidadosamente regulado e cuidadosamente embalado. O preço de um teodolito é bastante alto. Se custar mais de 1.500 ou 1.800 francos, deixe de lado o teodolito e compre os dois instrumentos seguintes:

Um bom sextante,

Uma bússola de reconhecimento Cravet, de nível.

2º Comprar uma coleção mineralógica de 300 amostras. Pode ser encontrada no comércio.

3º Um barômetro aneroide de bolso.

4º Uma fita de agrimensor de lona.

5º Um conjunto de matemática contendo: uma régua, um esquadro, um transferidor, um compasso de redução, um decímetro, um tira-linhas etc.

6º Papel de desenho.

E os seguintes livros:

Topographie et Géodésie (Topografia e geodésia), ou então, o melhor curso de topografia, do comandante Salneuve (Livraria Du-maine, Paris);

Trigonométrie (Trigonometria), das escolas superiores;

Minéralogie (Mineralogia), das escolas superiores, ou o melhor curso da Escola das Minas;

Hydrographie (Hidrografia), o melhor curso que se possa achar;

Météorologie (Meteorologia),de Marie Davy (Masson, Livraria);

Chimie Industrielle (Química industrial),de Wagner (Savy, Livraria, Rue Hautefeuille);

Manuel du Voyageur (Manual do viajante), de Kaltbrünner (da Editora Reinwald);

Instructions pour les Voyageurs Préparateurs (Instruções para os viajantes assistentes de pesquisa), (Livraria do Museu de História Natural);

Le Ciel (O céu), de Guillemin;

Finalmente, o Annuaire du Bureau des Longitudes pour 1882 (Anuário do Escritório de Longitudes para 1882).

Faça a fatura do total, acrescente seus gastos e retire o dinheiro do meu depósito com a Senhora Rimbaud, em Roche.

Você não pode imaginar que favor me prestará. Poderei realizar esta obra e trabalhar em seguida às custas da Sociedade de Geografia.

Não tenho medo de gastar alguns milhares de francos que me serão largamente recompensados.

Portanto, rogo-lhe que, se for possível, compre-me o que lhe peço o mais rapidamente possível; sobretudo o teodolito e a coleção mineralógica. Além disto, estou igualmente precisando de tudo. Embale cuidadosamente.

Na próxima mala postal, que parte dentro de três dias, detalhes. Enquanto isto, apresse-se.

Cordiais saudações.

RIMBAUD

Casa Mazeran, Viannay e Bardey, em Aden.
Senhor Alfred (sic) Delahaye
8, Place Gerson, em Paris.

RIMBAUD AO SR. DEVISME

Aden, 22 de janeiro de 1882.

Senhor,

Estou viajando para o país dos Galas (África Oriental) e ocupo-me, no momento, da formação de uma tropa de caçadores de elefantes. Assim ficaria realmente agradecido se o sr. quisesse me fornecer informações, o mais brevemente possível, sobre o seguinte assunto: Há uma arma especial para a caça de elefantes?

Sua descrição?

Suas recomendações?

Onde achá-la? Seu preço?

A composição das munições, envenenadas, explosivas? Trata-se, para mim, da compra de duas armas para experiência e possivelmente, após a prova, de meia dúzia.

Agradeço-lhe antecipadamente e estou inteiramente à sua disposição.

RIMBAUD

Aden (colônias inglesas).
Senhor Devisme,
em Paris.

RIMBAUD AOS SEUS

Aden, 10 de maio de 1882.

Caros amigos,

Escrevi-lhes duas vezes durante o mês de abril, e minhas cartas devem ter chegado. Recebi a de vocês de 23 de abril.

Quanto a mim, podem ficar tranquilos: minha situação não tem nada de extraordinário. Continuo empregado na mesma birosca e peno como um asno em um país pelo qual tenho um horror invencível. Faço tudo o que posso para sair daqui e arrumar um emprego mais agradável. Realmente espero que esta minha atual existência termine antes que eu me tome um completo idiota. Além disto, gasto muito em Aden, o que me dá, em troca, um trabalho muito maior que em outro lugar. Eu lhes enviarei brevemente algumas centenas de francos para que me façam umas compras. Em todo caso se eu partir daqui vocês serão prevenidos. Se não escrever mais é porque estou muito cansado e, além disto, é porque, como aí, não há nada de novo.

Antes de tudo, boa saúde.

RIMBAUD

RIMBAUD AOS SEUS

Aden, 10 de julho de 1882.

Caros amigos,

Recebi suas cartas de 19 de junho e agradeço pelos bons conselhos, Eu também espero ter um pouco de descanso antes de morrer.

A verdade é que no momento estou acostumado a todas as espécies de aborrecimentos, e queixar-me é um certo modo de cantar.

E provável que eu parta novamente dentro de um mês ou dois para Harar, se os negócios do Egito se arranjarem. E desta vez farei um trabalho sério por lá.

É na previsão desta próxima viagem que lhes rogo que enviem à sua destinação esta carta anexa, na qual peço um bom mapa de Harar. Ponham esta carta em um envelope e a enderecem conforme indicado, franquiem-na e acrescentem um selo para resposta.

Vocês serão informados do preço e enviarão o montante, uma dezena de francos, em um vale postal, e assim que chegar enviem-me o mapa. Não posso passar sem ele, e não existe nenhum por aqui. Portanto, conto com vocês.

Mais notícias em breve.

Do seu,

RIMBAUD

RIMBAUD AOS SEUS

Aden, 31 de julho de 1882.

Caros amigos,

Recebi sua carta de 10 de julho.

Vocês estão bem, assim como eu.

Vocês devem ter recebido uma carta minha, onde peço-lhes que me enviem um mapa da Abissínia e do Harar, o mapa do Institut Géographique de Péterman (Instituto Geográfico de Péterman).

Espero que vocês tenham encontrado o mapa e que breve chegue às minhas mãos. Sobretudo, não me enviem outro mapa senão o que solicitei.

Meu trabalho aqui continua o mesmo: não sei se trocarei de lugar ou se ficarei aqui mesmo.

Enfim, veremos como vai terminar este vai e vem.

Desejo-lhes toda prosperidade.

Falem com prudência em suas cartas, pois aqui tentam investigar minha correspondência.

Do inteiramente seu,

RIMBAUD

RIMBAUD AOS SEUS

Aden, 28 de setembro de 1882.

Meus caros amigos,

Continuo no mesmo lugar, mas espero partir no fim do ano, para o continente africano, não mais para o Harar, mas para o Choa (Abissínia).

Acabo de escrever ao antigo agente da Casa em Aden, o Sr. Coronel Dubar, Lyon, pedindo-lhe que me enviasse um aparelho fotográfico completo, com a finalidade de transportá-lo para o Choa, onde é desconhecido por todos e onde poderá trazer-me uma pequena fortuna em pouco tempo.

Este senhor Dubar é um homem muito sério e me enviará o que me convém. Ele deve se informar, e tão logo tenha reunido tudo o que é preciso, ele lhes pedirá o dinheiro necessário, que estou mandando a vocês e que vocês lhe enviarão imediatamente sem maiores detalhes.

Estou remetendo mil francos através da Casa de Lyon. Esta quantia é destinada apenas à finalidade indicada acima: – não apliquem em qualquer outra coisa sem me consultar. Além disto, se for preciso mais 500 ou 1.000 francos, arranjem vocês mesmos e enviem tudo o que for pedido. Escrevam-me em seguida e digam quanto eu devo, que será imediatamente enviado: tenho comigo, aqui, uma soma de 5.000 francos.

A despesa acima será muito útil para mim; mesmo que circunstâncias contrárias me retenham aqui, poderei sempre vender tudo com lucros.

No fim de outubro, vocês receberão os 1.000 francos de Lyon.

Como já disse, são destinados exclusivamente a esta compra. Não tenho tempo para explicar melhor hoje. Quero crer que vocês estejam com boa saúde e prosperidade.

Do inteiramente seu,

RIMBAUD

– Em anexo, cheque de 1.000 francos da Casa de Lyon.

RIMBAUD À SUA MÃE

Aden, 18 de novembro de 1882.

Cara mamãe,

Recebi sua carta de 27 de outubro onde você diz ter recebido os 1.000 francos de Lyon.

O aparelho custa, como você diz, 1.850 francos. Passei-lhes um telegrama hoje: “Paguem com o meu dinheiro do ano passado", isto é, retirem o excedente de 1.000 francos dos 2.500 francos que enviei o ano passado.

Tenho 4.000 francos aqui; mas estão depositados junto ao Tesouro Inglês e não posso retirá-los sem despesas. Além disto, precisarei deles em breve.

Portanto, retirem 1.000 francos do que lhes enviei em 1881: não posso me arranjar de outra forma. Pois o que tenho no presente, quando estiver na África, poderei usar para negócios que me darão o triplo de lucro. Se eu os incomodo, peço mil desculpas. Mas não posso me descapitalizar no momento.

Quanto ao aparelho, se ele estiver bem acondicionado, certamente os lucros cobrirão as despesas. Não tenho dúvidas quanto a isto. Em todo caso, sempre poderei revendê-lo com lucro. A sorte está lançada, vamos ver no que dá.

Escrevi-lhes ontem e anexei um pedido de livros no valor de aproximadamente 200 francos. Rogo-lhes que os enviem a mim, como indiquei, sem falta.

Voltarei a Harar como agente de Casa e trabalharei seriamente. Espero reunir quinze mil francos até o fim do ano que vem.

Ainda uma vez, perdoem-me pela confusão. Não acontecerá outra vez. Só não esqueçam os livros.

Do inteiramente seu,

RIMBAUD

RIMBAUD À SUA MÃE

Aden, 8 de dezembro de 1882.

Cara mamãe,

Recebi sua carta de 24 de novembro onde você me informa que a quantia foi depositada e que a remessa está a caminho. Naturalmente, a compra não foi feita sem sabermos se haveria dinheiro para cobrir as despesas. E por esta razão que a coisa não foi decidida antes do recebimento dos 1.850 francos.

Você me diz que estou sendo roubado. Sei muito bem quanto custa um aparelho sozinho: algumas centenas de francos. Mas são os produtos químicos, muito numerosos e caros entre os quais encontram-se compostos de ouro e prata no valor de até 250 francos o quilo; são os vidros, os mapas, as bacias, os frascos, as embalagens muito caras, que aumentam a quantia. Pedi todos os ingredientes para uma viagem de dois anos. Por mim, acho que fui servido a um bom preço. Tenho apenas um receio, o de que as coisas se quebrem no caminho, no mar. Se tudo me chegar intacto terei um lucro enorme e lhes enviarei coisas curiosas.

Portanto, em vez de ficar triste e preocupada você devia se alegrar comigo e se arrisco qualquer coisa é com conhecimento de causa.

Rogo-lhes que me informem quanto vão cobrar como taxa de porte e embalagem.

Quanto ao Tesouro Inglês de que falei, é simplesmente uma caderneta de poupança especial em Aden e rende aproximadamente 2 1/2 por cento. Mas a soma dos depósitos é limitada. Não é muito prático.

Até a próxima ocasião.

A. RIMBAUD

(Nota anexa à carta acima:)

Informar-se junto à livraria do Estado-Maior ou uma outra livraria da mesma especialidade, sobre o mais recente e mais prático Tratado de topografia e de geodésia (como os que têm os alunos de Saint-Cyr etc.), e enviá-lo.

Livraria Lacroix:

Beudant: Minéralogie et Géologie, 1º volume, in-18, 6 francos.

RIMBAUD AO SR. DE GASPARY

Aden, 28 de janeiro de 1883.

Senhor,

Desculpe-me por submeter ao seu julgamento a presente circunstância.

Hoje, às 11 horas da manhã, o chamado Ali Chemmak, guarda de depósito da Casa onde sou empregado, mostrou-se bastante insolente comigo, o que me permitiu dar-lhe um tapa sem violência.

Os trabalhadores em serviço e as diversas testemunhas árabes agarraram-me em seguida para deixá-lo livre para devolver o golpe, e o dito Ali Chemmak me bateu no rosto, rasgou minhas roupas e ameaçou-me com um pedaço de pau que juntou do chão.

Como as pessoas presentes intervieram, Ali afastou-se e logo depois saiu para dar queixa à polícia municipal por golpes e ferimentos e subornou vários falsas testemunhas para que declarassem que eu o havia ameaçado com um punhal etc. etc. e outras mentiras destinadas a alterar o ocorrido e incitar contra mim a ira dos nativos.

Por ter comparecido, devido ao incidente, à polícia municipal de Aden, tomei a liberdade de prevenir o Sr. Cônsul da França sobre as violências e ameaças de que fui vítima de parte dos nativos e peço sua proteção como pareça lhe sugerir a solução do problema.

Tenho a honra, Senhor Cônsul, de ser

Seu servidor,

RIMBAUD

Empregado da Casa Mazeran,
Viannay e Bardey, em Aden.
Senhor de Gaspary,
Vice-Cônsul da França,
em Aden.

RIMBAUD AOS SEUS

Aden, 15 de janeiro de 1883.

Caros amigos,

Recebi sua última carta, com votos de feliz ano-novo. Obrigado de todo coração e saibam que serei sempre dedicado a vocês.

Recebi a lista dos livros comprados. Justamente, como vocês dizem, os que faltam são os mais necessários. Um deles é um Tratado de topografia (não de fotografia, tenho um na minha bagagem). A topografia é a arte de fazer levamentos de planos em viagem: é necessário que eu o tenha. Vocês enviarão, portanto, a carta anexa ao livreiro, e ele encontrará facilmente um tratado de um autor qualquer. O outro é um tratado de Geologia e mineralogia práticas. Para encontrá-lo, ele fará como lhe explico.

Estes dois detalhes faziam parte de uma encomenda passada; é por isto que insisto em tê-los. Além disto, eles me serão muito úteis.

Não lhes pedirei mais nada, sem dinheiro. Desculpem-me pela confusão.

...

Isabelle está errada por desejar me ver neste país. É um fundo de vulcão, sem uma erva. A vantagem é que o clima é muito bom e que aqui é possível fazer negócios muito ativos. No momento estamos no inverno, o termômetro marca apenas 30º à sombra; não chove nunca. Há um ano que durmo continuamente ao ar livre. Pessoalmente, amo muito este clima, pois continuo com horror à chuva, à lama e ao frio. No entanto, no fim de março é provável que eu volte a Harar. Lá é montanhoso e muito alto; de março a outubro, chove sem interrupção e o termômetro marca 10 graus. Há uma vegetação magnífica e muita febre. Se eu voltar ficarei por lá mais um ano. Tudo será determinado em breve. Do Harar, eu lhes enviarei vistas, paisagens e detalhes.

Vocês têm uma quantia minha de 2.500 francos, que enviei há dois anos. Fiquem com as terras que comprarem com este dinheiro, em pagamento às somas que vocês desembolsaram por mim. O negócio é muito simples e não há transtornos.

O que é especialmente entristecedor é que você termina sua carta declarando que não vão mais se meter nos meus negócios. Esta não é uma boa maneira de ajudar um homem a milhares de léguas de distância de sua própria casa, viajando entre povos selvagens e sem ter um único correspondente em seu país. Quero crer que vocês modificarão esta intenção pouco caridosa. Se nem mesmo posso mais dirigir-me à minha família para os meus pedidos, a quem diabos me dirigirei?

Enviei-lhes recentemente uma lista de livros para que me fosse enviada aqui. Peço-lhes que não joguem minha encomenda no lixo!

Vou voltar ao continente africano e lá ficarei vários anos, e sem estes livros estarei sem uma quantidade enorme de informações que me são indispensáveis. Ficarei como um cego, e a falta destas coisas me prejudicaria muito. Portanto, enviem todas estas obras, sem faltar uma; coloquem em uma caixa com a indicação "livros" e enviem-na a mim aqui, pagando o porte, por inermédio do Sr. Dubar.

Anexem estas duas obras:

Traité Complet des Chemins de Fer (Tratado completo das estradas de ferro), de Couche (Editora Dunod, Quai des Augustins,em Paris); Traité de Mécanique de l'École de Châlons. (Tratado de mecânica da Escola de Châlons).

Estas obras custarão 400 francos. Desembolsem este dinheiro para mim e cubram os seus gastos como disse anteriormente, e eu não os farei desembolsar mais nada, pois parto dentro de um mês para África. Apressem-se, então.

Do seu,

RIMBAUD

RIMBAUD AOS SEUS

Mazeran, Viannay e Bardey,
Lyon-Marselha-Aden.

Harar, 6 de maio de 1883.

Meus caros amigos,

No dia 30 de abril, recebi em Harar sua carta de 26 de março. Vocês informam que me enviaram duas caixas de livros. Recebi só uma caixa em Aden, aquela pela qual Dubar disse haver poupado vinte e cinco francos. A outra provavelmente já chegou em Aden, com o grafômetro. Pois eu lhes havia enviado, antes de partir de Aden, um cheque de 100 francos com uma outra lista de livros. Vocês já devem ter pego este cheque, e feito a compra. Enfim, no momento não estou mais a par das datas. Brevemente, eu lhes enviarei um outro cheque de 200 francos pois será preciso que eu receba vidros para a fotografia.

Esta compra foi bem feita e, se eu quiser, reaverei rapidamente os 2.000 francos que me custou. Todo mundo quer ser fotografado aqui; chegaram até mesmo a oferecer um guinéu por fotografia. Ainda não estou bem instalado, dominando perfeitamente a técnica, mas estarei dentro em breve e lhes mandarei coisas curiosas.

Em anexo duas fotografias minhas tiradas por mim mesmo.* Continuo melhor aqui que em Aden. Há menos trabalho e muito mais ar, verde etc.

Renovei meu contrato por mais três anos aqui, mas creio que o estabelecimento será fechado em breve,

* Foto publicada pela primeira vez por Paterne Berrichon em *Lettres de J. A. Rimbaud*, 1899. (N.E.)

os lucros não cobrem as despesas. Enfim, ficou acertado que, no dia em que me despedirem, receberei três meses de ordenado como indenização. No fim deste ano terei três anos completos nesta birosca.

Isabelle está muito errada por não querer se casar se alguém sério e instruído se apresenta, alguém com um futuro. A vida é assim, e a solidão é uma coisa ruim aqui. Por mim, arrependo-me de não ser casado e ter uma família. Mas, no momento, estou condenado a errar pelo mundo, ligado a uma empresa longínqua, e a cada dia que passa perco o gosto pelo clima e pela maneira de viver e até mesmo pela língua da Europa.

Pobre de mim! De que valem estas idas e vindas! Todo este esforço sem fim e estas aventuras entre raças estranhas, e estes idiomas que me enchem a cabeça, e este sofrimento sem nome: de que serve tudo isso se eu não poderei, um dia, repousar em um lugar do meu agrado e encontrar uma família e ter ao menos um filho com que passe o resto de minha vida, para educá-lo conforme minhas ideias, a enriquecê-lo e equipá-lo com a instrução mais completa que se possa conseguir nesta época atual, e que eu veja tornar-se um engenheiro famoso, um homem a quem a ciência faça rico e poderoso? Mas como vou saber o quanto podem durar os meus dias nestas montanhas? Posso desaparecer no meio destes povos sem que ninguém fique sabendo.

Vocês me contam as notícias políticas. Se vocês soubessem como isto me é indiferente! Há mais de dois anos que não toco em um jornal. Todos estes debates me são incompreensíveis, no momento. Como os muçulmanos, sei que o que acontece, acontece, e é tudo.

A única coisa que me interessa são as notícias de casa e fico sempre contente ao imaginar a cena do seu trabalho pastoral. E pena que seja tão frio e lúgubre aí, no inverno! Mas agora vocês estão na primavera, e o clima nesta época corresponde ao que faz agora aqui em Harar.

Estas fotografias me representam, uma, de pé no terraço da Casa, a outra de pé, em uma plantação de café; uma outra, de braços cruzados, em uma plantação de bananas. Ficou esbranquiçada por causa da água que usei para lavar, que é muito ruim. Mas farei um trabalho melhor da próxima vez. Isto é apenas para que se lembrem de meu rosto e para dar-lhes uma ideia das paisagens daqui.

Até a vista,

RIMBAUD

Casa Mazeran, Viannay e Bardey,
Aden.

RIMBAUD AOS SENHORES MAZERAN, VIANNAY E BARDEY

Harar, 25 de agosto de 1883.

O mercado do Harar nunca esteve tão ruim quanto nesta estação deste ano, segundo todos aqui.

– Não há café. O 1/4 de frasleh* colhido pelo agente de Bewin e Moussaya é um lixo arrancado do solo das casas de Harar, e pagam, por isto, 5 1/2 táleres.

– Peles inacessíveis para nós por razões já dadas; além disto, não chegam nunca. 2.660 couros do governo alcançaram 70 paras em leilão; esperamos poder recomprá-los em seguida a 1,50 P. e formar uma caravana. São da mesma qualidade que as últimas.

– Peles de cabras. Temos 3.000 em depósito. Os gastos de compra e o transporte de todos os couros da província deixam-nos a um preço médio de 4 D. Mas nós organizamos sua compra e cada mês podemos reunir 2.500 a 3.000 peles sem que ultrapassem este preço.

– Marfim. Tentamos organizar alguma coisa mas faltam-nos homens especializados e mercadorias especiais.

---

* Antiga unidade de medida equivalente a 17 quilos. (N.T.)

O Sr. Sacconi, que havia conduzido, em Ogaden, uma expedição pararela à nossa, foi morto com três criados na tribo dos Hammaden, vizinha de Wabi a aproximadamente 250 quilômetros de Harar, em 11 de agosto. A notícia chegou a Harar no dia 23. As causas desta desgraça foram a má composição do pessoal da expedição, a ignorância dos guias, que também os conduziram mal, por caminhos extremamente perigosos, levando-os a defrontarem-se com povos beligerantes.

Finalmente, o péssimo modo de agir do Sr. Sacconi, contrariando (por ignorância) as maneiras, os costumes religiosos, os direitos dos nativos. A origem do massacre foi uma briga de abbans*: o Sr. Sacconi mantinha um guia para si e queria impô-lo, à sua passagem, aos abbans indígenas que se ofereciam. Enfim, o Sr. Sacconi andava com roupas europeias, chegava mesmo a vestir seus sebianes com hostranis (cristãos), alimentava-se de presuntos, esvaziava vidrinhos nos concílios dos sheikes, para suas refeições e conduzia suas sessões geodésicas suspeitas e torcia sextantes etc., durante todo o percurso.

Os nativos que escaparam ao massacre são três sebianes somalis e o cozinheiro indiano Hadj-Sheiti, que se refugiaram na casa do Sr. Sotiro, a dois dias de distância, em direção ao leste.

O Sr. Sacconi não comprava nada e tinha apenas a finalidade de alcançar o Wabi, para vangloriar-se geograficamente do feito. O Sr. Sotiro parou no primeiro ponto onde acreditou poder trocar as mercadorias por outras. Além disto, ele seguiu por uma estrada boa, muito diferente daquela do Sr. Sacconi. Encontrou um bom abban e parou em um bom lugar. Viaja, além disto, vestido com roupas muçulmanas e com o nome de Adji-Abdallah e aceita todas as formalidades políticas e

* *Abban*: chefe ou guia de uma caravana. (N.T.)

religiosas dos nativos. No lugar onde parou, tornou-se motivo de peregrinação como wodad (letrado) e *scherif* (descendente dos companheiros do profeta). As notícias nos chegam com bastante frequência e nós o aguardamos de volta no fim do mês.

– Organizamos outras expedições para breve. Nós lhes enviaremos o dinheiro através do Sr. Sotiro, de volta de Ogaden. O correio, que devia inicialmente transportar nosso dinheiro em frações de 3.000 táleres, recusa-se a fazê-lo no momento. Lamentamos ter que mandar nossos empregados a estas viagens improdutivas quando precisamos deles para o trabalho externo.

Importação Marselha perdeu nossos pedidos.

Nós agora lamentamos ter que protestar contra a situação que nos é imposta. Declaramos apenas que não somos absolutamente responsáveis pelos prejuízos causados.

No entanto, recomendamos uma vez mais que todos nossos pedidos sejam atendidos nas quantidades e qualidades exigidas. Nós os recomendamos todos, um a um e exigimos a execução. Mas se ninguém quiser cuidar do caso, nada será feito. Da mesma maneira quanto às mercadorias indígenas de Aden, no futuro nós mesmos iremos comprá-las. Tudo o que nos chega é muito diferente, de qualquer jeito, do que foi pedido e não nos convém. Nossa venda deste mês não alcançará 200 táleres e por conseguinte nossos gastos vão começar a ficar excessivos. Se pudessem fazer, e seria fácil, como havíamos pedido, cobriríamos com boa margem estes gastos à espera de melhores momentos. São outros, e não nós, os responsáveis pela situação assim como pelo prejuízo pessoal que nos foi causado.

– Esperamos nosso governador, que, parece, tem um pouco de educação europeia. O caçador de elefantes que os senhores nos enviaram de Aden dá voltas infinitas pelos desfiladeiros de Darimont e desembocará por aqui quando houver secado os votris kys de porco e de preserved milk entre os Guerris e Bartris.

Em anexo, caixa de julho esquecida no conteúdo da última mala postal e estudo sobre as mercadorias para a região de Harar.

RIMBAUD

Senhores Mazeran, Viannay e Bardey,
Em Aden,

7º ESTUDO DE MERCADORIAS (1883.)

Para a região de Harar Sirwal Habeschi. Encontrar ou mandar fabricar um tecido de algodão (compacto, quente e rudimentar) com a força de uma vela de embarcação, com listras longitudinais vermelhas ou azuis de 5 centímetros de largura, com espaço de 20 centímetros.

Mandar fabricar 500 sirwall do pedaço da amostra em anexo (não do tecido). Fará sucesso nas tribos galas e abissínias, onde existem tipos curiosos deste gênero.

Kamis. Do mesmo tecido, uma simples blusa fechada no peito, descendo até os quadris, com a manga interrompida nos cotovelos. Fabricar 500.

Sperraba. 50 borlas de lã vermelha ou verde trançada, ligadas às rédeas e às selas, entre os Galas e os Somalis, e 20 metros de franjas longas, da mesma cor e da mesma lã, para o peitoral, feitas por tapeceiros.

Enviamos uma companhia de caçadores de tigres, leopardos e leões, a quem demos recomendações quanto à retirada de peles.

A 4 ou 5 horas de distância de Harar, há uma floresta (Bisedimo), abundante em feras bravias. Avisamos às pessoas das cidades vizinhas e mandamos caçarem para nós.

Acreditamos que existem na França armadilhas de aço especiais para a captura de lobos, que poderiam muito bem servir para os leopardos. Podem consultar a sociedade de caça aos lobos e, após o exame, enviar-nos duas destas armadilhas.

RIMBAUD

RELATÓRIO SOBRE O OGADEN PELO SR. ARTHUR RIMBAUD AGENTE DOS SENHORES MAZERAN, VIANNAY E BARDEY NO HARAR (ÁFRICA ORIENTAL*)

Harar, 10 de dezembro de 1883.

Eis as informações trazidas por nossa primeira expedição ao Ogaden.

Ogaden é o nome de uma reunião de tribos de origem somali e da região que elas ocupam e que se encontra geralmente delimitada nos mapas entre as tribos somalis dos Habr-Gerhadjis, Dulbohantes, Midjertines e Hawia ao norte, a leste e ao sul. A oeste, o Ogaden limita os galas, pastores Ennyas, até o Wabi, e em seguida o rio Wabi o separa da grande tribo Oromo dos Orussis.

Há dois caminhos do Harar a Ogaden: um, pelo leste da cidade, em direção a Bursuque e, ao sul do monte Condudo pelo War-Ali, comporta três estações até as fronteiras do Ogaden.

Este foi o caminho escolhido por nosso agente, Sr, Sotiro. A distância de Harar ao ponto em que ele parou no Rere-Hersi iguala-se à distância de Harar a Biocabuba no caminho de Zeilah, ou seja, 140 quilômetros aproximadamente. Este caminho é o menos perigoso e dispõe de água.

O outro caminho se dirige ao sudeste de Harar pelo vau do rio do Herer, o mercado de Babili, os Wara-Heban, e, em seguida, às tribos saqueadoras somali-galas do Hawia.

---

* Comunicação do Sr. Bardey em viagem à Aden. (N.E.)

O nome Hawia parece designar principalmente as tribos formadas por uma mistura de galas e de somalis, e existe uma fração ao noroeste, abaixo do planalto do Harar, uma segunda ao sul de Harar, no caminho do Ogaden, e, enfim uma terceira, muito considerável a sudeste do Ogaden, em direção do Sahel, sendo que as três frações estão totalmente separadas e não têm, aparentemente, nenhum parentesco.

Como as tribos somalis que os rodeiam, os ogadens são inteiramente nômades, e sua região não dispõe de nenhuma forma de estradas ou mercados. Mesmo do exterior, não há estradas que conduzam até lá, e as estradas traçadas nos mapas, do Ogaden a Berbera, Mogdischo (Magadoxo) ou Braua, devem indicar simplesmente a direção geral do tráfico.

O Ogaden é um planalto de estepes quase sem ondulações, geralmente inclinado ao sudeste: sua altura deve ser de apenas a metade (1.800) do maciço do Harar.

Seu clima é, portanto, mais quente que o de Harar. Ao que parece tem duas estações chuvosas, uma em outubro e outra em março. Nesta época, as chuvas são frequentes, mas bastante leves.

Os cursos d'água no Ogaden não têm maior importância. Sabemos da existência de quatro, todos vindos do maciço do Harar: um, o Fafan, nasce em Condudo, desce pelo Bursuque (ou Barsub), faz um ângulo em todo o Ogaden e vai se lançar no Wabi no ponto denominado Faf, a meio caminho de Mogdischo; é o curso d'água mais evidente do Ogaden. Dois outros pequenos rios são: o Herer, que igualmente nasce em Garo Condudo, contornando o Babili e recebendo a quatro dias de distância ao sul do Harar, Ennyas, o Gobeiley e o Moyo, que descem dos Alas, em seguida lançando-se no Wabi em Ogaden, na região de Nokob; e o Doktha, que nasce no Warra Heban (Babili) e desce até o Wabi, provavelmente na direção do Herer.

As fortes chuvas do maciço de Herar e do Bursuque devem ocasionar no Ogaden Superior cursos torrenciais passageiros e leves inundações que, quando acontecem, atraem os pastores goums nesta direção. Na época da seca, ao contrário, ocorre todo um movimento geral de retorno das tribos em direção ao Wabi.

O aspecto geral do Ogaden é, portanto, a estepe de ervas altas, com formações pedregosas; suas árvores, pelo menos na parte explorada por nossos viajantes, são as mesmas de todos os desertos somalis: mimosas, árvores que produzem goma etc. No entanto, nas proximidades do Wabi a população é sedentária e agrícola. Cultiva quase que exclusivamente o durah* e inclusive emprega escravos originários dos Orussis e de outras tribos galas vindas do outro lado do rio. Uma fração da tribo dos Malingurs, no Ogaden Superior, acidentalmente também planta durah, e há, igualmente, aqui e ali, algumas vilas de Cheikhaches cultivadores.

Como todos os pastores destas regiões, os ogadens estão sempre em guerra com seus vizinhos, ou entre si.

Os ogadens têm tradições bastante remotas sobre suas origens. Lembramos apenas que descendem todos primitivamente de Rere Abdallah e Rere Ishay (Rere significa: crianças, família, casa; em gala, diz-se warra). Rere Abdallah foi sucedido por Rere Hersi e por Rere Hammaden: são estas as duas principais famílias do Ogaden Superior.

Rere Ishay engendrou Rere Ali e Rere Arum. Estes *reres* se subdividem em seguida em inumeráveis famílias secundárias. O conjunto das tribos visitadas por Sr. Sotiro são descendentes de Rere Hersi e se denominam Malingurs, Aial, Oughas, Sementar e Magan.

---

* *Durah*: sorgo. (N.T.)

As diferentes divisões dos ogadens têm à sua frente os chefes denomidados oughaz. O oughaz de Malingur, nosso amigo Ornar Hussein, é o mais poderoso do Ogaden Superior e parece ter autoridade sobre todas as tribos entre os Habr-Gerhadji e o Wabi. Seu pai veio para Harar na época de Rauf Pacha, que lhe presenteou com armas e roupas. Quanto a Ornar Hussein, ele nunca saiu de suas tribos, onde é famoso como guerreiro, e contenta-se em respeitar a autoridade egípcia à distância.

Além disto, os egípcios parecem olhar os ogadens, assim como todos os somalis e dankalis, como seus súditos ou então como aliados naturais, por serem muçulmanos, e não têm nenhuma pretensão de invasão de seus territórios.

Os ogadens, pelo menos os que vimos, são de grande altura, geralmente mais vermelhos que negros: mantêm a cabeça nua e os cabelos curtos, vestem-se com roupas bastante limpas, levam nos ombros a sigada, nos quadris o sabre e a cabaça das abluções, na mão o bastão, a lança pequena e a lança grande, e andam de sandália.

Sua ocupação cotidiana é acocorar-se em grupos debaixo das árvores, a alguma distância do acampamento e de armas na mão, discutirem indefinidamente sobre seus diversos interesses de pastores. Fora destas sessões, e também das patrulhas a cavalo durante as buscas de água e os saques a seus vizinhos, eles são completamente inativos. As crianças e as mulheres tomam conta dos animais, da confecção de utensílios domésticos, de preparação das cabanas e do despacho das caravanas. Estes utensílios são os conhecidos vasos de leite da Somália e os tecidos trançados com pelo de camelos que, erguidos sobre estacas, formam as casas das gacias (vilas) temporárias.

Alguns ferreiros andam de tribo em tribo fabricando os ferros das lanças e dos punhais. Os ogadens não conhecem nenhum minério.

São muçulmanos fanáticos. Cada acampamento tem seu imane, que canta as orações nas horas certas. Há wodads (letrados) em cada tribo; eles conhecem o Alcorão e a escrita árabe e são poetas improvisadores.

As famílias do Ogaden são bastante numerosas. O abban do Sr. Sotiro tinha sessenta filhos e netos. Quando a esposa de um ogaden dá à luz, este se abstém de qualquer relação sexual com ela até que a criança seja capaz de andar sozinha. Naturalmente, ele casa-se com uma ou várias outras neste intervalo, mas sempre com as mesmas reservas.

Suas tropas consistem de bois de corcova, carneiros de pelo baixo, cavalos de raça inferior, camelas leiteiras e finalmente, avestruzes cuja criação é um costume de todos os ogadens. Cada vila possui algumas dúzias de avestruzes que pastam à parte sob a guarda das crianças e até mesmo dormem ao lado do fogo das cabanas. Os machos e as fêmeas, com as patas atadas, acompanham as caravanas logo atrás dos camelos, e chegam a ser tão altas quanto eles.

São depenados três ou quatro vezes por ano, e a cada vez retira-se aproximadamente meia libra de penas pretas e sessenta penas brancas. Os proprietários dos avestruzes os têm em grande apreço.

Os avestruzes selvagens são numerosos. O caçador, coberto com a pele de uma avestruz fêmea, mata com flechas o macho que se aproxima.

As penas mortas têm menos valor que as penas vivas. Os avestruzes domesticados foram capturados com pouca idade, pois os ogadens não deixam os avestruzes se reproduzirem no cativeiro.

Os elefantes não são nem muito numerosos nem de grande porte no Ogaden. São, porém, caçados nas proximidades do Fafan, e seu verdadeiro ponto de encontro, o local onde vão morrer, é toda a margem do Wabi. Aí, são caçados pelos Dones, povo somali surgido da mistura de galas e suahelis, agricultores estabelecidos nas proximidades do rio. Eles caçam a pé e matam com suas enormes lanças. Os ogadens caçam a cavalo: enquanto quinze cavaleiros distraem o animal pela frente e pelos flancos, um caçador de experiência corta, a golpes de sabre, os tendões das pernas de trás do animal.

Também utilizam flechas envenenadas. Este veneno, denominado *uabay* é usado em toda a Somália, é feito de raízes de um arbusto, piladas e fervidas. Estamos lhes enviando uma amostra, segundo contam os somalis em volta deste arbusto há sempre restos de peles de serpentes e todas as árvores em volta ficam secas. Este veneno atua muito lentamente, pois os indígenas feridos com estas flechas (que também são usadas como armas de guerra) cortam a parte atingida e conseguem salvar-se.

Os animais ferozes são bastante raros no Ogaden. No entanto, os indígenas falam de serpentes, de uma espécie com chifres cujo sopro é fatal. Os animais selvagens mais comuns são as gazelas, os antílopes, as girafas, os rinocerontes, cuja pele serve à confecção de escudos. O Wabi tem todos os animais dos grandes rios: elefantes, hipopótamos, crocodilos etc.

Entre os ogadens há uma raça de homens considerada inferior e bastante numerosa, os *mitganes* (ciganos); parecem pertencer à raça somali, cuja língua falam. Casam se apenas entre si. São eles principalmente que se ocupam da caça dos elefantes, dos avestruzes etc.

Estão repartidos entre as tribos e em tempo de guerra são requisitados como espiões e aliados. Os ogadens comem elefante, camelo e avestruz, e o mitgane come asno e animais mortos, o que é pecado.

Os Mitganes existem e têm até mesmo vilas bastante povoadas entre os dankalis do Hauache, onde são famosos como caçadores.

Um costume político e uma festa para os ogadens é a convocação das tribos de um certo centro, todos os anos, em uma data fixa.

A justiça é feita pelos anciões e em geral pelos *oughaz*.

Há muito tempo que não se via no Ogaden uma quantidade de mercadorias tão considerável como as poucas centenas de táleres que para lá expedimos. É verdade que o pouco que trouxemos de lá nos saiu muito caro, porque a metade de nossa mercadoria teve que ser necessariamente presenteada aos nossos guias, abbans, anfitriões de todos os lados durante todo o percurso e o oughaz pessoalmente recebeu de nossa parte uns cem táleres de abbayas dourados, immahs e presentes de todo tipo que, por outro lado, nos ligaram sinceramente a ele, e é este o bom resultado da expedição. O Sr. Sotiro realmente merece ser felicitado pela prudência e pela diplomacia que mostrou no caso. Enquanto nossos concorrentes foram perseguidos, amaldiçoados, pilhados e assassinados e foram, ainda, por sua própria incompetência, a causa de guerras terríveis entre as tribos, nós nos estabelecemos em aliança com o oughaz e nos tornamos conhecidos de todo o Rere Hersi.

Omar Hussein nos escreveu em Harar e nos espera para descermos com ele e todos os seus goums até o rio Wabi, afastado alguns dias apenas de nossa primeira estação.

É lá, com efeito, o nosso objetivo. Um de nós, ou alguns indígenas enérgicos de nosso grupo, recolheria em algumas semanas uma tonelada de marfim que poderíamos exportar diretamente por Berbera, com isenção de impostos. Alguns Habr-Awal, que partiram para o Wabi com um pouco de soda ou tobs *wilayetis* nos ombros, voltaram a Bulhar com centenas de dólares de penas. Alguns asnos que, quando muito, levariam uma dezena de peças de pano, trouxeram de volta quinze fraslehs de marfim.

Estamos, pois, decididos a criar um posto nas proximidades do Wabi.

Este será perto do ponto denominado Eimeh, grande vila permanente situada à margem do rio, do lado de Ogaden, que fica a oito dias de distância de Harar de caravana.

CERTIFICADO ENTREGUE A RIMBAUD

Mazeran, Viannay e Bardey,
Lyon-Marselha-Aden.

Caro Senhor Rimbaud,

Os acontecimentos que nos obrigaram a fechar nossa Casa criaram a necessidade de nos privarmos de seus excelentes serviços.

Pela presente, nós o cumprimentamos pelo seu trabalho, sua inteligência, sua probidade e sua devoção, os quais o senhor sempre demonstrou na defesa de nossos interesses nos diferentes postos que ocupou enquanto trabalhou para nós, durante quatro anos, e principalmente no de diretor de nossa agência em Harar.

Agradecemos e aproveitamos a oportunidade para renovarmos nossos protestos de estima e consideração.

MAZERAN, VIANNAY E BARDEY

(selo, com a data:)

Aden, 23 de abril de 1884.

RIMBAUD AOS SEUS

Mazeran, Viannay e Bardey,
Lyon-Marselha-Aden.

Aden, 5 de maio de 1884.

Meus caros amigos,

Como vocês sabem, nossa sociedade está inteiramente liquidada e a agência de Harar, que eu dirigia, foi suprimida; a agência de Aden também está fechada. As perdas da Companhia na França são, segundo dizem, de cerca de um milhão; perdas que se devem a negócios distintos dos daqui, que iam de maneira bastante satisfatória. Enfim, encontrei-me dispensando no fim de abril e, segundo os termos do meu contrato, recebi uma indenização de três meses de salários, até o fim de julho. Portanto, no momento estou sem emprego, ainda que continue alojado no antigo imóvel da Companhia, que está alugado até o fim do mês de junho. O Senhor Bardey voltou para Marselha há dez dias, para conseguir dinheiro para continuar seus negócios aqui. Espero que ele consiga, mas no fim deste mês, se as notícias não forem satisfatórias, verei se me emprego em outro lugar ou de outra maneira.

Não há trabalho aqui no momento, já que as grandes casas fornecedoras das agências locais foram todas para Marselha. Por outro lado, estando parado, a vida aqui é caríssima e a existência é intoleravelmente entediante, sobretudo no começo do verão.

Vocês sabem que temos aqui o verão mais quente do mundo inteiro!

Não tenho nem ideia onde poderei estar dentro de um mês. Tenho de doze a treze mil francos comigo e, como não se pode confiar em ninguém aqui, somos obrigados a levar nossas economias e vigiá-las eternamente. E este dinheiro, que poderia me dar uma pequena renda, suficiente para me permitir viver sem emprego, não me rende nada, muito pelo contrário, só me traz problemas!

Que existência desoladora levo nestes climas absurdos e nestas condições insensatas! Eu teria, com estas economias, um pequeno lucro garantido; poderia descansar um pouco, após longos anos de sofrimento, e não apenas não posso ficar um dia sem trabalhar, como também não posso gozar do meu ganho. O Tesouro aqui aceita apenas depósitos sem juros, e as casas de comércio não são nada sólidas!

Não posso dar-lhes um endereço para que respondam a esta carta, pois eu pessoalmente ignoro onde andarei dentro em breve, e por quais caminhos e por onde e por que e como!

É possível que os ingleses ocupem brevemente Harar, e pode ser que eu volte para lá. Poderíamos abrir um pequeno comércio; poderíamos talvez comprar algumas hortas e outras plantações e tentarmos viver deste modo. Os climas de Harar e da Abissínia são excelentes, melhores que os da Europa, pois os invernos não são rigorosos; além disso, a vida custa quase nada, a alimentação é boa e o ar delicioso, enquanto que uma estada nas costa do Mar Vermelho acaba com os nervos das pessoas mais fortes, e um ano lá envelhece as pessoas como quatro anos em qualquer outro lugar.

Minha vida aqui é, portanto, um verdadeiro pesadelo. Não pensem que passo bem. Longe disto; sempre soube que é impossível haver uma vida mais sofrida que a minha. Se o trabalho puder ser retomado logo, as coisas ficarão melhores: não comerei meu infeliz capital correndo atrás de aventuras. Neste caso, ficarei ainda o tempo possível neste medonho buraco de Aden, pois os empreendimentos pessoais, por outro lado, são muito perigosos aqui na África.

Perdoem-me por contar com tantos detalhes meus aborrecimentos. Mas estou vendo que chegarei aos 30 anos (a metade da vida) e estou bastante cansado de tanto andar pelo mundo, sem resultado.

Quanto a vocês, não têm estes pesadelos e gosto de imaginá-los em suas vidas tranquilas e seus trabalhos agradáveis. Que continuem assim!

Quanto a mim, estou condenado a viver muito tempo ainda, para sempre talvez, nestas redondezas, onde sou conhecido no momento, e onde sempre encontrarei trabalho; enquanto que na França seria um estrangeiro e não acharia nada.

Enfim, esperemos o melhor.
Cumprimentos prósperos.

ARTHUR RIMBAUD

Posta-Restante, Aden-Camp.
Arábia.

RIMBAUD AOS SEUS

Aden, 29 de maio de 1884.

Meus caros amigos,

Ainda não sei se retomaremos o trabalho. Telegrafaram-me pedindo que ficasse, mas começo a achar que estão demorando. Há seis semanas que estou aqui sem trabalho e faz um calor absolutamente intolerável. Mas, enfim, é claro que não vim aqui para ser feliz. E, apesar de tudo não posso deixar estas regiões, agora que sou conhecido e que posso achar do que viver – enquanto que em outro lugar eu só passaria por privações e miséria.

Se enfim retomarmos o trabalho aqui, serei provavelmente readmitido por alguns anos, dois ou três, até julho de 86 ou 87. Terei 32 ou 33 anos de vida nestas datas. Começarei a envelhecer. Será talvez o momento de apanhar os poucos vinte mil francos que terei conseguido economizar por aqui e ir descansar em casa, ainda que seja visto apenas como um velho e só as viúvas me aceitem!

Enfim, espero apenas que chegue o dia em que possa sair da escravidão e ter o bastante para trabalhar somente quando quiser!

Mas quem sabe o que acontecerá amanhã e o que acontecerá depois disto!

Das somas que havia lhes enviado estes últimos anos, cujo total chegava a 3.600 francos, não resta mais nada? Se ainda resta alguma coisa, avisem-me.

Nunca recebi a última caixa de livros de vocês. Como pôde desaparecer?

Posso muito bem lhes enviar o dinheiro que tenho, mas se o trabalho não recomeçar, serei forçado a abrir um pequeno comércio aqui e terei necessidade de meu capital, que talvez desapareça em pouco tempo. Esse é o andamento das coisas em todos os lugares, e sobretudo aqui.

Será que ainda tenho que prestar serviço militar, com mais de 30 anos? E se eu voltar à França, será que ainda terei que prestar o serviço que não prestei?

De acordo com os termos da lei, parece-me que em caso de ausência justificada, o serviço fica *suspenso* e deverá ser prestado, em caso de regresso.

Desejo-lhes boa saúde e prosperidade.

RIMBAUD

Casa Bardey, Aden.

RIMBAUD AOS SEUS

Aden, 10 de setembro de 1884.

Meus caros amigos,

Há muito tempo que não recebo notícias de vocês. Quero crer, porém que tudo vai bem por aí; desejo-lhes boas colheitas e longo outono. Creio que gozam de boa saúde e de paz, como de costume.

Eis que passa o terceiro mês de meu novo contrato de seis meses. Os negócios vão mal, e acredito que, no final de dezembro, terei que procurar um novo emprego, que espero encontrar facilmente. Não lhes enviei meu dinheiro porque não sei aonde ir; não sei onde me encontrarei e se não terei que empregar este capital em algum tráfico lucrativo.

Por aqui, quem não for um grande negociante, com capital e créditos consideráveis, quem tiver apenas pequenos capitais, tem muito mais possibilidades de perdê-los do que vê-los frutificar; estamos rodeados de mil perigos, e a vida, se quisermos viver com um pouco de conforto, custa mais do que se pode ganhar. No Oriente, os empregados são, no momento, tão mal pagos quanto na Europa, e sua sorte é bem mais precária devido aos climas funestos e à existência enervante que se leva aqui.

Quanto a mim, estou mais ou menos preparado para todos os climas, frios ou quentes, frescos ou secos, e não corro mais o risco de pegar febres ou outras doenças de aclimação, mas sinto que envelheço muito depressa nestes ofícios idiotas e na companhia de selvagens ou de imbecis.

Enfim, acredito que vocês pensam como eu: aqui eu ganho minha vida, e já que cada homem é escravo desta miserável fatalidade, tanto em Aden como em qualquer outro lugar, é melhor ficar em Aden do que ir para outra parte, onde sou desconhecido, onde já se esqueceram completamente de mim e onde teria que recomeçar tudo outra vez. Assim, enquanto encontrar meu pão por aqui, por que não ficar? Não é melhor ficar até ter com que viver tranquilamente? Ora, o mais provável é que nunca tenha do que viver e que não viva nem morra tranquilo. Enfim, como dizem os muçulmanos: Está escrito! – É a vida e ela não tem nada de divertida!

Aqui o verão termina no fim de setembro; a partir de então, não teremos mais que 25° a 30° centígrados durante o dia, e 20° a 25° durante a noite. É o que chamamos de inverno em Aden.

Todo o litoral deste imundo Mar Vermelho é torturado desta forma pelo calor. Em Obock há um navio de guerra francês, onde, dos 70 homens que compõem toda a tripulação, 65 padecem de febres tropicais; o comandante morreu ontem. E em Obock, que fica a quatro horas de vapor daqui, o clima é mais fresco que em Aden, onde o clima é sadio e apenas enervante pelo excesso de calor.

Do seu,

RIMBAUD

RIMBAUD AOS SEUS

Aden, 7 de outubro de 1884.

Meus caros amigos,

Recebi sua carta de 23 de setembro, suas notícias me entristecem, o que vocês me contam de Frédéric me aborrece muito e pode nos trazer grandes prejuízos. Por exemplo, ficaria muito aborrecido se soubessem que tenho como irmão um sujeito tão desagradável. Por outro lado Frédéric não me surpreende; é um perfeito idiota, sempre soubemos disto, e sempre nos admiramos do fato dele ser "cabeça-dura".

Vocês não precisam me dizer para não manter correspondência com ele. Quanto a dar-lhe alguma coisa, o meu dinheiro é ganho com muita dificuldade para que eu o dê de presente a um beduíno deste tipo que materialmente está menos cansado que eu, disto estou certo. Enfim, espero, porém – por vocês e por mim – que ele acabe logo com esta comédia.

Quanto a gastar sua saliva falando de mim, minha conduta é conhecida tanto aqui quanto em qualquer outro lugar. Posso lhes enviar o testemunho de conduta excepcional que a extinta Companhia Mazeran me concedeu por quatro anos de serviço, de 1880 a 1884, e tenho uma reputação muito boa aqui, que me permite ganhar a vida de maneira conveniente. Se em outros tempos, passei por momentos infelizes, isto não quer dizer que tenha procurado viver às custas das pessoas nem por meio do mal. Aqui, estamos no inverno no momento: a temperatura média é de 25 acima de zero. Tudo vai bem. Meu contrato, que termina no fim de dezembro, será, espero, renovado com vantagens. Aqui, sempre encontrei uma maneira de viver honradamente.

Perto daqui está a triste colônia francesa de Obock, onde no momento tentamos abrir um estabelecimento, mas creio que nada será feito. É uma praia deserta, queimada, sem víveres, sem comércio, boa apenas para se fazer depósito de carvão para as embarcações de guerra que vão para a China e Madagascar.

A costa da Somália e de Harar estão passando das mãos do pobre Egito para as dos ingleses, que não têm força bastante para manterem todas estas colônias. A ocupação inglesa arruina todo o comércio da costa, de Suez a Gardafui. A Inglaterra está terrivelmente atrapalhada com os assuntos do Egito e é bastante provável que se dê muito mal.

Do seu,

RIMBAUD

RIMBAUD AOS SEUS

Mazeran, Viannay e Bardey,
Endereço telegráfico:
Maviba – Marselha.

Aden, 30 de dezembro de 1884.

Meus caros amigos,

Recebi sua carta de 12 de dezembro e agradeço-lhes os votos de prosperidade e boa saúde, os quais retribuo para cada dia do próximo ano.

Como vocês mesmo dizem minha vocação jamais será a lavoura, e não faço objeção quanto a ver todas estas terras arrendadas: espero, por vocês, que elas sejam arrendadas logo e de maneira satisfatória. Ficar com a casa é sempre um bom negócio. Quanto a eu ir descansar aí perto de vocês, seria para mim bastante agradável: ficaria muito feliz se pudesse descansar; mas nem sequer vejo esboçar-se o momento do repouso. Por enquanto tenho encontrado meios de viver aqui: se partir, o que encontrarei em troca? Como poderei viver em uma terra onde ninguém me conhece, onde não poderei achar nenhuma oportunidade de ganhar alguma coisa? Como dizem vocês, só posso ir aí para descansar, e para descansar é preciso ter rendas; para se casar é preciso ter rendas, e eu não tenho estas rendas. Assim, estou por muito tempo ainda condenado a seguir as pistas por onde possa encontrar meio de viver, até que possa ter, à força de muito sofrimento, um pouco de dinheiro para descansar algum tempo.

No momento, tenho em mãos treze mil francos. Que querem que eu faça na França com isto? Que casamento querem que eu consiga com este dinheiro? Mulheres pobres e honestas podem ser encontradas em todo o mundo! Ir até aí para casar e ser obrigado a viajar para viver?

Enfim, passei trinta anos me aborrecendo para nada e não vejo como tudo vai acabar ou, pelo menos, se vai mudar para algo melhor.

Enfim, se vocês puderem me sugerir um bom projeto, eu ficaria contente.

Os negócios vão muito mal aqui, no momento. Não sei se vão prorrogar meu contrato, ou em que condições o farão. Tenho quatro anos e meio aqui; não queria que baixassem o meu salário e no entanto os negócios vão mal.

O verão também chegará dentro de três ou quatro meses, e a estada aqui ficará atroz.

São justamente os ingleses, com sua política absurda, que no momento arruínam o comércio de toda a costa. Quiseram consertar tudo e conseguiram fazer pior que os egípcios e os turcos, a quem arruinaram. O Gordon deles é um idiota, o Wolseley deles é um burro, e todas as suas empresas uma sequência insensata de absurdos e de depredações. Quanto às notícias do Sudão, não sabemos mais do que vocês na França; não chega mais ninguém da África, tudo é desorganização, e a administração inglesa só tem interesse em anunciar mentiras, mas é bastante provável que a expedição do Sudão não logre sucesso.

A França também faz as suas besteiras por estes lados: há um mês, ocuparam toda a baía de Tadjura, para tomar desta forma as cabeças de estradas do Harar e da Abissínia. Mas esta costa é totalmente desolada, e os gastos que fazem por lá terão sido completamente inúteis se não conseguirem avançar em breve na direção dos planaltos do interior (Harar) que são belas regiões, muito saudáveis e produtivas.

Vemos também que Madagascar, que é uma boa colônia, está muito longe de cair em nosso poder, e gastamos centenas de milhões de francos com Tonkin, que segundo todos os que vêm de lá é uma região miserável e impossível de ser defendida das invasões.

Creio que nenhuma outra nação tem uma política colonial tão inapta quanto a França. – Se a Inglaterra comete erros e faz gastos, tem, ao menos interesses sérios e perspectivas importantes. Mas nenhuma potência joga fora o seu dinheiro, em lugares impossíveis, como o faz a França.

Em oito dias, eu lhes informarei se serei readmitido ou o que vou fazer.

Do inteiramente seu,

RIMBAUD

CONTRATO DE RIMBAUD COM CASA BARDEY, DE ADEN

Entre os abaixo-assinados,

Sr. Pierre Bardey, negociante em Aden

e o Sr. Arthur Rimbaud,

fica estabelecido o que se segue:

O Sr. Rimbaud compromete-se, como empregado do Sr. Bardey, a executar tudo o que lhe for ordenado com relação aos negócios de seu comércio, do dia 1º de janeiro de 1885 ao dia 31 de dezembro do mesmo ano.

Em troca, o Sr. P. Bardey outorga ao Sr. Rimbaud, além de alojamento no estabelecimento e alimentação, um vencimento de cento e cinquenta rupias por mês, durante todo o tempo do contrato.

No caso em que o Sr. P. Bardey queira se privar dos serviços do Sr. Rimbaud, ele deverá lhe pagar três meses de vencimentos como indenização a partir da data da demissão.

No caso em que o Sr. Rimbaud não renove o contrato, deverá prevenir o Sr. P. Bardey três meses antes do fim do ano, e reciprocamente.

Aden, 10 de janeiro de 1885.

RIMBAUD

P. BARDEY
RIMBAUD

RIMBAUD AOS SEUS

Aden, 15 de janeiro de 1885.

Meus caros amigos,

Recebi sua carta de 26 de dezembro de 1884. Obrigado pelos votos. Que o inverno lhes seja curto e o ano feliz!

Continuo indo bem, neste país sujo.

Fui readmitido este ano, até o fim de 1885: mas é possível que mais uma vez, os negócios sejam suspensos antes desta data. Os negócios nestes países tornaram-se muito maus desde o problema do Egito. Eu continuo nas mesmas condições. Tenho 300 francos líquidos por mês, sem contar meus outros gastos que são pagos e que representam outros 300 francos mensais. Portanto, este emprego é de cerca de 7.000 francos anuais, dos quais sobram-me cerca de 3.500 a 4.000 francos líquidos ao fim do ano. Não pensem que sou um capitalista: todo o meu capital, no momento, é de 13.000 francos e será de cerca de 17.000

francos até o fim do ano. Terei trabalhado cinco anos para reunir esta quantia. Mas o que mais posso fazer? Foi melhor ter tido paciência aqui, onde pude viver e trabalhar, pois que perspectivas tenho em outros lugares? Mas enfim, tanto faz, os anos passam, não economizo nada, e nunca conseguirei viver de minhas rendas nestes países.

Meu trabalho aqui consiste em comprar café. Compro cerca de duzentos mil francos por mês. Em 1883, comprei mais de 3 milhões durante o ano, e meu lucro sobre isto não é nada além de meus infelizes vencimentos, ou seja, três, quatro mil francos por ano: vejam vocês que os empregos são mal pagos em qualquer lugar. É verdade que a antiga Casa faliu com um prejuízo de novecentos mil francos, mas isto não pode ser atribuído aos negócios de Aden que, se não davam lucros, também não davam prejuízo. Compro ainda muitas outras coisas: goma, incenso, penas de avestruz, marfim, couros secos, cravos da índia etc. etc.

Não estou enviando minha fotografia; evito, com cuidado, todo gasto inútil. Além disto, continuo malvestido; aqui, só podemos nos vestir com roupas de algodão bem leve; as pessoas que já passaram alguns anos por aqui não podem mais suportar o inverno da Europa, morreriam em seguida de uma pneumonia. Portanto, se eu voltar será apenas no verão e no inverno serei obrigado a ir para o Mediterrâneo. Em todo caso, não pensem que o meu espírito se tornaria menos vagabundo, ao contrário, se eu tivesse meios para viajar sem ser forçado a parar para trabalhar e ganhar minha existência, ninguém me veria mais de dois meses em um mesmo lugar. O mundo é muito grande e cheio de regiões magníficas que nem a existência de mil homens bastaria para visitá-las. Mas por outro lado, eu não gostaria de vagabundear na miséria, gostaria de ter alguns milhares de francos de renda e poder passar o ano em dois ou três lugares diferentes, vivendo modestamente, fazendo alguns pequenos negócios para pagar as minhas despesas. Eu continuarei achando muito triste viver sempre no mesmo lugar. Enfim, o mais provável é que sempre acabemos onde não queríamos ir, fazendo o que não gostaríamos de fazer. Vivendo e morrendo de maneira totalmente diferente do que queríamos, sem esperanças de nenhuma espécie de compensação.

Quanto aos Alcorães, eu os recebi há muito tempo, há exatamente um ano ainda em Harar. Quanto aos meus quatro livros, devem ter sido vendidos. Gostaria muito que me enviassem livros, mas já perdi muito dinheiro com isto. No entanto, não tenho nenhuma distração aqui, onde não há jornais, nem bibliotecas e se vive como selvagens.

Escrevam, porém, à Livraria Hachette e perguntem qual é a *mais recente edição* do *Dictionnaire de Commerce et de Navigation (Dicionário de comércio e de navegação)*, de Guilaumin. – Se existir uma edição recente, depois de 1880, podem enviá-la: são dois volumes grandes, que custam cem francos, mas é possível um desconto com Sauton. Mas se só houver edições velhas, não quero. – Aguardem então, minha próxima carta.

Do seu,

RIMBAUD

RIMBAUD AOS SEUS

Aden, 14 de abril de 1885.

Meus caros amigos,

Recebi sua carta de 17 de março e vejo que os negócios vão tão bem quanto possível.

Se vocês reclamam do frio, eu reclamo do calor, que acaba de recomeçar aqui. Já estamos sufocados, e ficará assim até o fim de setembro. Sofro de uma febre gástrica, não posso digerir nada, meu estômago tornou-se muito fraco aqui e deixa-me infeliz todo o verão; não sei como vou passar este verão, receio ser obrigado a sair daqui, minha saúde está bastante arruinada, um ano aqui vale por cinco em outro lugar. Na África, ao contrário (em Harar e na Abissínia), o tempo é muito bom, e gosto muito mais de lá do que da Europa. Mas desde que os ingleses chegaram ao litoral, o comércio por todos estes lados se arruinou completamente.

Continuo com os mesmos vencimentos: não gasto *nem um centavo. Os* 3.600 francos que recebo, mantenho-os intactos até o fim do ano, ou quase, pois em 4 anos e 4 meses tenho ainda em mão 14.500 francos. Vendi, para grande tristeza minha, o aparelho fotográfico, mas sem prejuízo. Quando lhes digo que meu emprego vale 6.000 francos, estou calculando os gastos de alimentação e de alojamento que me são pagos, pois aqui tudo é muito caro. Bebo exclusivamente água e para isto gasto *quinze francos* por mês! Não fumo nunca e visto-me com panos de algodão: meus gastos de toilette não chegam a 50 francos por ano. Vive-se terrivelmente mal aqui e gasta-se muito. Todas as noites do ano dormimos ao ar livre e no entanto, meu alojamento custa 40 francos por mês! Assim por diante. Enfim, levamos a vida mais atroz do mundo e certamente, não continuarei aqui no ano que vem. Vocês não gostariam por nada deste mundo levar a vida que estou levando aqui: chega-se pensando em ganhar algum dinheiro, mas um franco aqui em qualquer outro lugar valeria 5.

Não recebemos nenhum jornal, não há bibliotecas; em termos de europeus, há apenas alguns empregados de comércio idiotas que comem seus salários no bilhar e partem em seguida maldizendo o lugar.

O comércio deste país era muito bom, há poucos anos atrás. O principal comércio é o café chamado moca:

todo o moca sai daqui, desde que Moca ficou deserta. Além disso, uma quantidade enorme de artigos, couros secos, marfins, penas, goma, incenso etc. etc. etc., e a importação também é muito variada. Aqui, lidamos apenas com o café, e sou encarregado das compras e expedições. Comprei cerca de oitocentos mil francos em seis meses, mas os mocas estão mortos na França, este comércio cai todos os dias, os lucros mal cobrem os gastos sempre muito altos.

Os negócios tornaram-se muito difíceis aqui, e vivo de maneira tão pobre quanto possível, para tratar de sair daqui com alguma coisa. Todos os dias, estou ocupado das 7 horas às 5 horas da tarde e não tenho nem um dia livre. Quando terminará esta vida?

Quem sabe? Talvez sejamos bombardeados em breve. Os ingleses reviraram toda a Europa.

A guerra começou no Afeganistão e os ingleses só terminarão cedendo provisoriamente à Rússia, e dentro de alguns anos a Rússia os atacará.

No Sudão, a expedição de Kartum bateu em retirada e, conhecendo estes climas, imagino que dois terços dela deve ter derretido. Do lado de Suakim, creio que os ingleses não avançarão por enquanto, porque esperam para ver como ficarão os assuntos da índia. Além disto, estes desertos são intransponíveis, de maio a setembro, para os exércitos de grande porte.

Em Obock, a pequena administração francesa trata de comer e beber o dinheiro do governo que jamais cederá um centavo a esta colônia horrorosa, colonizada até agora apenas por uma dezena de piratas.

Os italianos vieram se meter em Massaua, ninguém sabe como. É provável que eles tenham que evacuar a área, já que a Inglaterra não pode mais fazer nada por eles.

Em Aden, prevendo-se guerras, todo o sistema de fortificação está sendo refeito. Gostaria de ver este lugar reduzido a pó – mas não enquanto eu estiver aqui!

Além disto, espero não ter mais nada a fazer neste lugar imundo.

Do seu,

RIMBAUD

RIMBAUD A ERNEST DELAHAYE

Aden, 3/17 de maio de 1885.

Caro Delahuppe,

Em anexo, meu retrato e do meu patrão, após nossa naturalização.

Aperto a sua,

O seu

A. RIMBAUD

RIMBAUD AO SENHOR FRANZOJ*

(Setembro de 1885.)

Caro Senhor Franzoj,

Perdoe-me mas despedi esta mulher sem possibilidade alguma de que reconsidere minha decisão.

---

* M. Franzoj era um jornalista e aventureiro que fez amizade com Rimbaud no Oriente. Desta amizade escreveu o livro "*Rimbaud Senza Schiqui*", reeditado no jornal *Corrière della Sera*, em 28 de maio de 1965. Esta carta de Rimbaud a Franzoj tem interesse para os estudiosos pois lança alguma luz sobre o relacionamento do poeta com as mulheres, tema nebuloso e contraditório. A mulher a quem Rimbaud se refere nesta carta pode ser uma abissínia que – segundo alguns estudiosos – teria vivido com o poeta de 1884 a 1886, além de ser sua funcionária em Aden. Existem indícios claros de algumas presenças femininas na vida de Rimbaud, o certo é que em suas cartas não há nenhuma menção clara que comprove uma relação mais estreita. Alguns biógrafos afirmam, por outro lado, que não houve nenhuma mulher em sua estada na África. No caso da mulher citada na carta, pode-se concluir um vínculo estreito, mas de qualquer forma, como se lê, foi uma relação que não terminou bem. (N.E.)

Eu lhe darei alguns táleres, e ela partirá para tomar o navio que se encontra em Rasali para Obock, e de lá irá para onde quiser.

Aguentei muito tempo esta hipócrita diante de mim. Se fui idiota o bastante para trazê-la de Choa, não o serei para levá-la de volta.

Do seu,

RIMBAUD

RIMBAUD AOS SEUS

Aden, 22 de outubro de 1885.

Caros amigos,

Quando receberem esta carta, eu me encontrarei provavelmente em Tadjura, no litoral do Dankali anexado à colônia de Obock.

Deixei meu emprego em Aden, após uma violenta discussão com aqueles canalhas desprezíveis que pretendiam me degradar para sempre. Prestei muito serviço a esta gente e imaginavam que eu iria, apenas para agradá-los, ficar com eles toda a minha vida. Fizeram tudo para me reter, mas eu os mandei ao diabo, com seus lucros, seu comércio, sua casa horrorosa e sua cidade porca! Sem contar que eles sempre me trouxeram aborrecimentos e sempre tentaram me causar prejuízos.

Enfim, que vão ao diabo!... Deram-me excelentes cartas de recomendação pelos cinco anos.

Chegarão alguns milhares de fuzis da Europa para mim. Vou formar uma caravana e levar esta mercadoria a Menelik, rei de Choa.

A estrada para Choa é muito longa: dois meses de marcha quase até Ankober, a capital. Os países que se atravessa até lá são desertos horríveis. Mas na Abissínia, o clima é delicioso, a população é cristã e hospitaleira. A vida não custa quase nada. Há apenas alguns europeus por lá, dez ao todo, e sua ocupação é o comércio de armas, que vendem ao rei por bom preço. Se não ocorrer nenhum contratempo, espero chegar, ser pago imediatamente e voltar com um lucro de 25 a 30 mil francos tirados em menos de um ano.

Com o negócio dando lucro, vocês me verão na França por volta do outono de 1886, onde talvez tenha que comprar novas mercadorias. Espero que tudo dê certo. Esperem o mesmo por mim, estou precisando.

Se em três ou quatro anos pudesse acrescentar uma centena de mil francos ao que já tenho, deixaria com felicidade estas malditas paragens.

Pela antepenúltima mala postal eu lhes enviei meu contrato, para que seja usado em minha defesa perante o tribunal militar. Espero que tudo se ajeite de agora em diante. Com tudo isto, vocês nunca puderam me dizer que tipo de serviço eu tenho que prestar; de maneira que, se eu apresentar-me a algum cônsul para pedir algum certificado, serei incapaz de lhe explicar minha situação, pois nem eu mesmo a conheço! É ridículo!

Não me escrevam mais com o endereço da Casa Bardey; aqueles animais interceptariam minha correspondência. Durante três meses ainda, ou pelo menos dois meses e meio após a data desta carta, isto é, até o fim de 1885 (incluindo os quinze dias de Marselha até aqui), vocês poderão me escrever no endereço abaixo:

SENHOR ARTHUR RIMBAUD,
em Tadjura
Colônia Francesa de Obock.

Boa saúde, feliz ano-novo, descanso e prosperidade.

Do seu,

RIMBAUD

RIMBAUD AOS SEUS

Tadjura, 3 de dezembro de 1885.

Meus caros amigos,

Estou no momento formando minha caravana para Choa. Como sempre, a coisa vai devagar, mas espero sair daqui até o final de janeiro de 1886.

Eu vou bem. Enviem-me o dicionário pedido, ao endereço dado. Para este mesmo endereço podem enviar a partir de agora todas as comunicações. De lá, farão chegar até mim.

Este Tadjura está anexado há um ano à colônia francesa de Obock. É uma pequena vila Dankali, com algumas mesquitas e algumas palmeiras. Há um forte, construído em épocas passadas pelos egípcios, onde agora dormem dez soldados franceses sob as ordens de um sargento, comandante do posto. Deixaram o país o seu pequeno sultão e a sua administração indígena. É um protetorado. O comércio local é o tráfico de escravos.

Daqui partem as caravanas dos europeus para Choa, mas é muito pouca coisa.

Aqui vive-se com grandes dificuldades, já que os indígenas de todas estas encostas tornaram-se inimigos dos europeus, desde que o almirante inglês Hewett obrigou o imperador Jean do Tigre a assinar um tratado que abolia o tráfico dos escravos, o único comércio indígena um pouco florescente. No entanto, sob o protetorado francês o tráfico não é incomodado, e é muito melhor assim.

Não vão pensar que eu me tornei mercador de escravos. As mercadorias que importamos são fuzis (velhas espingardas de repetição reformadas há 40 anos), que valem, entre os mercadores de armas velhas, em Liège ou na França, 7 ou 8 francos a peça. Ao rei de Choa, Menelik II, são vendidos a quarenta francos. Mas há gastos enormes, sem falar dos perigos da estrada, de ida e volta. Os povos que habitam a estrada são os Dankalis, pastores beduínos, muçulmanos fanáticos: não se pode esperar nada de bom deles. É verdade que andamos com armas de fogo, e os beduínos têm apenas lanças: mas todas as caravanas são atacadas.

Uma vez passada a margem Hawache, entra-se nos domínios do poderoso rei Menelik. Lá, habitam os agricultores cristãos; o país é muito elevado, até 3.000 metros acima do nível do mar; o clima é excelente; o custo de vida é baixíssimo; todos os produtos da Europa têm boa colocação; somos bem-vistos pela população. Chove seis meses por ano, como em Harar, que é um dos sustentáculos deste grande maciço etíope.

Desejo-lhes boa saúde e prosperidade no ano de 1886.

Do seu,

RIMBAUD

LABATUT E RIMBAUD AO MINISTRO DAS RELAÇÕES EXTERIORES

Senhor Ministro,

Somos negociantes franceses estabelecidos há dez anos em Choa, na Corte do Rei Menelik.

No mês de agosto de 1885, o rei de Choa, o Ras Govana e vários outros de nossas relações na Abissínia nos fizeram uma encomenda de armas e de munições, de utensílios e de mercadorias variadas. Eles nos adiantaram uma parte do dinheiro e tendo reunido, além disto, todo o capital disponível em Choa, descemos até a costa de Obock.

Lá, tendo pedido e obtido do Senhor Governador de Obock a autorização para desembarcarmos em Tadjura e expedirmos em caravana a quantidade pedida de armas e de munições que desejávamos comprar, tendo também obtido do governo de Aden, por intermédio do

Sr. Cônsul da França, a autorização de transportar as armas mencionadas de Aden para Tadjura, encomendamos algumas mercadorias da França, através de nosso correspondente, sendo que um de nós ficou em Aden para cuidar do trânsito, o outro em Tadjura, para preparar a caravana sob a proteção francesa.

Por volta do fim de janeiro de 1886, tendo nossas mercadorias transitado em Aden, foram desembarcadas em Tadjura, e organizamos nossa caravana, com as dificuldades costumeiras de Tadjura. Enfim, nossa partida deveria ter ocorrido no fim do mês de abril.

A 12 de abril, o Sr. Governador de Obock veio nos informar que um despacho do Governo ordenava sumariamente o embargo de todas as importações à Choa! Uma ordem foi dada ao sultão de Tadjura para impedir a formação de nossa caravana!

Assim, com nossas mercadorias penhoradas, nosso capital dispersado em despesas da caravana, nosso pessoal subsistindo indefinidamente às nossas custas e nosso material se deteriorando, aguardamos em Tadjura os motivos e as consequências de uma medida tão arbitrária.

No entanto, estamos em dia com todos os regulamentos, e as autoridades da colônia podem testemunhar em nosso favor. Apenas transportamos armas a pedido do governo do Choa, e de posse da autorização necessária, procedemos à expedição da mercadoria ao seu destino tão logo quanto possível; podemos provar que jamais vendemos, demos ou mesmo confiamos uma só arma aos indígenas em nenhum tempo ou lugar. Nossas armas devem ser entregues a Menelik em sua embalagem original, e nenhuma delas pode jamais ser retirada, tanto no litoral quanto no interior.

Quaisquer que sejam, a seguir, as decisões do Ministério, pedimos que se estabeleça, antecipadamente, que para nós será totalmente impossível liquidar legalmente ou normalmente nosso negócio; 1º porque estas armas e munições estão à disposição do governo de Choa, 2º porque para nós será impossível recuperar os gastos feitos.

Em nenhum outro lugar estas armas seriam revendidas ao *preço* de Tadjura. As pessoas conhecedoras destas operações sabem que um capital três vezes maior que o valor real das armas é imediatamente consumido no litoral, com o desembarque, os víveres e os salários de toda uma população de serventes abissínios e de cameleiros reunidos para a caravana, os bakshich consideráveis em dinheiro e presentes às autoridades importantes, as extorsões dos beduínos da vizinhança, os adiantamentos pedidos, os direitos de recrutamento e as taxas de passagem, os gastos de alojamento e alimentação dos europeus, a compra e a manutenção de uma enorme quantidade de material, de víveres, de animais de transporte para uma viagem de cinquenta dias nos mais áridos desertos! Com a formação de uma caravana em Tadjura, a população inteira subsiste durante os três, seis e mesmo dez meses em que inevitavelmente nos atrasamos neste lugar.

Além disto, deveríamos salientar os anos gastos em Choa à espera desta encomenda, os gastos da descida até a costa, os salários das pessoas contratadas em Choa a nosso serviço há anos na perspectiva desta operação. Nós nos envolvemos neste negócio único com todo nosso capital, todo nosso material e nosso pessoal, todo o nosso tempo e até mesmo nossa existência.

Compreende-se que se empreenda negócios tão lentos, perigosos e fastidiosos apenas na perspectiva garantida de grandes lucros. Os preços pagos por estas armas em Choa, – onde são pouco numerosas até o presente – são, sem dúvida, extraordinariamente altos, ainda mais que os pagamentos são feitos em mercadorias cedidas ao Rei pelo preço de Choa, trazendo um lucro de aproximadamente 50% na praça de Aden. Isto explica que negociantes franceses operem em Choa com capitais emprestados a 50, 75 e 100 por cento de juros ao ano.

Desta forma, é seu valor definitivo em Choa que devemos logicamente dar desde agora às armas de nossa caravana organizada em Tadjura, já que pagas as despesas e passado o cansaço só nos resta pegar a estrada para fazermos a entrega e recebermos o pagamento.

Eis o valor detalhado da operação que a autoridade francesa nos permitiu formar e em seguida nos proibiu de executar:

2.040 fuzis a bala, tarifados no Choa a quinze dólares Maria-Teresa a unidade, total: – Dólares........30.600

60.000 cartuchos Remington a 60 dólares o milhar.. 3.600

Às armas e munições é anexada uma encomenda de utensílios para o rei que não pode ser expedida separadamente. Valor 5.800

O valor total da caravana à entrega é, portanto, de:
– Dólares 40.000

Acrescentando-se 50 por cento na volta, isto é, o lucro da venda em Aden das mercadorias (marfim, almíscar, ouro), dados em pagamento no Choa pelo rei, estabelecemos que esta operação deve nos render uma soma líquida de 60.000 mil dólares no prazo de um ano e dezoito meses. 60.000 dólares ao câmbio médio de Aden (o franco a 4,30) equivalem a 238.000 francos.

Consideramos o Governo nosso devedor desta soma enquanto durar a presente interdição e caso seja mantida, tal será a cifra da indenização que exigiremos do governo. Não podemos deixar de fazer as seguintes reflexões sobre algumas políticas que poderiam haver motivado a medida da qual somos vítimas:

1º) Seria impossível supor que os Dankalis possam se armar por ocasião deste comércio. O fato extraordinário, que não se repetiu mais, de algumas centenas de armas pilhadas ao longe quando do ataque da caravana Barrai, repartidas entre um milhão de beduínos, não constitui nenhum perigo. Além disto, os Dankalis, como os outros povos da costa, têm tão pouco interesse pelas armas de fogo, que seria impossível encontrar o menor sinal de venda desta mercadoria em toda a costa!

2º) Não se pode dizer que haja correlação entre a importação de armas e a exportação de escravos. Este tráfico existe entre a Abissínia e o litoral, desde a mais remota antiguidade, em proporções invariáveis. Mas os nossos negócios são completamente independentes dos tráficos obscuros dos beduínos. Ninguém ousaria afirmar que um europeu tenha jamais vendido ou comprado, transportado ou ajudado a transportar um único escravo, no litoral ou no interior.

Além disto, a interdição da importação das armas destinadas à Choa terá como resultado único, certo e imediato, suprimir radicalmente as relações comerciais da colônia de Obock e da Abissínia.

Enquanto a estrada de Assab estiver especialmente aberta à importação de armas sob a proteção italiana, e a excelente estrada de Zeilah monopolizar a importação de panos e mercadorias sob a proteção inglesa, nenhum francês ousará mais se aventurar na ratoeira Obock-Tadjura e não haverá razão alguma para estipendiar os chefes de Tadjura e da sinistra estrada que a liga à Choa.

À espera de melhores atitudes do governo da nação francesa que tão honradamente e corajosamente temos representado nestas regiões, aproveitamos a oportunidade, Senhor Ministro, para renovarmos nossos protestos de estima e consideração.

LABATUT E RIMBAUD

Tadjura, 15 de abril de 1886.
Ao Sr. Ministro das Relações Exteriores,
Em Paris.

AUTORIZAÇÃO DE J. SUEL

Autorizo o Sr. Rimbaud retirar da residência do Sr. Paul Soleillet as 1.000 espingardas de repetição que me pertencem.

O Sr. Rimbaud poderá vendê-las todas ou parte delas, mas não abaixo de 6 táleres a unidade.

Queira o Sr. Rimbaud, se lhe for possível, e principalmente se for obrigado a partir antes do Sr. Soleillet, apanhar com este, no Choa, o que restar das mil espingardas e enviá-las ao Sr. Pino a quem as destino.

Aden, 4 de junho de 1886.

J. SUEL

RECIBO

Recebi do Sr. Hugo Ferrandi a soma de 600 táleres, remessa do Sr. Rimbaud.

Aden, 16 de junho de 1886.

J. SUEL

RIMBAUD AOS SEUS

Tadjura, 9 de julho de 1886.

Meus caros amigos,

Só agora recebi sua carta de 28 de maio.

Não compreendo absolutamente o serviço postal desta maldita colônia. Eu escrevo regularmente.

Houve incidentes desagradáveis aqui, mas não massacres no litoral: uma caravana foi atacada na estrada, porque estava mal guardada.

Meus negócios no litoral ainda não estão bem resolvidos, mas espero estar na estrada em setembro, sem falta.

O dicionário já chegou há muito tempo.

Estou indo bem, tão bem quanto possível no verão aqui, com 50 a 55 graus à sombra.

Do seu,

A. RIMBAUD

Hôtel de l'Univers,
Aden.

ALI-REDANE PACHA

Governador do Harar

A NOUR-ROBLÉ

Oughaz dos Gadi-Bursis

O denominado Sr. Rimbaud veio me informar que havia comprado quinze prazelas de dentes de marfim da tribo dos Gadi-Bursis e pede-me que lhe comunique que você deve enviar esta mercadoria à tribo El-Gui.

Eis o objetivo de minha carta e se a coisa for verdadeira, queira enviar o marfim à tribo acima mencionada e apanhe o dinheiro do marfim com o agente. Se houver mais marfim, envie-o a Darmi.

Takaris, II, Rabia el Aual, 1301.

O Governador do Harar

ALI-REDANE PACHA

RIMBAUD AOS SEUS

Abissínia do Sul.

Entotto (Choa), 7 de abril de 1887.

Meus caros amigos,

Encontro-me com boa saúde; meus negócios aqui não terminarão antes do fim do ano. Se vocês tiverem que me escrever, façam-no para o seguinte endereço:

Senhor Arthur Rimbaud,

Hôtel de l'Univers, em Aden.

Do hotel, as coisas serão enviadas a mim da forma que for possível. Espero estar de volta a Aden no mês de outubro; mas as coisas demoram muito nestes países porcos, quem sabe?

Do seu,

RIMBAUD

MENELIK II A RIMBAUD

Menelik II, rei do Choa, do Kaffa e de rodos os países Galas circunvizinhos.

Que façam chegar ao Sr. Rimbaud. Como está? Eu, Deus seja louvado, estou bem, assim como todo o meu exército.

Recebi a carta que você me enviou. Agradeço por todas as notícias enviadas.

Os juros dos preços dados na conta são muito elevados. Enviei a ordem a Dedjaz Makonnen para que o pague. Receba dele esta quantia. Se você tiver notícias da Europa e de Massaua, informe-me em seguida.

Escrita a 30 sanié 1879 (junho de 1887), no país de Adea Bagoftu.

(Selo: *Ele venceu, o leão da tribo de Judá. Menelik, rei do Choa.*)

RIMBAUD AO SR. DE GASPARY

Aden, 30 de julho de 1887.

Senhor Cônsul,

Tenho a honra de lhe informar da liquidação da caravana do falecido Labatut, operação à qual estava associado segundo um contrato feito no consulado em maio de 1886.

Soube da morte de Labatut apenas no fim de 86, no momento em que, já com todas as nossas primeiras despesas pagas, a caravana iniciava sua viagem e não podia mais retroceder, não tendo, assim, oportunidade de refazer os acordos com os credores da operação.

Em Choa, a negociação desta caravana foi feita em condições desastrosas: Menelik se apropriou de todas as mercadorias e me forçou a vendê-las a preço reduzido, proibindo-me a venda a varejo e ameaçando-me de enviá-las de volta à costa às minhas custas! Deu-me a quantia de 14.000 táleres por toda a caravana, diminuindo deste total uma quantia de 2.500 táleres como pagamento da 2ª metade do aluguel dos camelos e outras despesas da caravana saldados pelo Azzaze e uma outra soma de 3.000 táleres, como pagamento da dívida de Labatut para com ele, segundo me disse, enquanto que todos me asseguravam que era o rei quem devia a Labatut.

Encurralado pelo bando de pretensos credores de Labatut, aos quais o rei sempre dava razão, na impossibilidade de cobrar os seus devedores, atormentado por sua família abissínia que reclamava furiosamente sua herança e se recusava a reconhecer a minha procuração, receei ser, em seguida, roubado completamente e decidi deixar Choa. Consegui obter do rei um bônus contra o governador do Harar, Dedjazmatch Makonnen, pelo pagamento de aproximadamente 9.000 táleres, que foi o que me restou após o roubo de 3.000 táleres operado por Menelik em minha conta, e segundo os preços ridículos que me havia pago.

O pagamento do bônus de Menelik se concretizou em Harar depois de despesas e dificuldades consideráveis, pois alguns dos credores me perseguiram até lá. Em suma, voltei a Aden, no dia 25 de julho de 1887, com 8.000 táleres em letras de câmbio e aproximadamente 600 táleres em dinheiro.

Em nosso acordo com Labatut, comprometi-me a pagar, além de todos os gastos da caravana, o seguinte:

1º) Em Choa, 3.000 táleres pela entrega de 300 espingardas a Ras Govana, negócio feito pelo próprio rei;

2º) Em Aden, uma dívida com o Sr. Suel, paga depois de uma redução concedida pelas as partes;

3º) Um bônus de Labatut ao Sr. Audon, em Choa, crédito que já depositei em Choa e em Harar, mais de 50 por cento de acordo com documentos que tenho em minhas mãos.

Tudo o que poderia ser feito às dívidas da operação, foi acertado por mim. O balanço final foi uma quantia de aproximadamente 2.500 táleres, e como Labatut fica como meu devedor, por obrigações contraídas no consulado de uma quantia de 5.800 táleres, eu saio da operação com uma perda de 60% sobre o meu capital, sem contar os vinte e um meses de cansaços atrozes passados até a liquidação desta negociação miserável.

Todos os europeus em Choa foram testemunhas do andamento deste negócio e guardo os documentos à disposição do Sr. Cônsul.

Queira receber, Sr. Cônsul, meus protestos de estima e consideração.

A. RIMBAUD

Sr. de Gaspary,
Vice-Cônsul da França,
em Aden.

RIMBAUD AO DIRETOR DO "BOSPHORE ÉGYPTIEN"*

Cairo, 20 de agosto de 1887.

Senhor,

De volta de uma viagem pela Abissínia e Harar, tomei a liberdade de lhe enviar as seguintes notas sobre o atual estado de coisas naquela região. Acredito que elas contêm algumas informações inéditas e interessantes; quanto às opiniões aqui enunciadas, são frutos de uma vivência de 7 anos por estas paragens.

Como se trata de uma viagem circular entre Obock, Choa, Harar e Zeilah, permita-me explicar que desci até Tadjura no início do ano passado com a finalidade de formar uma caravana com destino à Choa.

Minha caravana era composta de alguns milhares de espingardas, munição e uma encomenda de utensílios e mobílias diversas para o rei Menelik. Ela foi retida um ano inteiro em Tadjura pelos Dankalis, que procedem da mesma maneira com todos os viajantes, não lhes dando passagem antes de lhes haver roubado tudo o que for possível. Uma outra caravana, cujas mercadorias foram desembarcadas em Tadjura junto com a minha, conseguiu ser posta a caminho apenas no fim de quinze meses, e as mil Remington** trazidas pelo falecido Soleillet na mesma data ainda jazem, após dezenove meses, entre as únicas poucas palmeiras da vila.

A seis curtas paradas de Tadjura, ou seja, aproximadamente 60 quilômetros, as caravanas descem até o lago Salgado, através de estradas horríveis que lembram

---

* Artigo publicado no importante jornal *Le Bosphore Égyptien*, no Cairo, em duas partes, nos dias 25 e 27 de agosto de 1887. O diretor do jornal era irmão do explorador Jules Borelli de quem Rimbaud foi grande amigo. O *fac-simile* do jornal está no "Museu Rimbaud". (N.E.)

** *Remington*: fuzis marca Remington. (N.T.)

talvez o terreno das paisagens lunares. Parece que atualmente uma sociedade francesa está sendo formada para a exploração de sal.

Certamente existe sal em superfícies muito extensas, talvez bastante profundas, ainda que não se tenha feito nenhuma sondagem. Uma análise teria declarado este sal quimicamente puro, ainda que se encontre depositado sem filtração às margens do lago. Mas é pouco provável que a venda cubra os gastos da abertura de uma estrada para a implantação de uma *Decauville**, entre a praia do lago e a do golfo de Gubbet-Kerab, os gastos do pessoal e mão de obra, que seriam excessivamente elevados (todos os trabalhadores devem ser importados, porque os beduínos Dankalis não trabalham) e a manutenção de uma tropa armada para proteger os trabalhadores.

Voltando ao assunto da saída de mercadoria, é preciso observar que a importante salina de Cheikh-Othman, explorada nas proximidades de Aden por uma sociedade italiana em condições excepcionalmente vantajosas, não parece ter encontrado ainda uma saída do sal que tem em estoque para as montanhas.

O Ministério da Marinha outorgou esta concessão aos requerentes, pessoas que em outras épocas faziam comércio em Choa, com a condição de que obtenham o consentimento dos chefes interessados no litoral e no interior. O governo se reservou além disto um direito por tonelada e fixou uma quota para a exploração livre pelos indígenas. Os chefes interessados são: o sultão de Tadjura, que seria proprietário hereditário de alguns maciços de rochas nas proximidades do lago (está muito disposto a vender seus direitos); o chefe da tribo dos Debne, que ocupa nossa estrada, do lago até Herer; o sultão Loita, que recebe do governo francês um pagamento mensal de cento e cinquenta táleres para incomodar o

* *Deucaville:* estrada de ferro de bitola estreita. (N.T.)

mínimo possível os viajantes; o sultão Hanfaré de Aussa, que pode encontrar sal em outros lugares, mas que pretende ter o direito em todos os lugares da terra dos Dankalis, e enfim, Menelik, a quem a tribo dos Debne, e outras, levam anualmente alguns milhares de camelos deste sal, talvez menos que mil toneladas. Quando foi informado dos passos dados pelas sociedades, Menelik reclamou o direito à concessão. Mas a parte reservada da concessão basta ao tráfico da tribo dos Debne e às necessidades culinárias de Choa, já que o sal em grão não serve como moeda na Abissínia.

Nossa estrada é conhecida como estrada Gobât, devido ao nome de sua décima quinta estação, onde geralmente pastam as tropas dos Debne, nossos aliados. Conta com aproximadamente vinte e três paradas, até Herer, através das paisagens mais medonhas deste lado da África. É muito perigosa pelo fato de que os Debnes, tribo, aliás, das mais miseráveis, que fazem os transportes, estarem eternamente em guerra, à direita com as tribos Mudeitos e Assa-Imara e à esquerda com os Issas Somalis.

No Herer – pastagens a uma altitude de aproximadamente 800 metros, e aproximadamente 60 quilômetros do pé do planalto dos Itus Galas –, os Dankalis e os Issas põem suas tropas para pastar geralmente em estado de neutralidade.

De Herer, chega-se ao Hawach em oito ou nove dias. Menelik decidiu estabelecer um posto armado nas planuras do Herer para a proteção das caravanas; este posto estaria ligado aos dos Abissínios nos montes Itus.

O agente do rei no Harar, o Dedjazmatch Mekonnen, expediu de Harar para Choa, pela estrada do Herer, três milhões de cartuchos Remington e outras munições que os comissários ingleses haviam abandonado para lucro do Emir Abdullahi, quando da evacuação egípcia.

Foi feito um levantamento astronômico desta estrada, pela primeira vez, pelo Sr. Jules Borelli, em maio de 1886, e este trabalho está relacionado geodesicamente pela topografia, no sentido paralelo dos montes Itus, que ele fez em sua recente viagem à Harar.

Ao chegar ao Rio Hawach, ficamos estupefatos ao lembrarmos dos projetos de canalização de certos viajantes. O pobre Soleillet tinha uma embarcação especial em construção em Nantes para este fim! O Hawach é uma vala tortuosa e obstruída a cada passo pelas árvores e pelas rochas. Já andei pelo Hawache em várias centenas de quilômetros, e pude comprovar que é impossível descê-lo, mesmo durante as enchentes. Além disto, é limitado por todos os lados por floresta e desertos, distanciado dos centros comerciais e sem ligação com nenhuma estrada. Menelik mandou construir duas pontes sobre o Hawach, uma sobre a estrada de Entotto até o Guragne, outra sobre a de Ankober a Harar pelos Itus. São simples passarelas feitas de troncos de árvores destinadas à passagem de tropas durante as chuvas e as enchentes, mas mesmo assim são trabalhos notáveis para Choa.

Pagas todas as despesas na chegada a Choa, o transporte de minhas mercadorias, cem carregamentos de camelos, acabaram por me custar oito mil táleres, ou seja, oitenta táleres por camelo, sobre uma distância de 500 quilômetros apenas. Esta proporção não se iguala em nenhuma outra estrada de caravanas africanas; no entanto, eu viajava com toda a economia possível e tenho uma experiência enorme nestas regiões. A estrada é desastrosa em todos os aspectos e é, felizmente, substituída pela estrada de Zeilah a Harar e de Harar à Choa pelos Itus.

Menelik encontrava-se ainda em campanha em Harar quando cheguei a Farré, ponto de chegada e de partida das caravanas e limite da raça Dankali. Logo chegou a Ankober a notícia da vitória do rei e de sua chegada a Harar, e o anúncio de seu regresso, que se efetuou em vinte dias. Ele chegou a Entotto precedido de músicos que tocavam de maneira ensurdecedora trombetas egípcias achadas em Harar, e seguido de sua tropa e de seu espólio, entre os quais dois canhões Krupp, transportados, cada um, por oitenta homens.

Menelik tinha, desde muito tempo, a intenção de se apoderar de Harar, onde ele pensava achar um arsenal formidável, e já havia prevenido os agentes políticos franceses e ingleses instalados na costa. Nos primeiros anos, as tropas abissínias extorquiam regularmente os Itus, terminando por se estabelecerem lá. Por outro lado, o emir Abdullahi, desde a partida de Raduan-Pacha com as tropas egípcias, organizava um pequeno exército e sonhava tornar-se o Mahdi das tribos muçulmanas do centro do Harar. Escreveu a Menelik reivindicando a fronteira do Harar e o intimando a se converter ao Islamismo. Como um posto abissínio havia avançado até a alguns dias de Harar, o emir enviou, para dispersá-lo, alguns canhões e alguns turcos que haviam ficado a seu serviço: os abissínios foram vencidos, mas Menelik irritado pôs-se ele mesmo em marcha de Entotto com trinta mil guerreiros. O encontro deu-se em Shalanko, a 60 quilômetros a oeste de Harar, lá onde Nadi Pacha, quatro anos antes, havia vencido as tribos galas dos Meta e dos Oborra.

O encontro durou apenas um quarto de hora; o emir tinha apenas algumas centenas de Remington, e o resto de sua tropa combatia com armas brancas. Seus três mil guerreiros foram mutilados e dilacerados em um piscar de olhos pelo exército do rei do Choa. Aproximadamente duzentos sudaneses, egípcios e turcos, que ficaram junto de Abdullahi após a evacuação egípcia, pereceram com os guerreiros galas e somalis. E foi o que mandou dizer na sua volta aos soldados de Choa, que nunca haviam matado brancos, que traziam os testículos de todos os Franguis do Harar.

O emir pôde escapar de Harar, de onde partiu na mesma noite e se refugiou na casa do chefe da tribo dos Guerrys, a leste de Harar, na direção de Berbera. Dias depois Menelik chegou a Harar sem resistência e, tendo deixado suas tropas fora da cidade, não houve nenhuma pilhagem. O monarca se limitou a levantar uma imposição de setenta e cinco mil táleres sobre a cidade e a região; a confiscar, segundo os direitos de guerra abissínios, os bens móveis e imóveis dos vencidos mortos na batalha, e a levar ele mesmo todos os objetos que lhe agradassem das casas dos europeus e de todos os outros. Ordenou que fossem reunidas todas as armas e munições em depósito na cidade, antes propriedade do governo egípcio, e regressou a Choa, deixando três mil de seus fuzileiros acampados em uma elevação vizinha à cidade e confiando a administração da cidade ao tio do emir Abdullahi, Ali Abu-Bekerf*, que os ingleses, quando da evacuação, haviam levado prisioneiro a Aden para soltá-lo em seguida, e que seu sobrinho mantinha em escravidão na sua casa.

Adveio em seguida que a gestão de Ali Abu-Beker não foi do agrado de Mekonnen, o agente geral de Menelik, que desceu até a cidade com suas tropas, alojou-as nas casas e nas mesquitas, aprisionou Ali e o enviou acorrentado, a Menelik.

Os abissínios, ao chegar à cidade, a reduziram a uma cloaca horrível. Demoliram as casas, devastaram as plantações, tiranizaram a população da forma como só

* Os *Abu-Beker* eram poderosos mercadores responsáveis pelo comércio de escravos, entre outros. Há vários assassinatos de europeus nessa época planejados e executados a mando dos *Abu-Beker*. (N.E.)

os negros sabem proceder entre si e, como Menelik continuou a enviar de Choa tropas de reforço seguidas de quantidades de escravos, o número de abissínios atualmente em Harar pode ser de doze mil, entre eles, quatro mil fuzileiros armados com armas de todos os tipos, de Remingtons até espingardas de silex.

A cobrança dos impostos da região gala dos arredores faz-se através de *razias*, quando as cidades são incendiadas, os animais roubados e a população levada como escrava. Enquanto o governo egípcio tirava sem esforços oitenta mil libras de Harar, a caixa abissínia está constantemente vazia. Os lucros dos galas, da aduana, dos postos, do mercado e as outras receitas são pilhadas por quem quer que se ponha a recebê-los. As pessoas da cidade emigram, os galas não cultivam mais. Os abissínios devoraram em poucos meses a provisão de *durah* deixada pelos egípcios e que poderia ser suficiente para vários anos. A peste e a fome são iminentes.

O movimento deste mercado, cuja posição é muito importante, pois é a saída mais perto da costa que têm os Galas, tornou-se nulo. Os abissínios proibiram o uso das velhas piastras egípcias como moeda divisionária dos táleres Maria-Teresa, para o uso exclusivo de uma certa moeda de cobre sem nenhum valor. Não obstante, vi em Entotto algumas piastras de prata que Menelik mandou cunhar com sua efígie e que se propõe a pôr em circulação em Harar, para liquidar a questão das moedas.

Menelik gostaria de manter a posse de Harar, mas compreende que é incapaz de administrar o país de maneira a tirar dele um lucro sério, e sabe que os ingleses viram com maus olhos a ocupação abissínia. Dizem, com efeito, que o governador de Aden, que sempre trabalhou com grande empenho no desenvolvimento da influência britânica na costa Somali, fará tudo que estiver ao seu alcance para que o seu governo decida mandar ocupar Harar, caso os abissínios o evacuem, o que poderia acontecer em seguida a uma fome ou complicações da guerra do Tigre.

Por seu lado, os abissínios de Harar acreditam a cada manhã ver aparecerem as tropas inglesas na volta das montanhas. Mekonnen escreveu aos agentes políticos ingleses em Zeilah e em Berbera que não mais enviem seus soldados a Harar; estes agentes mandavam que alguns soldados indígenas escoltassem as caravanas.

O governo inglês, por sua vez, criou um imposto de cinco por cento sobre a importação de táleres e Zeilah, Bulhar e Berbera. Esta medida contribuirá para fazer desaparecer o numerário, já muito raro em Choa e em Harar, e é pouco provável que favoreça a importação das rúpias, que nunca puderam ser introduzidas nestas regiões. Também os ingleses criaram, ninguém sabe por que, um imposto de um por cento sobre a importação naquele litoral.

Menelik ficou bastante aborrecido com a proibição de importação de armas na costa de Obock e de Zeilah. Como Joannes sonha ter seu porto marítimo em Massaua, Menelik, embora relegado ao interior, gaba-se de vir a possuir dentro de breve, um porto no golfo de Aden. Ele havia escrito ao sultão de Tadjura, infelizmente após o advento do protetorado francês, propondo-lhe a compra de seu território. À sua chegada em Harar, declarou-se soberano de todas as tribos até a costa, e deu ordens a seu general Mekonnen para que não perdesse a oportunidade de se apoderar de Zeilah; seus interesses sobre o Zeilah se modificaram somente quando os europeus lhe falaram de artilharias e de navios de guerra; escreveu recentemente ao governo francês para pedir a concessão de Ambado. Sabe-se que a costa do fundo do golfo de Tadjura até além de Berbera foi dividida entre a França e a Inglaterra da seguinte maneira: a França mantém todo o litoral de Gubbet Kerab a Djibuti, um cabo de doze milhas ao noroeste de Zeilah e uma faixa de território de não sei quantos quilômetros de profundidade em direção ao interior, cujo limite, ao lado do território inglês, é formado por uma linha traçada de Djibuti a Ensa, terceira estação na estrada de Zeilah a Harar. Temos, portanto, uma saída na estrada de Harar e da Abissínia. O Ambado, cuja possessão Menelik ambiciona, é uma enseada perto de Djibuti, onde há muito tempo o governador de Obock mandou cravar uma placa tricolor que o agente inglês mandava obstinadamente retirar até que as negociações terminassem. Ambado não tem água, mas Djibuti tem boas fontes, e, das três paradas de nossa estrada para Ensa, duas têm água.

Em suma, a formação das caravanas pode se efetuar em Djibuti, desde que haja algum estabelecimento provido com as mercadorias indígenas e alguma tropa armada. O local, até o momento, é completamente deserto. Desnecessário dizer que deve ser deixado como porto franco se quisermos fazer concorrência a Zeilah.

Zeilah, Berbera e Bulhar ficam com os ingleses, assim como a baía de Samawanak, na costa Gadibursi, entre Zeilah e Bulhar, ponto onde o último agente consular francês em Zeilah, Sr. Henry, mandou cravar a placa tricolor, já que a própria tribo Gadibursi mandou pedir a nossa proteção, de que goza até hoje. Todas estas histórias de anexação ou de proteção muito excitaram os espíritos neste litoral durante os últimos dois anos.

O sucessor do agente francês foi o Sr. Labosse, cônsul da França no Suez, enviado provisoriamente a Zeilah, onde apaziguou todas as desavenças. Há, no momento, cerca de cinco mil somalis protegidos pelos franceses em Zeilah.

A vantagem da estrada de Harar pela Abissínia é considerável. Enquanto chega-se a Choa pela estrada

Dankali após uma viagem de cinquenta a sessenta dias através de um deserto pavoroso e no meio de mil perigos, Harar, contraforte bastante avançado do maciço etíope meridional, separa-se da costa apenas por uma distância vencida facilmente em quinze dias de caravana.

A estrada é bastante boa. A tribo Issa, habituada a fazer os transportes, é bastante conciliatória, e entre eles, não corremos perigo com as tribos vizinhas.

De Harar e Entotto, atual residência de Menelik, são vinte dias de caminhada no planalto dos Itus Galas a uma altitude média de 2.500 metros, com víveres, meios de transporte e de segurança garantidos. Ao todo, gasta-se um mês entre nossa costa e o centro de Choa, mas a distância a Harar é de apenas doze dias, e este último ponto, apesar das invasões, está certamente destinado a tornar-se o escoadouro comercial exclusivo do próprio Choa, e de todos os Galas. O próprio Menelik ficou de tal maneira surpreso com a vantagem da situação de Harar, que à sua volta, lembrando-se das ideias das estradas de ferro que os europeus sempre tentaram fazê-lo adotar, procurou alguém a quem dar a comissão ou concessão das vias férreas de Harar ao mar; em seguida, mudou de opinião ao lembrar-se da presença dos ingleses no litoral! Desnecessário dizer que, caso isso fosse realizado (e tal será feito, aliás, em um futuro mais ou menos próximo), o governador de Choa não contribuiria em nada com os gastos da execução.

Menelik está completamente sem capital, continuando na mais completa ignorância (ou negligência) da exploração de recursos das regiões que ele subjugou e ainda subjuga. Sonha apenas em apanhar os fuzis que lhe permitem enviar suas tropas para saquear os Galas. Os poucos negociantes europeus que subiram a Harar levaram a Menelik, ao todo, dez mil fuzis de cartucho e dez mil de bala, no espaço de cinco ou seis anos. Isto bastou para que os Amharas subjugassem todos os Galas vizinhos, e o Dedjatch Mekonnen no Harar se propõe a descer para conquistar os Galas até o seu limite sul, na direção da costa de Zanzibar. Têm, para tanto, a ordem do próprio Menelik, a quem fizeram crer que poderia abrir uma estrada nesta direção para a importação de armas. E como as tribos galas não estão armadas, eles podem, pelo menos, se espalhar até muito longe destas costas.

O que sobretudo leva Menelik a uma invasão em direção ao sul é a incômoda proximidade e a soberania vexatória de Joannes. Menelik já deixou Ankober por Entotto. Dizem que quer descer até Ajimma Abba-Djifar, o mais florescente dos países galas, para aí estabelecer residência. Ele falava também em ir se fixar em Harar. Menelik sonha com uma expansão contínua de seu domínio ao sul, além do Rio Hawach, e pensa talvez em emigrar, ele mesmo, dos países Amhara para os países galas novos, com seus fuzis, seus guerreiros, suas riquezas, para criar, longe do imperador, um império meridional como o antigo reinado de Ali Alaba.

Pergunta-se qual é e qual será a atitude de Menelik durante a guerra ítalo-abissínia. É claro que sua atitude será determinada pela vontade de Joannes, que é seu vizinho imediato, e não pelos conluios diplomáticos dos governos que estão a uma distância para ele intransponível, conluios que ele, aliás, não compreende e dos quais sempre desconfia. Menelik encontra-se na impossibilidade de desobedecer Joannes, e este, muito bem informado das intrigas diplomáticas com as quais se envolve Menelik, saberá muito bem como se proteger. Já ordenou que escolhesse seus melhores soldados, e Menelik teve que enviá-los ao acampamento do imperador em Asmara. Mesmo no caso de um desastre, seria sobre Menelik que Joannes operaria sua retirada. Choa, único país Amhara possuído por Menelik, não vale a décima quinta parte do Tigre. Seus outros domínios são todos países galas precariamente submissos, e ele teria muita dificuldade em evitar uma rebelião geral no caso em que se comprometesse em um ou outro sentido. É preciso não esquecer também que existe um sentimento patriótico em Choa e Menelik, que por mais ambicioso que seja, não vê honra ou vantagem em escutar conselhos de estrangeiros.

Ele se conduzirá de maneira a não comprometer sua situação, desde já muito embaraçosa. Como estes povos não compreendem e não aceitam aquilo que não for visível ou palpável, ele agirá pessoalmente da forma com o seu vizinho mais próximo o fizer agir, e ninguém é seu vizinho a não ser Joannes, que sabe fazer com que ele evite as tentações. Isto não quer dizer que ele não escute com complacência os diplomatas; embolsará o que puder ganhar deles e, a um dado momento, Joannes, informado, compartilhará com Menelik. E, ainda uma vez, o sentimento patriótico geral e a opinião do povo de Menelik servem bem para alguma coisa na questão. Não querem estrangeiros, nem sua ingerência, nem sua influência, nem sua presença, sob pretexto algum, nem em Choa, nem no Tigre, e tampouco entre os Galas.

Tendo acertado minhas contas com Menelik, pedi-lhe um bônus para pagamento em Harar, desejoso que estava de tomar a estrada nova aberta pelo rei através dos Itus, estrada até então inexplorada e na qual eu havia em vão tentado avançar durante a ocupação egípcia de Harar. Nesta ocasião o Sr. Jules Borelli pediu ao rei permissão para fazer uma viagem nesta direção, e tive assim a honra de viajar em companhia do amável e corajoso compatriota, de quem fiz chegar em seguida a Aden os trabalhos geodésicos, inteiramente inéditos, sobre esta região.

Esta estrada conta com sete paradas além do Rio Hawach e doze do Hawach a Harar no planalto Itu, região de magníficas pastagens e de esplêndidas florestas a uma altitude média de 2.500 metros, gozando de um clima delicioso. Suas culturas são pouco desenvolvidas, pois a população é bastante pusilânime, ou talvez tenha se afastado da rota com receio das depredações das tropas do rei. No entanto, há plantações de café, e os Itus fornecem a maior parte de alguns milhares de toneladas de café que são vendidas anualmente em Harar. Estas regiões, muito salubres e férteis, são as únicas da África Oriental adaptadas à colonização europeia.

Quanto aos negócios de Choa, no momento, não há nada a importar, desde a interdição do comércio de armas na costa. Mas quem subisse com uma centena de milhares de táleres poderia empregá-los em um ano em compras de marfim e outras mercadorias, pois os exportadores estiveram em falta estes últimos anos e o dinheiro tornou-se excessivamente raro. É uma boa ocasião. A nova estrada é excelente, e a situação política de Choa não será alterada durante a guerra, pois Menelik pretende, antes de tudo, manter a casa em ordem.

Queira receber, senhor, meus protestos de estima e consideração.

RIMBAUD

RIMBAUD AOS SEUS

Cairo, 23 de agosto de 1887.

Meus caros amigos,

Terminou minha viagem à Abissínia.

Já lhes expliquei como, com a morte de meu sócio, tive grandes dificuldades em Choa, a propósito da herança. Fui obrigado a pagar duas vezes as dívidas de Labatut e foi terrivelmente árduo salvar o que eu havia colocado no negócio. Se meu sócio não tivesse morrido, eu teria ganhado trinta mil francos, enquanto que me encontro apenas com os quinze mil que já possuía, após ter trabalhado de uma maneira terrível durante quase dois anos. Eu não tenho sorte!

Vim para cá porque o calor estava assustador este ano no Mar Vermelho: todo o tempo de 50 a 60 graus, e como eu me encontrava um pouco enfraquecido após sete anos de fadigas impossíveis de se imaginar e de privações as mais abomináveis, pensei que dois ou três meses aqui me recomporiam, mas são mais despesas, pois não encontro nada para fazer aqui, e a vida é à europeia e bastante cara.

Encontro-me atormentado estes dias por um reumatismo nos rins que me deixa desesperado; além disto, estou também com reumatismo na coxa esquerda que me deixa paralisado de vez em quando, uma dor articular no joelho esquerdo, um reumatismo (já antigo) no ombro direito; meus cabelos estão completamente grisalhos. Penso que minha existência periclita.

Imaginem como devo estar, após façanhas do seguinte gênero: travessias de mar e viagens por terra a cavalo, em barco, sem roupas, sem víveres sem água etc. etc.

Estou extremamente cansado. Não tenho nenhum emprego no momento. Tenho medo de perder o pouco que tenho. Imaginem que carrego continuamente um cinturão com dezesseis mil e tantos francos de ouro; isto pesa oito quilos e me causa disenteria.

No entanto, nao posso ir à Europa por várias razões; primeiro, porque o inverno me mataria, depois, estou acostumado demais à vida errante e gratuita; enfim, não tenho uma colocação.

Devo, portanto, passar o resto dos meus dias errando entre fadigas e privações, com a única perspectiva de morrer trabalhando e atormentado.

Não ficarei muito tempo aqui: estou sem emprego, e tudo é muito caro. Sem outra perspectiva, deverei voltar para o Sudão, a Abissínia ou a Arábia. Talvez vá para Zanzibar, de onde é possível fazer longas viagens à África, ou talvez à China, ao Japão, quem sabe aonde?

Enfim, enviem-me notícias de vocês. Desejo-lhes paz e felicidade.

Do seu.

ARTHUR RIMBAUD

Endereço: posta-restante, no Cairo (Egito).

O SECRETÁRIO DA SOCIEDADE DE GEOGRAFIA A RIMBAUD

Paris, 4 de outubro de 1887.

Sociedade Geografia Boulevard Saint-Germain, 184, Paris.

Senhor,

Em resposta à sua carta de 26 de agosto, a Sociedade de Geografia encarregou-me de informar-lhe que não é possível, no momento, responder favoravelmente ao desejo expresso pelo senhor. Talvez haja alguma possibilidade de sucesso se o senhor enviar um pedido de missão ao Ministério da Instrução Pública. Este pedido seria enviado à Comissão das Missões e Viagens, que daria seu parecer à administração. Não posso deixar de lhe dizer, no entanto, que os fundos atribuídos às missões sofreram as consequências do regime econômico ao qual foram submetidos os ministérios desde há alguns meses. Receio – já que sua viagem não interessa diretamente a um país francês, à política francesa – que a soma pedida em carta me pareça muito alta. Em todo caso, o sr. deve redigir as notas ou as lembranças que recolheu sobre as raças beduínas ou agrícolas, suas estradas e a topografia de suas regiões. Esteja seguro de que um livro de memórias sobre este assunto, se comportar fatos novos, indicações úteis, noções precisas, seria a melhor das recomendações no caso em que o sr. acredite dever enviar ao Ministério um pedido de missão. (...)

Acabo de receber do Sr. A. Bardey uma carta, na qual ele me dá extratos interessantes de seu diário de viagem do Choa a Zeilah. Estes extratos serão publicados no Boletim da Sociedade Geográfica, do qual faz parte o Sr. Bardey.

Acredite, senhor, que as objeções acima apresentadas não têm a finalidade de não admiti-lo na Sociedade. Estou, na medida de minhas possibilidades, bastante disposto a ajudá-lo – mas não sou sozinho, e é importante que todos os envolvidos no assunto decidam em sentido favorável. Falei de seus projetos com meu amigo Sr. Duveyrier, especialista em coisas da África, e acredito que ele também estará a seu favor. Encarregou-me de lhe perguntar se o *abba* Mudda é um marabu muçulmano, e qual confraria representa o *sheik* Hosein, assim como o *abba* Mudda, se este último for muçulmano.

Lamento não poder responder-lhe de imediato favoravelmente à sua vontade, mas queira receber, senhor, meus protestos de estima e consideração.

C. MAUNOIR
Secretário Geral

RIMBAUD AOS SEUS

Aden, 8 de outubro de 1887.

Caros amigos,

Agradeço-lhes de coração. Vejo que não fui esquecido. Se meus negócios não vão bem no momento, pelo menos não estou perdendo nada, e espero que um período menos nefasto inicie-se para mim.

Há dois anos que meus negócios vão muito mal, canso-me inutilmente e tenho muita dificuldade para guardar o pouco que tenho. Gostaria de me livrar destes malditos países, mas sempre há a esperança de que as coisas melhorem, e ficamos perdendo nosso tempo no meio de provações e de sofrimentos que vocês nem podem imaginar.

E depois, fazer o que na França? O certo é que já não posso viver sedentariamente e sobretudo, tenho muito medo do frio. Não tenho rendas suficientes, nem emprego, nem sustento, nem conhecimentos, nem profissão, nem recursos de espécie alguma. Voltar seria me enterrar.

A última viagem que fiz à Abissínia e que fez tanto mal à minha saúde, poderia ter me dado trinta mil francos, mas devido à morte de meu sócio e outras razões, o negócio terminou muito mal e saí dele mais pobre que antes.

Ficarei um mês aqui, antes de partir para Zanzibar. Decido-me por esta direção sem muita alegria; as pessoas que vejo voltar de lá estão em um estado deplorável ainda que me digam que é possível achar coisas para fazer.

Antes de partir, ou mesmo que não parta, eu talvez decida lhes enviar o dinheiro que deixei depositado no Egito, porque com os problemas do Egito, o bloqueio do Sudão, o bloqueio da Abissínia e também por outras razões, vejo que só terei a perder se mantiver meu capital, pequeno ou grande, nestes países desesperados.

Portanto, podem escrever para Aden, no endereço seguinte:

Senhor Arthur Rimbaud, posta-restante

Se eu partir, avisarei para que me enviem a correspondência. Vocês devem me considerar um novo Jeremias, com minhas eternas lamentações, mas minha situação não é realmente das melhores.

Desejo-lhes o contrário e sou afetuosamente seu,

RIMBAUD

CARAVANA LABATUT (INVENTÁRIO)

PASSIVO:

1.750 fuzis à bala
14 fuzis de elefantes

Total: 1.764 fuzis à bala

ATIVO:

Fuzis à bala comprados por Menelik 1.440
Vendidos antes em Tadjura para despesas da caravana 29
Entregues ao *Ras* Govana em pagamento de 3.000 táleres adiantados a Labatut anteriormente 300
Total.. 1.769

Saída
(Alguns fuzis foram contados a mais com Menelik)

PASSIVO:

20 fuzis Remington

Total: 20 fuzis Remington

ATIVO:

2 dados aos Dankalis;
2 roubados na estrada;
11 vendidos fora da caravana a Choa;
5 dados em pagamento a diversas dívidas

Saída: Total: 20

PASSIVO

450.000 balas de guerra;
300.000 balas de caça;

ATIVO:

O total comprado em bloco pelo rei Menelik.

PASSIVO:

Encomenda de utensílios e mobílias diversas.
Aproximadamente 16 carregamentos de camelos.

ATIVO:

Alguns artigos vendidos em Tadjura para as despesas da caravana. O resto comprado em bloco por Menelik.

PASSIVO:

Dívidas: 35 táleres do Sr. Ilg;
600 táleres do Sr. Savouré;
Cerca de 800 táleres dos indígenas.

ATIVO:

Recuperados 35 táleres.
Recuperados 60 táleres.
Abandonado.

RIMBAUD

LIQUIDAÇÃO CARAVANA LABATUT

PASSIVO:

Compra da caravana pelo rei Menelik, negociada pelo Sr. Ilg
1.440 fuzis a 7 táleres 10.080
300.000 balas a 1 táler o milhar...................... 300
450.000 balas a 2 táleres o milhar................... 900
Utensílios e mobílias em bloco 2.720
Por compras do Rei........................ Total: 14.272 táleres

VENDIDOS A OUTROS:

11 fuzis Remington ao preço médio
de 28 táleres .... 308 táleres
Recuperada dívida Ilg .... 35 táleres
Recuperada dívida Savouré .... 60 táleres
Alguns bens líquidos animais provenientes de uma penhora dos estabelecimentos do falecido Labatutno Choa aproximadamente .... 97 táleres
Passivo .... Total: 14.500 táleres

ATIVO:

Pagamento pelo Azzaze da 2ª metade
do aluguel dos camelos .... 1.830 táleres
34 abissínios a 15 táleres para a viagem, e dois meses de caução em débito a 3 táleres, cujo pagamento lhes foi prometido à chegada:
34 vezes 21 .... 714 táleres
Reembolsado ao Azzaze 5 okietes de marfim
adiantados a Labatut: 5 vezes 60 .... 300 táleres
Diversas dívidas aos indígenas pagas por mim para Labatut (assim como aos europeus) aproximadamente .... 120 táleres
O chefe dos domésticos, caução em débito.... 180 táleres
Meu intérprete árabe-amharagala .... 130 táleres
Depósito em nome Sr. Audon por dívida Labatut .... 1.088 táleres
Depositado em nome Sr. Suel em Aden, dívida Labatut .... 5.165 táleres
Retirado de minha conta por Menelik (creio que o Rei reclamava 3.500 táleres que, segundo dizia, eram devidos por Labatut; o sr. Ilg me obteve um abatimento, e o Rei recebeu definitivamente) .... 2.100 táleres

Meus gastos de viagem do Harar ao Choa, de estada no Harar e do Harar a Zeilah e a Aden, até a liquidação, aproximadamente........ 400 táleres

Ativo .... Total: 12.027 táleres

Balanço .... 2.473 táleres

14.500 táleres

RIMBAUD A.

Meus direitos sobre a caravana se compõem de:

De Labatut, uma obrigação de 5.000 táleres, feita ao consulado da França em Aden..5.000 táleres

A dita obrigação vence em outubro de 1886 e como a liquidação termina apenas em fim de julho de 1887, 9% de juros sobre os 5.000 táleres .... 450 táleres

Uma obrigação do mesmo Labatut, sem juros ....800 táleres

Soma gasta pessoalmente por mim para caravana ....60 táleres

Todo o material da caravana me pertence e vale aproximadamente .... 140 táleres

Meu pagamento deveria ser feito por Labatut no prazo de um ano. Empreguei nove meses a mais na liquidação de meus negócios, estimo o valor do emprego deste tempo, descontada a despesa da manutenção, em ....900 táleres

Fui, portanto, credor da caravana em aproximadamente ....7.350 táleres

Embora possuidor de créditos privilegiados, recebi apenas 33%, como aparece na conta da liquidação, ou seja ....2.473 táleres

Tenho, portanto, a honra de declarar ao Sr. Cônsul, que de hoje em diante recuso-me a responder, de qualquer maneira, a qualquer reclamação a respeito do dito negócio, e rogo ao Sr. Cônsul que me dê, se julgar conveniente, uma declaração que afirme que os negócios do falecido Labatut foram resolvidos em Aden, no litoral e na Abissínia e que evite qualquer discussão ulterior a este respeito.

Queira receber, Senhor, meus protestos de estima e consideração.

Aden, 3 de novembro de 1887.

RIMBAUD AO SR. DE GASPARY

Aden, 9 de novembro de 1887.

Senhor,

Recebi sua carta do dia 8 e tomei nota de suas observações.

Estou lhe enviando a cópia da conta das despesas da caravana Labatut, devendo guardar em minha posse o original, porque o chefe da caravana que o assinou roubou em seguida uma parte do dinheiro que o Azzaze lhe havia dado como pagamento dos camelos. O Azzaze teima em nunca entregar as despesas de caravana aos próprios europeus, que assim poderiam acertar tudo sem dificuldades: os Dankalis veem nisto uma bela ocasião para confundirem o Azzaze e o Frangui, de uma só vez, e cada um dos europeus viu ser extorquido pelos beduínos 75 % mais de suas despesas de caravana, já que o Azzaze e o próprio Menelik tinham o hábito, antes da abenura da estrada do Harar, de invariavelmente darem razão ao beduíno contra o Frangui.

Foi prevenido de tudo isto que tive a ideia de pedir ao meu chefe que assinasse uma conta da caravana. Isto não o impediu, no momento de minha partida, de me levar diante do rei para reclamar uns 400 táleres além da conta aprovada por ele! Tinha, nesta ocasião, como advogado, *o temível bandido Mohammed Abu-Beker, o* inimigo dos negociantes e viajantes europeus em Choa.

Mas o rei, sem considerar a assinatura do beduíno (pois os documentos não estão em absoluto em Choa), compreendeu que de mentia. Insultou, na ocasião, Mohammed, que se agitava contra mim em fúria, e me condenou somente a pagar uma soma de 30 táleres e um fuzil Remington: mas eu não paguei absolutamente nada. Em seguida, fiquei sabendo que o chefe da caravana havia retirado 400 táleres do dinheiro deixado pelo Azzaze em suas mãos para o pagamento dos beduínos e que os havia empregado na compra de escravos, que ele enviou com a caravana dos Senhores Savouré, Dimitri, Brémond* e que morreram todos na viagem: ele próprio foi se esconder no Djimma-Abba-Djifar**, onde, dizem, morreu de disenteria. O Azzaze teve, portanto, um mês após a minha partida, que reembolsar os 400 táleres aos beduínos, mas, se eu estivesse presente, ele certamente me obrigaria a pagá-los.

Os inimigos mais perigosos dos europeus em todas as ocasiões são os Abu-Beker, pela facilidade que têm em se aproximarem do Azzaze e do rei: para nos caluniarem, denegrirem nossos hábitos, perverterem nossas intenções. Aos beduínos Dankalis eles aconselham abertamente o roubo, o assassinato e a pilhagem. Têm a impunidade garantida pela autoridade abissínia e pela autoridade europeia na costa, a quem enganam grosseiramente. Há até mesmo alguns franceses em Choa, pilhados durante a viagem por Mohammed, e no momento ainda submetidos às suas intrigas e que ainda assim dizem: "É um bom rapaz, Mohammed!", mas os

* Savouré foi um dos diretores da Companhia Franco-africana de Djibouti; Grémond, um negociante francês estabelecido em Ankober e Dimitri é provavelmente Dimitri Righas, também comerciante. (N.E.)

** O Djima-Abba-Djifar é um dos países galas. (N.E.)

poucos franceses em Choa e em Harar que conhecem a política e os hábitos desta gente – execrada por todas as tribos Issa Dankali, pelos galas e os amhara – fogem deles como da peste.

Em Sajolo, os trinta e quatro abissínios de minha escolta, antes de partirem fizeram com que eu assinasse uma obrigação de pagar a cada um 15 táleres pela viagem e dois meses. Em Ankober, irritado com suas reclamações insolentes, peguei o bônus e rasguei diante deles; foi feita, em seguida uma reclamação ao Azzaze etc. Aliás, nunca se fica com recibos das cauções pagas aos criados em Choa: eles acham este ato muito estranho e iriam pensar que estavam em perigo e ficariam com medo que acontecesse não se sabe o quê.

Eu nunca teria pago ao Azzaze os 300 táleres por Labatut, se não tivesse descoberto em um velho livro de notas encontrado na barraca da Sra. Labatut uma anotação da escritura de Labatut com a declaração de haver recebido do Azzaze cinco okietes de marfim menos alguns rotolis. Na verdade, Labatut redigia suas *Memórias:* apanhei os trinta e quatro volumes, ou seja, trinta e quatro livros de notas, na casa de sua viúva, e apesar das imprecações desta última, eu os atirei às chamas, o que foi, segundo me disseram, uma grande infelicidade, pois alguns títulos de propriedade se encontravam intercalados entre as confissões que, percorridas superficialmente, me haviam parecido indignas de um exame mais sério.

Além disto, o sicofanta do Azzaze, ao chegar a Farré com seus burricos no momento em que eu chegava com os meus camelos, insinuou-me imediatamente, após os cumprimentos, que o Frangui para quem eu trabalhava tinha com ele uma conta imensa, e parecia querer a caravana inteira como pagamento. Acalmei seus ardores provisoriamente, oferecendo-lhes uma luneta minha e alguns vidros de drágeas Morton. Em seguida mandei-o longe, o que realmente me parecia ser o mais indicado. Ficou amargamente desiludido e agiu sempre de maneira bastante hostil comigo; entre outras coisas, impediu que o outro sicofanta, o *abune**, me pagasse um carregamento de uvas secas que lhe havia levado para a fabricação do vinho das missas.

Quanto às diversas dívidas de Labatut que eu paguei, a coisa foi operada da seguinte maneira:

Chegou, por exemplo, em minha casa, um *Dedjatch*** e sentou-se para beber meu *tedj****, exaltando as nobres qualidades do *amigo* (o falecido Labatut) e manifestando a esperança de descobrir em mim as mesmas virtudes. A vista de um mulo que comia a grama, gritou: "É este o mulo que eu dei a Labatut!" (o que ele não disse é que o *burnnus***** que trazia sobre os ombros era um presente de Labatut!). "Além disto", acrescentou, "ele ficou me devendo 70 táleres (ou 50, 60 etc.)" E insistia em suas reivindicações, ainda que eu despedisse o nobre malandro dizendo: "Vá ao rei!" (isto quer mais ou menos dizer "Vá ao diabo!") Mas o rei me mandava pagar uma parte da reivindicação, acrescentando hipocritamente que pagaria o resto!

Também paguei algumas reclamações com fundamento, por exemplo, às suas esposas, as cauções dos criados mortos na viagem durante a descida de Labatut; ou então era o reembolso de uns 30, 15, 12 táleres que Labatut havia pego de alguns camponeses com a promessa de, na volta, dar-lhes alguns fuzis, alguns panos etc. Como esta pobre gente age sempre de boa fé, eu me sensibilizava e pagava. Foi-me também reclamada uma quantia de 20 táleres por um certo Sr. Dubois; vi que ele

* *Abune:* chefe religioso amhara, enviado do Egito pelo patriarca copto-ortodoxo do Cairo. (N.T.)

** *Dedjatch:* chefe hierárquico de categoria inferior ao Ras. (N.T.)

*** *Tedj:* bebida fermentada feita com água, mel e uma casca chamada *thado.* (N.T.)

**** *Burnnus:* casaco de lã branca usado pelos árabes. (N.T.)

tinha direito e paguei, acrescentando, como juros, um par de sapatos meus, já que o pobre diabo queixava-se de andar descalço.

Mas a notícia de meus virtuosos procedimentos chegou longe; surgiu daqui e dali, toda uma série, todo um bando, toda uma horda de gente com dinheiro emprestado a Labatut, com mentiras enlouquecedoras, e isto modificou minhas disposições benevolentes e tomei a determinação de sair de Choa a passos acelerados. Lembro-me que na manhã de minha partida, trotando já em direção N-N-E, vi surgir de uma moita um delegado da mulher de um amigo de Labatut, reivindicando em nome da Virgem Maria uma quantia de 19 táleres, e mais adiante precipitou-se do alto de um promontório um ser vestido com pele de carneiro que me perguntou se eu havia pago 12 táleres a seu irmão, emprestados a Labatut etc. A estes eu gritava que já não era mais hora!

A viúva Labatut havia, com a minha subida para Ankober, tentado junto ao Azzaze um processo espinhoso contra mim no sentido da reivindicação da herança. O Sr. Hénon, viajante francês, foi constituído seu advogado nesta nobre missão, e era ele quem me intimava e quem ditava à viúva o enunciado de suas pretensões, com a ajuda de duas velhas advogadas amhara. Após discussões odiosas, onde eu tinha ora a vantagem ora a desvantagem, o Azzaze me deu uma ordem de penhora das casas do defunto. Mas a viúva já havia escondido longe as poucas centenas de táleres de mercadorias. Encontrei apenas algumas velhas ceroulas das quais se apoderou a viúva com lágrimas de fogo, alguns moldes para fabricar balas e uma dúzia de escravas grávidas que deixei.

O Sr. Hénon intentou, em nome da viúva, uma ação de recurso, e o Azzaze, surpreso, abandonou a coisa ao julgamento dos Franguis presentes então em Ankober. O Sr. Brémond decidiu que, como meu caso já parecia muito desastroso, eu teria que ceder a esta megera apenas os terrenos, plantações e animais do defunto, e que, na minha partida, os europeus se cotizariam para conseguirem uma quantia de cem táleres para dar à mulher. O Sr. Hénon, procurador da reclamante, encarregou-se da operação, e ele próprio ficou em Ankober.

À véspera de minha partida de Entotto, indo com o Sr. Ilg à casa do monarca para apanhar o bônus contra o Dedjatch de Harar, percebi atrás de mim, na montanha, o chapéu do Sr. Hénon, que, sabendo da minha partida, havia percorrido com rapidez os 120 quilômetros de Ankober a Entotto e, atrás dele, o burnnus da frenética viúva, serpenteando ao longo dos precipícios. Ao chegar, tive que aguardar algumas horas na sala de espera, enquanto eles faziam, junto ao rei, uma tentativa desesperada. Quando fui introduzido, o Sr. Ilg me disse em poucas palavras que *eles* não haviam conseguido nada. O monarca declarou que havia sido amigo de Labatut e que tinha a intenção de perpetuar esta amizade em sua descendência, e como prova, retirou em seguida da viúva o gozo das terras que havia dado a Labatut!

O objetivo do Sr. Hénon era de me fazer pagar os cem táleres que ele próprio devia reunir para a viúva entre os europeus. Fiquei sabendo que após a minha partida a subscrição não aconteceu!

O Sr. Ilg, em razão do conhecimento das línguas e da sua honestidade, é geralmente encarregado pelo rei do acerto da corte com os europeus. Ele me fez compreender que, segundo Menelik, Labatut teria grandes dívidas com ele. Com efeito, no dia em que foi dado o preço de meus investimentos, Menelik disse que tinha muito a receber, ao que respondi pedindo provas. Era um sábado, e o rei disse que consultaria as contas. Na segunda-feira, o rei declarou que, tendo feito abrir os rolos de papéis que serviam de arquivo, havia encontrado uma soma de aproximadamente 3.500 táleres, e que ele a subtrairia de minha conta; além disto, todos os bens de Labatut deveriam ser entregues a ele. Ele determinou tudo isto em um tom que não admitia mais contestações. Aleguei aos credores europeus, apresentando minhas dívidas em último lugar, e após pressões do Sr. Ilg, o rei hipocritamente consentiu em abandonar três oitavos de sua reivindicação.

Por mim, estou convencido de que o *Negus* me roubou e como suas mercadorias circulam nas estradas que estou condenado a percorrer, espero poder pegá-las um dia, no valor daquilo que ele me deve, da mesma maneira que tenho que pegar o Ras Govana por causa de uma quantia de 600 táleres no caso em que ele persista com suas reclamações, depois de o rei já lhe haver dito que se calasse, – coisa que o rei sempre faz quando consegue cobrar exatamente o que queria.

Tal é, Senhor Cônsul, a relação do pagamento das dívidas da caravana aos indígenas. Desculpe-me tê-lo feito ao senhor neste estilo para me distrair um pouco com as lembranças que me deixou este assunto e que são, definitivamente, muito desagradáveis.

Queira receber, Senhor Cônsul, os protestos de minha estima e consideração.

RIMBAUD

Senhor de Gaspary,
Cônsul da França
Em Aden.

RIMBAUD AOS SEUS

Aden, 15 de dezembro de 1887.

Meus caros amigos.

Recebi a carta de 20 de novembro. Agradeço-lhes por pensarem em mim.

Estou bastante bem, mas ainda não encontrei nada de bom para pôr em andamento.

Peço-lhes que me prestem um pequeno favor, que certamente não os comprometerá em nada. É uma tentativa que gostaria de fazer – se obtiver a autorização ministerial – para arrumar algum capital.

Enviem a carta anexa ao deputado do distrito de Vouziers, pondo seu nome e o nome do distrito na parte timbrada do interior da carta. Esta carta ao deputado deve conter a carta ao Ministério. No fim da carta ao Ministro, nos lugares deixados em branco, tenham somente o cuidado de escrever o nome do deputado encarregado da solicitação. Feito isto, enviem tudo ao endereço do deputado, tendo o cuidado de deixar aberto o envelope da carta ao Ministro.

Se for atualmente o Sr. Corneau, mercador de ferros, o deputado de Charleville, seria melhor talvez que a carta fosse enviada a ele, já que se trata de uma empresa metalúrgica. Então, seria seu nome que deveria figurar nas partes brancas da carta e no fim do pedido ao Ministério. Se não, e como eu não estou de forma alguma a par das manobras políticas atuais, escrevam o mais cedo possível ao deputado de seu distrito. Vocês só têm que fazer o que acabo de lhes dizer e, em seguida, nada lhes será enviado, porque vocês podem ver que peço ao Ministro que me responda ao deputado e ao deputado que me responda aqui, no Consulado.

Duvido que esta solicitação tenha sucesso, devido às condições políticas atuais nesta costa africana, mas, enfim, é uma tentativa que custa apenas papel.

Tenham portanto a bondade de enviar, o mais rápido possível, e sem nenhuma anotação, esta carta ao deputado contendo a solicitação ao Ministério. O assunto avançará sozinho, se tiver que avançar.

Envio esta por intermédio de vocês porque não conheço o endereço do deputado e porque não quero escrever ao Ministério sem juntar ao meu pedido uma recomendação. Espero que este deputado faça alguma coisa.

Enfim, tudo que tenho a fazer é esperar. Eu lhes direi, em seguida, qual foi a resposta, se é que vão responder: o que espero.

Escrevi o relato da minha viagem à Abissínia para a Sociedade de Geografia. Enviei artigos ao *Temps*, ao *Figaro* etc. Algumas narrações interessantes de minhas viagens na África Oriental. Creio que isto não poderá me prejudicar em nada.

Do seu.

Respondam ao seguinte endereço, exclusivamente:

A. RIMBAUD

posta-restante, a Aden-Camp, Arábia

RIMBAUD AO SR. FAGOT

Aden, 15 de dezembro de 1887.

Senhor,

Sou natural de Charleville (Ardennes) e tenho a honra de pedir-lhe, pela presente, que se digne transmitir, em meu nome, favorecendo-o com sua benevolente cooperação, o pedido anexo ao ministro da Marinha e das Colônias.

Eu viajo há cerca de oito anos pela costa oriental da África, no país da Abissínia, do Harar, dos Dankalis e da Somália, a serviço das empresas comerciais francesas, e o Sr. Cônsul da França, em Aden, onde geralmente estabeleço domicílio, pode dar-lhe informação sobre a minha probidade e meus atos em geral.

Sou um dos poucos negociantes franceses em negócio com o rei Menelik, rei de Choa (Abissínia meridional), amigo de todas as potências europeias e cristãs – e é em seu país, distante cerca de 700 quilômetros da costa de Obock, que tenciono tentar criar a indústria mencionada em meu pedido ao Ministério.

Como o comércio de armas e munições é proibido na costa oriental da África em posse ou sob a proteção da França (isto é, na colônia de Obock e na costa dependente dela), venho, pela presente, pedir ao Ministério que me dê uma autorização de *fazer transitar* o material e as ferramentas descritas, pela dita costa do Obock, sem nela parar, apenas o tempo necessário para a formação de minha caravana, pois todo este carregamento deve atravessar os desertos no lombo de camelos.

Como este material e estas ferramentas não devem se atrasar na costa visada pela proibição; como absolutamente nada do dito carregamento será dividido, nem no caminho, nem na costa; como a importação do dito material e das ferramentas é exclusivamente destinado à Choa, país cristão e amigo dos europeus, e como meu compromisso, em função da dita companhia, é exclusivamente com capitais franceses e com a indústria francesa, espero que o ministro digne-se favorecer meu pedido e me envie a autorização nos termos requeridos, isto é, a permissão de trânsito em toda a costa do Obock e nas costas dankali e somali adjacentes, protegidas ou administradas pela França, da totalidade da dita encomenda com destino à Choa.

Permita-me, Senhor, pedir-lhe ainda uma vez que dê seu apoio ao meu pedido junto ao Ministério e por cuja resposta eu muito lhe agradecerei.

Queira receber, Senhor, meus protestos de estima e consideração.

ARTHUR RIMBAUD

Endereço: ao Consulado da França
Aden (Colônias Inglesas)
Senhor Fagot
Deputado do Distrito de Vouziers
Departamento das Ardennes

O SUBSECRETÁRIO DE ESTADO DO MINISTÉRIO DA MARINHA E DAS COLÔNIASAO SR. FAGOT, DEPUTADO

Paris, 18 de janeiro de 1888.

Senhor Deputado e caro colega,

O senhor teve o interesse de me chamar a atenção para um pedido formulado pelo Sr. Rimbaud no sentido de ser autorizado a desembarcar nos territórios franceses da costa oriental da África as ferramentas e o material necessários à fabricação de fuzis e de cartuchos destinados ao rei Menelik.

Tenho a honra de lhe informar que os acordos concluídos com a Inglaterra impedem a introdução de armas de guerra através de nosso território. Nestas condições, fico impossibilitado de autorizar a entrada de um material destinado à fabricação das armas mencionadas, o que, creia o senhor, muito lamento.

Queira receber, Senhor Deputado, meus protestos de estima e consideração.

FÉLIX FAURE

SR. FAGOT, DEPUTADO DAS ARDENNES, A RIMBAUD

Paris, 18 de janeiro de 1888.

Meu caro compatriota,

Tenho a honra de lhe comunicar a resposta do Sr. Ministro da Marinha ao seu pedido.

Atenciosamente,

FAGOT
Deputado das Ardenes

O SUBSECRETÁRIO DE ESTADO DOMINISTÉRIO DA MARINHA E DAS COLÔNIAS AO SR. ARTHUR RIMBAUD EM ADEN

Paris, 18 de janeiro de 1888.

O senhor solicitou do departamento a autorização para desembarcar nos territórios franceses da costa oriental da África as ferramentas necessárias à fabricação de fuzis e de cartuchos destinados ao rei Menelik.

Não posso autorizar a entrada de um material destinado à fabricação das armas mencionadas.

FÉLIX FAURE

RIMBAUD AOS SEUS

Aden, 25 de janeiro de 1888.

Meus caros amigos.

Recebi a carta em que vocês anunciam o envio de minha cantilena ao endereço do Ministro. Agradeço-lhes. Vamos ver o que responderão. Conto pouco com o sucesso mas, enfim, pode ser que a autorização seja dada, pelo menos para depois que acabar a guerra ítalo-abissínia – que, por sinal, não leva jeito de acabar tão cedo.

Além disto, dada a autorização, falta arrumar dinheiro, e isto não se arruma a passo de cavalo, muito menos de asno. Não vão pensar que os meus quarenta mil e poucos francos bastariam ao empreendimento, mas eu poderia ter a oportunidade de fazer dinheiro com a autorização em si, se ela for dada, e dada *nos termos precisos.* Já estou certo da colaboração de alguns capitalistas que podem se sentir tentados por estes negócios.

Enfim, tenham a bondade de me informar, caso chegue aí alguma coisa a respeito deste pedido, embora eu tenha solicitado ao deputado que me respondesse diretamente aqui para o consulado da França. Não se envolvam de forma alguma com o assunto. A coisa andará sozinha; ou não andará, o que é mais provável.

Ainda não consegui nada aqui em Aden, e o verão aproxima-se rapidamente, pondo-me na necessidade de procurar um clima mais fresco, porque o daqui me cansa facilmente e não tinha nada além de meu dinheiro.

Os negócios do Mar Vermelho mudaram muito, já não são o que eram seis ou sete anos atrás.

É a invasão dos europeus, por todos os lados, que fez isto: os ingleses no Egito, os italianos em Massaua, os franceses em Obock, os ingleses em Berbera etc. Dizem até que os espanhóis também vão ocupar algum ponto nas proximidades do estreito! Todos os governos vieram jogar fora seus milhões (e mesmo, seus bilhões) em todas estas costas malditas, desoladas, onde os indígenas erram por meses sem víveres e sem água, sob o clima mais pavoroso do planeta. Todos estes milhões que foram jogados no ventre dos beduínos não deram em nada, apenas em guerras, desastres de todos os tipos! Mesmo assim, talvez eu encontre aí alguma coisa para fazer.

Desejo-lhes um bom 88, em todos os sentidos.

Do seu,

RIMBAUD

RIMBAUD AOS SEUS

Aden, 4 de abril de 1888.

Meus caros amigos,

Recebi sua carta de 19 de março.

Estou de volta de uma viagem a Harar: seiscentos quilômetros, que fiz em 11 dias a cavalo.

Parto dentro de três ou quatro dias para Zeilah e Harar, onde vou me fixar definitivamente. Irei por conta dos negociantes de Aden.

Há muito tempo que chegou a resposta do Ministro, resposta negativa, como previa. Nada para fazer por estes lados e, além disto, achei outras coisas. Vou morar novamente na África, logo, e não me verão por muito tempo. Esperemos que os negócios não saiam tão mal.

A partir de agora, escrevam-me em nome de meu correspondente em Aden, evitando em suas cartas coisas comprometedoras.

Do seu.

Senhor RIMBAUD

a/c Senhor César Tian,
Aden,
Possessões Inglesas,
Arábia.

Podem também, e eu até prefiro, escrever diretamente a Zeilah, pois este posto faz parte de União Postal (informem-se quanto à franquia).

Senhor ARTHUR RIMBAUD
em Zeilah, Mar Vermelho, via Aden,
Possessões Inglesas.

RIMBAUD À SUA MÃE E À SUA IRMÃ

Harar, 10 de janeiro de 1889.

Cara mamãe, cara irmã,

Recebi sua carta datada de 10 de dezembro de 1888. Obrigado pelos conselhos e pelos votos. Desejo-lhes boa saúde e prosperidade no ano de 1889.

Por que vocês sempre falam de doenças, morte, de toda espécie de coisas desagradáveis? Deixemos todas estas ideias longe de nós, e tratemos de viver o mais confortavelmente possível.

Eu vou bem, vou melhor que meus negócios, que me dão muito problema para pouco lucro. Com as complicações nas quais me meti, é pouco provável que eu saia, antes de muito tempo ainda, destes países. No entanto, meu capital não aumenta; creio que estou recuando em lugar de estar avançando.

É minha intenção fazer a doação de que falam vocês. Na verdade, não me agrada muito pensar que o pouco que reuni com dificuldade sirva para fazer a festa daqueles que nunca nem mesmo me escreveram uma simples carta! Se algum dia eu ficar muito doente eu o farei, e há neste país aqui uma missão cristã, à qual eu confiarei meu testamento que chegará ao Consulado da França em algumas semanas. Mas o que tenho só poderia sair depois do acerto dos negócios que tenho com a Casa César Tian, de Aden.

RIMBAUD

a/c Senhor César Tian,
Aden.

RIMBAUD A JULES BORELLI

Harar, 25 de fevereiro de 1889.

Meu caro Senhor Borelli,

Como vai?

– Recebi com prazer sua carta do Cairo, de 12 de janeiro. Mil vezes obrigado por tudo que o senhor disse e fez por mim em nossa colônia. Infelizmente há sempre não sei o quê que desvia os Issas de nossa Djibuti: a dificuldade de estrada de Biokaboba a Djibuti (pois não se pode ir daqui a Ambos, vizinho demais de Zeilah, para depois costear até Djibuti!), a falta de instalação comercial em Djibuti e mesmo de organização política, a privação de comunicações marítimas de Djibuti com Aden e, sobretudo, o seguinte: como os produtos que chegam a Djibuti poderão ser negociados em Aden? (Pois não há em Obock instalação para a manutenção de nossas mercadorias.)

De Djibuti para Harar é bastante fácil encontrar camelos, e a franquia das mercadorias compensa, em muito, o excedente das despesas com o aluguel dos animais. Assim, recebemos por Djibuti os 250 camelos do senhor Savouré, cujo empreendimento finalmente teve sucesso: ele chegou aqui com o seu sócio, algumas semanas depois do senhor. O dedjatch Mekonnen partiu daqui para Choa no dia 9 de novembro de 1888, e o senhor Savouré subiu até Ankober pelo Herer 8 dias após a partida de Mekonnen pelos Itus. O senhor Savouré ficou alojado em minha casa; deixou até mesmo depositados comigo 20 camelos de mercadorias que eu enviei para Choa há 15 dias, pela estrada de Herer. Tenho uma procuração para receber por ele na caixa de Harar cinquenta mil táleres pelo pagamento de seus fuzis, pois parece que ele não recebeu grande coisa do rei Menelik. Em todo caso, seu sócio desce para Farré, por Zeilah, em fins de março com sua primeira caravana de volta. O senhor Pino estará no litoral nesta ocasião.

O senhor deve saber que o senhor Brémond chegou a Obock-Djibuti. Não sei o que ele quer empreender. Enfim, ele tem um sócio que viaja com ele. Não recebi carta dele desde sua partida de Marselha, mas espero pessoalmente o correio de Djibuti.

O senhor Ilg chegou aqui, de Zeilah, no final de dezembro de 1888, com quarenta camelos com materiais destinados ao rei. Ficou em minha casa cerca de mês e meio: foi impossível conseguir camelos, nossa atual administração é muito fraca e os Galas não obedecem em nada. Enfim ele pôde carregar sua caravana e partiu em 5 de fevereiro para Choa, via Herer. Deve estar no Hawache no momento – os outros dois suíços o aguardam.

Nossos *choums** são Ato Tesamma, Ato Mikael e o gragnaz-matche Banti. O *muslenié,* que manda recolher os impostos, é o emir Abdullahi. Nunca estivemos tão tranquilos e não somos em nada incomodados pelas assim chamadas convulsões políticas da Abissínia. Nossa guarnição é de aproximadamente mil Remingtons.

Naturalmente, desde a retirada de Mekonnen, que foi seguida pela do dedjatch Becha de Boroma e mesmo da de Walde Gabriel do Tchertcher, esta estrada nos foi completamente vetada. Há muito tempo que não recebemos mais *magadiés.*

Além disto, só recebemos correspondências do senhor Savouré, ainda que o rei envie algumas ordens aos choums daqui e que o Mekonnen continue a enviar também suas ordens aos ditos choums, como se estivesse presente, embora não esteja seguro de ser nomeado governador daqui, onde deixou grandes dívidas.

Enfim, pelo último correio nos foi anunciado, que, como parece calma a situação em Choa, o dedjatch Walde Gabriel voltou a ocupar o Tchertcher: para nós isto seria a reabertura das relações comerciais com Choa.

* *Choums*: chefe indígena. (N.T.)

Quanto ao que se passa em Choa, o senhor deve estar bem informado. O imperador havia destronado Tekla Haimanante do Godjam, para pôr em seu lugar Ras Mikael, creio. O antigo rei do Godjam se revoltou, expulsou seu substituto, venceu o pessoal do imperador; daí Ato Joannes ter se colocado a caminho, ter chegado ao Godjam, que ele invadiu e assolou terrivelmente e onde ainda está. Ainda não sabemos se a paz foi restabelecida com Tekla Haimanante.

Ato Joannes tinha numerosas reclamações contra Menelik. Este recusou-se a libertar um certo número de desertores que buscaram asilo em suas terras. Dizem mesmo que emprestou mil fuzis ao rei do Godjam. O imperador estava também muito descontente com as intrigas, sinceras ou não, de Menelik com os italianos. Enfim, as relações dos dois soberanos estavam bastante envenenadas e há temores, teme-se que Joannes passe pelo Abbai para atacar o rei de Choa.

É na apreensão desta invasão que Menelik mandou abandonar todos os comandos exteriores para concentrar todas as tropas em Choa e particularmente na estrada de Godjam. O Ras Govana, o Ras Darghi estão ainda no momento guardando a passagem do Abbai; dizem mesmo que já tiveram que repelir uma tentativa de passagem das tropas do imperador. Quanto a Mekonnen, este foi até o Djimma, cujo infeliz rei já havia pago o *guibeur* a um destacamento de tropas de Joannes que passou para o Oeste. O abban Cori pagou meio *guibeur* a Menelik.

O abune Mathies e várias outras personagens intercedem pela paz entre os dois reis. Dizem que Menelik, muito aborrecido, recusa-se a reconciliar-se. Mas pouco a pouco acredita-se que as diferenças terminarão. O temor dos Deriches refreia o imperador, e, quanto a Menelik, que escondeu não se sabe onde suas riquezas, o senhor sabe que ele é muito prudente para dar um golpe tão perigoso assim. Ele continua em Entotto. Dizem que está bastante tranquilo.

No dia 25 de janeiro de 1889, Antonelli chegou a Ankober com seus 5.000 fuzis e mais de mil cartuchos Vertteli que ele devia ter entregado há muito tempo. Parece que ele trouxe uma boa quantidade de táleres. Dizem que tudo isto é um presente! Prefiro acreditar em um simples negócio comercial.

Os assistentes do conde, Traversi, Ragazzi etc., continuam na mesma posição em Choa.

Foi-nos anunciado ainda que o Senhor Viscardi desembarcou em Assab com um novo carregamento de Remingtons.

O governo italiano enviou também o doutor Nerazzini (só doutores diplomatas!) para residir e substituir Antonelli.

Recebemos há alguns dias a visita do conde Teleki, que fez uma importante viagem nas regiões inexploradas ao Noroeste do Quênia: afirma ter penetrado até dez dias de distância no sul do Kafa. Repetiu-nos o que o senhor nos havia dito sobre o curso do Djibie, isto é, que este rio em vez de ir ao Oceano Índico lança-se em um grande lago na direção sudoeste. Segundo o que disse, o Samburu dos mapas não existe.

O conde Teleki volta para Zeilah. O luto do príncipe Rodolpho o chama à Áustria.

Cumprimentarei Bidault em seu nome. Ele o saúda com vigor. Ainda não pôde vender sua coleção de fotografias do país, que no momento está completa. Ele não foi chamado de volta à Choa, nem a nenhum outro lugar e continua vivendo na contemplação.

Estou à sua disposição no que o senhor possa precisar nestas paragens,

Atenciosamente,

RIMBAUD

Aos cuidados do Senhor Tian, Aden.

RIMBAUD À SUA MÃE E À SUA IRMÃ

Harar, 20 de dezembro de 1889.

Cara mamãe, cara irmã,

Desculpando-me por não escrever mais frequentemente, venho desejar-lhes, para 1890, um ano feliz (como vocês já são) e boa saúde.

Ainda estou bastante ocupado e vou tão bem quanto possível, entendiando-me muito, muito.

Da parte de vocês, também, recebo poucas notícias. Sejam mais assíduos e acreditem que sou,

Atenciosamente seu,

RIMBAUD

RIMBAUD À SUA MÃE E À SUA IRMÃ

Harar, 25 de fevereiro de 1890.

Caras mãe e irmã,

Recebi a carta de vocês de 21 de fevereiro de 1890.

Não se espantem com o meu silêncio: o principal motivo é que nunca encontro nada de interessante para contar. Quando vivemos em países como estes, temos mais a perguntar que a dizer! Desertos povoados por negros estúpidos, sem estradas, sem correio, sem viajantes: que querem que escrevamos daqui? Que nos entediamos, que nos aborrecemos, que nos embrutecemos, que estamos cansados mas que não podemos nos livrar disto etc. etc! Isto é tudo o que podemos contar e como isto não diverte ninguém, é melhor ficarmos calados. É certo que por essas paragens há muitas matanças e muitas pilhagens. Felizmente, ainda não me encontrei em nenhuma destas situações e espero não deixar minha pele por aqui – era só o que faltava! De resto, tanto aqui como nas estradas que percorro, gozo de uma certa consideração devido aos meus procedimentos humanos. Nunca fiz mal a ninguém.

Pelo contrário, faço um pouco de bem quando é preciso, e é o meu único prazer aqui.

Tenho negócios com o senhor Tian, que lhes escreveu para tranquilizá-los a meu respeito. Estes negócios no fundo não seriam maus se, como vocês podem ler, as estradas não fossem a cada instante, fechadas por causa das guerras, revoltas, que põem nossas caravanas em perigo. O senhor Tian é um grande negociante da cidade de Aden e nunca viaja por aqui.

O Ras Makonnen, cujo nome vocês devem ter lido nos jornais porque conduziu uma delegação abissínia que foi à Itália e que provocou tanto escândalo no ano passado, é o governador da cidade do Harar.

Espero poder revê-los. Do seu,

RIMBAUD

RIMBAUD À SUA MÃE

Harar, 10 de novembro de 1890.

Minha cara mamãe,

Recebi sua carta de 29 de setembro de 1890.

Ao falar de casamento, sempre quis dar a entender que queria continuar livre para viajar, viver no estrangeiro e mesmo continuar a viver na África. Estou de tal maneira desabituado ao clima da Europa que seria difícil voltar. Seria mesmo necessário que passasse dois invernos fora, se admitirmos que eu volte um dia à França. E depois, como voltaria a fazer relações, que empregos encontraria? É ainda uma questão. Além disto, se há uma coisa que para mim é impossível é levar uma vida sedentária.

Seria necessário que eu encontrasse alguém que me seguisse em minhas peregrinações.

Quanto ao dinheiro, eu o tenho em minhas mãos, está livre para quando eu precisar.

O senhor Tian é um comerciante muito honrado, estabelecido em Aden há trinta anos, e eu sou seu sócio nesta parte da África. Minha sociedade com ele data de dois anos e meio. Trabalho também por conta própria, sozinho, e sou livre para encerrar meus negócios quando isto me convier.

Envio ao litoral caravanas com produtos deste país: ouro, almíscar, marfim, café etc. etc. Pelo que faço com o senhor Tian, a metade do lucro é meu. (...)

Ninguém em Aden pode falar mal de mim. Pelo contrário. Tenho boa reputação nestes países, depois de dez anos.

Aviso aos amadores!

Quanto a Harar, não há nenhum cônsul, nenhum correio, nenhuma estrada; chega-se de camelo e vive-se com negros, exclusivamente. Mas, enfim, somos livres, e o clima é bom.

Tal é a situação.

Até logo.

A. RIMBAUD

RIMBAUD A ILG

Harar, 20 de fevereiro de 1891.

Meu caro senhor Ilg,

Recebi sua carta através do sr. Teillard.

Paguei ao sr. Teillard a quantia de 600 táleres *como pagamento de todas as contas entre eu e os srs. Chefneux e Deschamps*, e o senhor Teillard está enviando ao senhor Chefneux, pelo correio, a supressão da penhora de minhas mercadorias.

Ainda uma vez, liquide completamente todas as mercadorias o mais breve possível. Por culpa desta maldita consignação, sou obrigado a ficar aqui onde não há nada a fazer. Termine logo com isto, termine logo.

O Ras Mekonnen *não me pagou de forma alguma os 296 táleres* de alfândega pelos seus 17 pacotes de marfim. Ele não seguiu suas instruções! Nem falou disto comigo. Como o senhor pode pensar que eu não o teria avisado! Quanto à diferença do preço do café, por mim, não tenho nada a reembolsar. Quanto aos 15 táleres de prejuízo sobre os últimos 500 táleres, o que o senhor quer que eu faça! No momento, os abissínios pagam *11 piastras por táler.* Quando o senhor estiver aqui, poderá compreender tudo.

Não pense que estou abrindo falência com os seus 941 táleres. Eles continuam não sendo usados. Se fosse em outra ocasião, eu lhe compraria café. Mas está mais caro que em Aden; no momento, compro apenas para mim, e eu não quero que o senhor tenha prejuízo.

Quando os (...)* estiverem bons, comprarei, enviarei e mandarei vender pelo senhor.

Estou tendo prejuízos enormes com as mercadorias em consignação com o senhor. 100 táleres pagos sem motivo à velha negra de Labatut; 600 táleres que recentemente me extraíram tão engenhosamente; 200 táleres de prejuízo com o ouro de Zimmermann, as despesas que o senhor me anuncia e um outro prejuízo final com a liquidação das mercadorias restantes! O senhor me colocou em maus lençóis! Obrigado pelas consignações em Choa!

É preciso acabar com isto. Portanto, livre-se de tudo que resta, não queira outra vez me dar o golpe de partir de Choa deixando mercadorias não vendidas! Seria muito bonito, isto!

Principalmente que não me venham mais com histórias de penhora etc., por causa de coisas que não me dizem mais respeito! É de se ficar morrendo de raiva!

---

* O original está rasurado, sendo impossível identificar a palavra. (N.E.)

Se o senhor realmente quiser os seus 941 táleres em espécie, o senhor pode mandar buscá-los.

Enfim, esperemos que tudo esteja terminado quando o senhor passar por aqui.

Sinceramente,

RIMBAUD

SENHORA RIMBAUD AO SEU FILHO

Roche, 27 de março de 1891.

Arthur, meu filho,

Estou lhe enviando junto com esta carta um pequeno pacote contendo um pote de pomada para passar nas varizes e duas meias elásticas que foram feitas em Paris. Eis o motivo de meu atraso de alguns dias; o doutor queria que uma das meias fosse feita de malha, mas seria preciso esperar ainda muito mais tempo. Estou, assim, lhe enviando as que pude achar.

Anexo a esta carta a receita e as prescrições do doutor. Leia-as com bastante atenção e faça exatamente o que ele lhe disser, você precisa principalmente de repouso e não apenas sentado, mas também deitado, porque, como ele diz, e como ele conclui baseado em sua carta, o seu mal chegou a um ponto preocupante para o futuro. Se suas meias são muito curtas, você poderá abrir a parte debaixo dos pés e pôr as meias na altura que quiser. O doutor Poupeau tinha um cunhado, senhor *Caseneuve,* que durante muito tempo morou em Aden, como Inspetor da Marinha; se você souber alguma coisa de bom sobre este senhor, seria bom que me dissesse, pois isto daria prazer ao doutor. O senhor Caseneuve morreu o ano passado, nas proximidades de Madagascar, deixando uma grande fortuna. Morreu de um ataque de febre.

Isabelle está melhor, mas ainda não está bem. Ainda estamos no inverno, está muito frio, o trigo está completamente perdido, não resta nada e há também uma desolação geral, o que será de nós, ninguém sabe.

Até logo, Arthur.

E sobretudo cuide-se e escreva-nos assim que receber minha remessa.

VIÚVA RIMBAUD

ITINERÁRIO DO HARAR A WARAMBOT

(1)

Terça-feira, 7 de abril de 1891.

Partida de Harar às 6 h da manhã. Chegada em Degadallal às 9 1/2 da manhã. Lamaceira em Egom. Ato-Egom 12 h. Egom a Ballaua-fort, 3 h. Descida de Egom até Ballaua muito penosa para os carregadores – que tropeçam nas pedras, para mim, que quase viro de pernas para o ar a cada minuto. A padiola está meio desconjuntada, e os homens completamente exaustos. Tento subir com uma mula, a perna doente amarrada ao seu pescoço; sou obrigado a descer ao cabo de alguns minutos e voltar à padiola que estava um quilômetro atrás. Chegada em Ballaua. Chove. Vento furioso toda a noite.

(2)

Quarta-feira, 8.

Saída de Ballaua à 1 1/2. Chegada em Geldessey às 10 1/2. Os carregadores se põem a correr. Os sofrimentos não são maiores que na descida de Ballaua. Tempestade às 4 horas em Geldessey.

À noite, muito orvalho e frio.

(3)

Quinta-feira, 9.

Partida às 7 h da manhã. Chegada em Grasley às 9 1/2. Esperamos o abban e os camelos que estavam para trás. Desjejum. Saída à 1 h. Chegada em Bussa às 5 1/2.

Impossível passar o rio. Acampei com o senhor Donald, sua mulher e 2 crianças.

(4)

Sexta-feira, 10.

Chuva. Impossível sair antes das 11 horas. Os camelos recusam a carga. A padiola parte assim mesmo e chega a Wordji no meio da chuva, às 2 h. Toda a tarde e toda a noite esperamos os camelos, que não chegam.

Chove 16 horas seguidas e não temos nem víveres, nem tenda. Passo este tempo debaixo de uma pele abissínia.

(5)

No sábado 11, às 6 h, envio 8 homens à procura dos camelos e fico aguardando com o resto em Wordji. Os camelos chegam às 4 h da tarde e comemos após trinta horas de jejum completo, das quais 16 em plena chuva.

(6)

Domingo, 12.

Partida de Wordji às 6 h. Passagem por Cotto às 8 1/2. Parada no rio de Dalahmaley, 10 h 40. Partida às 2 h. Acampamento em Dahahmaley às 4 1/2... glacial. Os camelos chegam apenas às 6 h da tarde.

(7)

Segunda-feira, 13.

Partida às 5 1 / 2. Chegada em Biokaboba às 9 h. Acampamento.

(8)

Terça-feira, 14.

Partida às 5 1/2. Os carregadores andam muito mal. Às 9 1/2 parada em Arruina. Jogam-me no chão à chegada. Imponho 4 táleres de multa: Muned-Suyn, 1 táler; Abdullahi (?) 1 táler; Abdullah, 1 táler; Baker, 1 táler. Partida às 2 horas. Chegada em Samado às 5 1/2.

(9)

Quarta-feira, 15.

Partida às 6 h. Chegada em Lasman às 10 h. Nova partida às 2 1/2. Chegada em Kombavoren às 6 1/2.

(10)

Quinta-feira, 16.

Partida, 5 1/2. Passagem Ensa. Parada em Duduhassa às 9h. Encontro aí 10 1/2 *das* 1 R. Partida, 2 h. Dadap, 6 1/4. Encontrei 5 1/2 cms 22 *das* 11 peles: Adauli.

(11)

Sexta-feira, 17.

Partida Dadp, 9 1/2. Chegada em Warambot às 4 1/2.

RIMBAUD À SUA MÃE

Aden, 30 de abril de 1891.

Minha cara mamãe,

Recebi suas duas meias e sua carta, porém, as recebi em condições bem tristes. Vendo aumentar sempre a inchação de meu joelho direito e a dor na articulação, sem encontrar nenhum remédio, nenhum conselho, pois em Harar estamos no meio de negros e não há europeus, decidi-me por descer. Foi preciso abandonar os negócios, o que não foi fácil, pois tinha dinheiro espalhado por todos os cantos, mas enfim, consegui liquidar tudo quase que totalmente. Durante vinte dias estive deitado em Harar, sem poder fazer um único movimento, sofrendo dores atrozes e sem nunca dormir. Aluguei dezesseis negros carregadores, à razão de 15 táleres cada, de Harar a Zeilah; mandei construir uma padiola recoberta com uma tela e foi nisto que acabo de fazer, em doze dias, os 300 quilômetros de deserto que separam os montes do Harar, do porto de Zeilah. É inútil descrever os terríveis sofrimentos por que passei no caminho. Em momento algum pude dar um passo fora de minha padiola; meu joelho inchava a olhos vistos, e a dor aumentava continuamente.

Chegando aqui, fui para o hospital europeu. Há apenas um quarto para os doentes que pagam: eu o ocupo. O médico inglês, assim que lhe mostrei meu joelho, disse que se tratava de uma *uma sinovite chegada a um ponto muito perigoso*, em consequência da falta de cuidado e do cansaço. Falou em seguida em cortar a perna; depois decidiu aguardar alguns dias para ver se o joelho desinchava um pouco depois da medicação. Isto foi há seis dias, mas nenhuma melhora, a não ser a dor que, como estou de repouso, diminuiu bastante. Vocês sabem que a *sinovite* é uma doença dos líquidos da articulação do joelho, podendo acontecer por hereditariedade, acidentes ou várias outras coisas. Para mim, foi causada certamente pelo desgaste das viagens a pé e a cavalo em Harar. Enfim, no estado em que cheguei, não se pode esperar que eu melhore antes de pelo menos três meses, sob circunstâncias as mais favoráveis. Estou estendido, a perna atada, ligada, religada, acorrentada, para que não possa movê-la.

Estou um esqueleto: causo medo. Minhas costas estão esfoladas por causa da cama; não durmo nem um minuto. E aqui o calor tornou-se muito forte. A comida do hospital, que é bastante caro, é muito ruim. Não sei o que fazer. Por outro lado, ainda não terminei meus negócios com o meu sócio, senhor Tian. E não terei terminado antes de uma semana. Sairei deste negócio com cerca de 35.000 francos. Poderia ter ganhado mais, mas devido a esta infeliz despedida, perco uns mil francos. Estou com vontade de embarcar num vapor e ir me tratar na França. A viagem também me faria passar o tempo, e na França os cuidados médicos e os remédios são muito melhores e o ar é bom. Portanto é muito provável que eu vá. Desgraçadamente os vapores para a França estão superlotados, porque todo mundo volta das colônias nesta época do ano. E eu sou um pobre enfermo a quem se deve *transportar* com muito cuidado! Enfim, tenho que tomar uma decisão em uma semana.

Mas, não se assustem com tudo isto. Dias melhores virão. De qualquer forma é uma triste recompensa por tanto trabalho, tanto sofrimento e privações! Mas o que posso fazer! Que vida miserável.

Eu os saúdo de todo coração.

RIMBAUD

P.S. – Quanto às meias, são inúteis. Eu as revenderei em algum lugar.

RIMBAUD A CÉSAR TIAN

Aden, 6 de maio de 1891.

Senhor,

Acuso recebimento de sua carta no dia de hoje, enviando-me as contas definitivas do negócio de participação em Harar que eu registro em conformidade.

Recebi igualmente sua letra de câmbio à minha ordem junto ao *Comptoir National d'Escompte* de Paris e o abono de seu montante de 37.450 francos, ou 20.805,90 rupias.

Fica entendido que o pagamento de minha conta com o senhor somente será acenado após a liquidação dos negócios em suspenso em Harar, cujo resultado será dividido ao meio.

Queira receber, senhor, minhas saudações calorosas.

A. RIMBAUD

RIMBAUD À SUA MÃE E À SUA IRMÃ

Marselha, quinta-feira, 21 de maio de 1891.

Minha cara mamãe, minha cara irmã,

Após sofrimentos terríveis, sem cuidados em Aden, tomei o barco *des Messageries* para voltar à França.

Cheguei ontem, após treze dias de dores. Como me encontrava demasiado fraco no momento de minha chegada, tive que me instalar no *Hôpital de la Concepdon*, onde pago dez francos por dia, incluindo o médico.

Estou muito mal, muito mal, e reduzido a um esqueleto por esta doença da perna esquerda*, que agora está enorme e se parece com uma enorme abóbora. É uma sinovite, uma hidrartrose etc., uma doença da articulação e dos ossos.

Isto deve durar muito tempo, se complicações não obrigarem a cortarem minha perna. De qualquer forma ficarei inválido. Mas duvido que eu aguente. A vida tornou-se insuportável para mim. Como sou infeliz! Como fiquei infeliz!

Tenho para receber aqui uma letra de câmbio de 36.800 francos junto ao *Comptoir National d'Escompte de Paris*. Mas não tenho ninguém para cuidar deste dinheiro. Quanto a mim, não posso dar um só passo fora da cama. Ainda não pude receber o dinheiro. O que fazer? Que triste vida! Vocês não podem me ajudar em nada?

RIMBAUD

Hôpital de la Conception
Marselha

---

* Os biógrafos e editores apontam este erro do próprio Rimbaud ao se referir à perna doente, que na realidade era a direita.

TELEGRAMA DE RIMBAUD À SUA MÃE

Marselha, 22 de maio de 1891.

Enviado 2 h 50 da tarde

Hoje, você ou Isabelle, venham Marselha por trem expresso. Segunda-feira manhã, amputam minha perna. Perigo morte. Acertar negócios sérios. *Hôpital Conception.* Respondam.

RIMBAUD

TELEGRAMA DA SENHORA RIMBAUD AO SEU FILHO

Arthur Rimbaud, *Hôpital Conception,* Marselha, Attigny-334-15-22-6h35 tarde. Viajo. Chegarei amanhã noite. Coragem e paciência.

VIÚVA RIMBAUD

RIMBAUD À SUA EXCELÊNCIA O RAS MEKONNEN

Governador do Harar

Marselha, 30 de maio de 1891.

Excelência,

Como vai o senhor? Desejo-lhe boa saúde e completa prosperidade. Que Deus lhe dê tudo que desejar. Que sua existência corra em paz.

Estou lhe enviando esta de Marselha, na França. Estou no hospital. Cortaram minha perna há seis dias. No momento vou bem e dentro de vinte dias estarei curado.

Dentro de alguns meses, espero voltar ao Harar para ter um comércio como antes e pensei em lhe enviar minhas saudações.

Receba os respeitos de seu devoto servidor,

RIMBAUD

RIMBAUD À SUA IRMÃ ISABELLE

Marselha, 17 de junho de 1891.

Isabelle, minha cara irmã,

Recebi seu bilhete com minhas duas cartas de Harar. Em uma destas cartas, sou informado de que me haviam anteriormente enviado uma carta em Roche. Vocês não receberam nenhuma outra?

Ainda não escrevi a ninguém, ainda não saí da cama. O médico diz que ficarei aqui por um mês e só poderei começar a andar muito lentamente. Ainda tenho uma forte nevralgia no lugar da perna cortada, isto é, no pedaço que resta. Não sei como tudo isto terminará. Enfim, estou resignado a tudo, não tenho sorte!

Mas o que você quer dizer com estas histórias de enterro? Não se assuste tanto, tenha paciência também, cuide-se, tome coragem. Pobre de mim, gostaria muito de vê-la, o que você pode ter, então? Que doença? Todas as doenças se curam com tempo e atenções. Em todo o caso, é preciso resignar-se e não se desesperar.

Fiquei muito triste quando mamãe me deixou e não compreendi o motivo. Mas no momento é melhor que ela esteja com você para ajudá-la. Peça-lhe desculpas e desejo-lhe um bom dia de minha parte.

Até breve, então, mas quem sabe quando?

RIMBAUD

Hôpital de la Conception
Marselha

RIMBAUD À SUA IRMÃ ISABELLE

Marselha, 23 de junho de 1891.

Minha cara irmã,

Você não tem me escrito; que aconteceu? Sua carta me deixou com medo, gostaria de ter notícias suas. Contanto que não sejam novos problemas, pois, pobres de nós, já passamos por muitas provas de uma só vez.

Quanto a mim, só faço chorar dia e noite, sou um homem morto, estou estropiado por toda a minha vida. Dentro de quinze dias estarei curado, mas só poderei andar com muletas. Quanto a uma perna artificial, o médico diz que é preciso esperar muito tempo, ao menos seis meses! Durante este tempo, que farei, onde ficarei? Se eu fosse para perto de vocês, o frio me expulsaria em três meses e mesmo em menos tempo, pois daqui só serei capaz de me mover dentro de seis semanas, o tempo de treinar com as muletas! Portanto, só estaria junto de vocês no fim de julho. E teria de partir novamente no fim de setembro.

Não sei absolutamente o que fazer. Todas estas preocupações me deixam louco: não durmo um minuto.

Enfim, nossa vida é uma miséria, uma miséria sem fim! Por que então existimos?

Mandem-me notícias suas.

Meus melhores votos,

RIMBAUD

Hôpital de Ia Conception
Marselha

RIMBAUD À SUA IRMÃ ISABELLE

Marselha, 24 de junho de 1891.

Minha cara irmã,

Recebi sua carta de 21 de junho. Escrevi-lhe ontem. Não recebi nada seu no dia 10 de junho, nem carta de Harar. Recebi apenas duas cartas no dia 14. Preocupo-me em saber onde estará a carta do dia 10.

Que novo horror me contam vocês? Que história é esta de serviço militar? Assim que completei a idade de vinte e seis anos, não lhes enviei de Aden um certificado provando que estava empregado em uma Casa francesa o que é uma dispensa? E em seguida, quando interrogava mamãe, ela sempre me respondia que tudo estava certo e que eu não tinha nada a temer. Há apenas quatro meses, perguntei-lhe em uma das minhas cartas se havia alguma reclamação a respeito, porque tinha vontade de voltar à França. E não recebi resposta.

Acreditava que estivesse tudo arranjado por vocês. Agora vocês me informam que fui tido como rebelde, que estão atrás de mim etc. etc. Informem-se a este respeito somente se estiverem certos de não chamarem atenção sobre mim. Não há perigo que eu volte, nestas condições. Seria melhor morrer que ir para a prisão depois de tudo que sofri.

Sim, há muito, teria sido melhor morrer! Que pode fazer neste mundo um homem mutilado? E agora, além de tudo, obrigado a expatriar-se definitivamente! Porque agora, com tudo o que me contam nem penso em voltar – ficarei feliz se puder sair daqui por mar ou por terra e chegar ao exterior.

Hoje tentei andar com as muletas, mas só consegui dar alguns passos. Minha perna está cortada bem em cima, e é difícil para mim manter o equilíbrio. Só ficarei tranquilo quando conseguir colocar uma perna artificial, mas a amputação causa *nevralgias no restante do membro*, e é impossível pôr uma perna mecânica antes que estas nevralgias passem por completo e há amputações nas quais isto dura quatro, seis, oito, doze meses! Disseram-me que nunca dura menos de dois meses. Se só durar dois meses, eu ficarei feliz! Passarei este tempo no hospital e terei a felicidade de sair com duas pernas. Quanto a sair com muletas, não sei do que isto serviria. Não se pode nem subir nem descer, é uma coisa terrível. Corro o risco de cair e estropiar-me ainda mais. Tinha pensado em ir para perto de vocês e passar alguns meses à espera de forças para suportar a perna artificial, mas, no momento, vejo que isto é impossível.

Bem, estou resignado. Morrerei onde quiser o destino. Espero poder voltar para onde estava, tenho amigos de dez anos que terão piedade de mim, encontrarei trabalho entre eles, morrerei como puder. Viverei sempre lá, já que na França, além de vocês, não tenho nem amigos, nem conhecimentos, nem ninguém. E se não posso vê-los, volto para lá. Em todo o caso, é preciso que eu volte.

Se vocês se informarem a meu respeito, não deixem nunca saberem onde estou. *Receio mesmo que não recebam meu endereço no correio. Não vão me trair.*

Os meus melhores votos.

RIMBAUD

Senhorita Isabelle Rimbaud
em Roche, Cantão de Attigny
Ardennes (França)

RIMBAUD À SUA IRMÃ ISABELLE

Marselha, 29 de junho de 1891.

Minha cara irmã,

Recebi sua carta de 26 de junho. Antes de ontem, recebi somente a carta de Harar. Quanto à carta de 10 de junho, não há notícia: desapareceu ou em Attigny ou aqui na administração, mas suponho que tenha sido mesmo em Attigny. O envelope que você me enviou permite-me ver de quem era. Devia estar assinada Dimitri Righas. É um grego residente em Harar e que eu havia encarregado de alguns negócios. Espero notícias sobre as informações que tomam a respeito do serviço militar: não importa quais sejam, *receio armadilha* e não tenho nenhuma vontade de voltar para casa agora, apesar das garantias que possam lhes dar.

Além disso, estou completamente imóvel e não posso dar um passo. Minha perna está curada, isto é, está cicatrizada. Acho que a cicatrização se deu muito rápida, e me fez pensar que esta amputação poderia ter sido evitada. Para os médicos, estou curado e, se quiser, podem me dar alta amanhã. Mas o que fazer? Impossível dar um passo! Passo o dia em uma cadeira tomando ar, mas não posso me mover. Treino com as muletas, mas elas são ruins, além disto, sou comprido, minha perna foi cortada muito alto, é difícil manter o equilíbrio. Dou alguns passos e paro, com medo de cair e me machucar novamente.

Vou mandar fazer uma perna de madeira para começar. Forra-se o coto (o resto da perna) acolchoado com algodão e caminha-se com uma bengala. Com pouco tempo de exercício com a perna de madeira, se o coto estiver bem reforçado, pode-se encomendar uma perna articulada, que se ajusta bem e com a qual pode-se mais ou menos andar. Quando chegará este momento? Daqui até lá, talvez aconteça-me uma nova desgraça.

Então, aí saberei logo como me livrar desta existência miserável.

Não é bom que vocês me escrevam sempre e que meu nome seja percebido *nos correios de Roche e de Attigny*. É de lá que vem o perigo. Aqui ninguém se importaria comigo. Escrevam-me o mínimo possível – quando for indispensável. Não ponham Arthur, escrevam Rimbaud apenas e digam, o mais breve possível e *da maneira mais clara possível o* que quer de mim a autoridade militar, e, caso me busquem, qual é a pena que deverei cumprir. Então eu já terei tratado rápido de pegar um barco.

Eu lhes desejo boa saúde e prosperidade.

RBD

RIMBAUD A SUA IRMÃ ISABELLE

Marselha, 10 de julho de 1891.

Minha cara irmã,

Recebi suas cartas de 4 e 8 de julho. Fico contente que minha situação tenha sido finalmente declarada regular. Quanto ao certificado, na verdade eu o perdi nas minhas viagens. Quando eu puder circular, decidirei se tirarei uma licença aqui ou em outro lugar. Mas se for em Marselha creio que precisarei ter em mão esta declaração; envie-a para mim. Com isto, ninguém se aproximará de mim. Guardo também o certificado do hospital e *com estes dois documentos* poderei obter minha licença aqui.

Estou sempre de pé mas não vou bem. Até o momento, só aprendi a andar com muletas e ainda é impossível subir ou descer um único degrau. Neste caso, as pessoas são obrigadas a me carregar no colo. Mandei fazer uma perna de madeira muito leve, envernizada e acolchoada, muito bem feita (preço, 50 francos). Eu a coloquei há alguns dias e tentei andar ainda com a ajuda das muletas mas o meu coto inflamou e deixei o maldito instrumento de lado. Não poderei servir-me dele antes de quinze ou vinte dias, e, mesmo depois, precisarei também das muletas durante um mês pelo menos e não mais que uma ou duas horas por dia. A única vantagem é ter três pontos de apoio em vez de dois.

Portanto, retorno às minhas muletas. Que tédio, que cansaço, que tristeza quando penso em todas as minhas antigas viagens e quanto eu era ativo há apenas cinco meses! O que foi feito das correrias através dos montes, das cavalgadas, dos passeios, dos desertos, dos rios, dos mares? E agora, levar a vida de um mutilado! Pois começo a compreender que as muletas, pernas de madeira e pernas mecânicas são um monte de piadas e que com isto conseguimos apenas nos arrastar miseravelmente, sem nunca podermos fazer coisa alguma. E eu que justamente havia decidido voltar à França este verão para me casar! Adeus casamento, adeus família, adeus futuro! Minha vida acabou, não passo de um troço imóvel.

Ainda estou longe de poder circular mesmo com a perna de madeira, que é, no entanto, o que há de mais leve. Espero pelo menos ainda quatro meses para poder dar alguns passos sozinho com a perna de madeira, apenas com o apoio de uma bengala. O difícil é subir e descer. Apenas em seis meses poderei tentar uma perna mecânica e com muito sofrimento inútil. A dificuldade é que a perna foi amputada muito em cima. Primeiro, as nevralgias ulteriores à amputação são mais violentas e persistentes se o membro for cortado muito em cima. Assim, os amputados à altura do joelho suportam muito mais rápido um aparelho. Mas no momento, pouco importa isto; até mesmo a vida pouco importa!

Aqui não está mais fresco que no Egito. Temos, ao meio-dia, de 30 a 35, e de noite de 25 a 30. A temperatura de Harar é mais agradável, sobretudo à noite, quando não ultrapassa os 10 ou 15.

Não sei lhes dizer o que farei, ainda estou *muito mal* para chegar a uma conclusão. Nada vai bem, repito. Receio algum acidente. Meu pedaço de perna está muito mais espesso que a outra e cheio de nevralgias. O médico, naturalmente, não me vê mais, porque para ele basta que a ferida esteja cicatrizada para que abandone a gente. Diz que você está curado. Só se preocupa quando há abcessos etc. etc., ou quando surgem outras complicações que exijam outras facadas. Consideram os doentes apenas como objetos de experiências. Sabemos disto muito bem. Principalmente nos hospitais, pois os médicos não são pagos. Buscam este posto apenas para ganharem reputação e clientela.

Gostaria muito de ir para perto de vocês, porque aí está fresco, mas acho que aí não há terrenos próprios aos meus exercícios acrobáticos. Depois. Depois, receio que faça frio. Mas a primeira razão é que *não posso me mover;* não posso e não poderei andar por muito tempo e, para dizer a verdade, acho que não estou curado interiormente, aguardo alguma explosão... Seria preciso me carregarem até o trem, me descerem etc. etc. É muita complicação, muita despesa e muito cansaço. O meu quarto está pago até o fim de julho; refletirei e *verei o que posso fazer* neste intervalo. Por enquanto, prefiro crer que vou melhorar como vocês querem que eu acredite, por mais estúpida que seja a existência, o homem sempre se apega a ela.

Enviem-me a carta da intendência. Havia aqui no hospital um inspetor de polícia doente que ficava me incomodando com histórias de serviço militar. Tenho medo que ele me dê um golpe.

Desculpem-me pelo incômodo, eu os agradeço, desejo-lhes boa sorte e boa saúde.

Escrevam.

Do seu,

RIMBAUD

Senhorita Isabelle Rimbaud
em Roche, Cantão de Attigny
Ardennes (França).

RIMBAUD À SUA IRMÃ ISABELLE

Marselha, 15 de julho de 1891.

Minha cara Isabelle,

Recebi sua carta do dia 13 e respondo imediatamente. Verei o que posso fazer em relação a esta nota da intendência e ao certificado do hospital. É certo que eu gostaria de ver tudo isso resolvido o mais rápido possível, pobre de mim! Não vejo meio de fazê-lo, eu que mal consigo calçar minha única perna. Enfim, eu me arranjarei como puder. Ao menos, com estes dois documentos, não corro mais o risco de ser preso, pois a administração militar é bem capaz de aprisionar um aleijado, não estando ele em um hospital. Quanto à declaração de volta à França, com quem e onde fazê-la? Não há ninguém perto de mim para me informar, e está longe o dia em que poderei sair daqui com minha perna de madeira, para me informar.

Passo a noite e o dia a refletir sobre os meios de movimentação: é um verdadeiro suplício para mim! Gostaria de fazer isto e aquilo, ir aqui e ali, ver, viver, partir: impossível, impossível por muito tempo, talvez para sempre! Ao meu lado, vejo apenas estas malditas muletas: sem estes bastões, não posso dar um passo, não posso existir. Sem a mais atroz das ginásticas, não posso nem mesmo me vestir. Cheguei quase a correr com minhas muletas, mas não posso subir ou descer escadas e se o terreno é acidentado, o movimento brusco dos ombros me cansa muito. Tenho uma dor nevrálgica muito forte no braço e no ombro direito agravada pela muleta que fica cravada da axila – ainda uma nevralgia na perna esquerda; com tudo isto é preciso ser acrobata o tempo todo para dar a impressão de estar vivo.

Eis as conclusões a que cheguei das causas da minha doença. O clima do Harar é frio de novembro a março. Eu, por hábito, quase não me vestia: uma simples calça de linho e uma camisa de algodão. Além disto, os percursos a pé de 15 a 40 quilômetros por dia, constantes cavalgadas através das montanhas íngremes do país. Creio que deva ter se desenvolvido no joelho uma dor artrítica causada pelo esforço, o frio e o calor. Tudo começou com uma martelada (por assim dizer) debaixo da rótula, um golpe leve que me atacava a cada minuto; grande dificuldade de articulação e retração do nervo da coxa. Veio em seguida a inchação das veias em volta do meu joelho, que dava a impressão de varizes. Eu caminhava e trabalhava muito, como nunca, acreditando tratar-se simplesmente de um golpe de ar. Depois, a dor no interior do joelho aumentou. Era como se, a cada passo, me enfiassem um prego no joelho. No entanto, eu andava, ainda que com mais dores; andava sobretudo a cavalo, e cada vez que desmontava, sentia-me demolido. Depois, a parte de cima do joelho inchou, a rótula cresceu, chegando até o jarrete, a circulação tornou-se difícil e a dor sacudia os nervos até os tornozelos e até os rins. Só conseguia andar mancando muito. Eu estava sempre mal, mas sempre tinha muito trabalho, necessariamente. Comecei então a andar com a perna enfaixada de cima a baixo, a massagear, a banhar etc., sem resultado. Fui perdendo o apetite. Comecei a ter insônia constantemente. Enfraquecia e emagrecia muito. Por volta de 15 de março, decidi deitar-me, ao menos manter a posição horizontal. Pus uma cama entre a minha caixa, meus escritos e uma janela de onde podia fiscalizar os acertos de contas no fundo do pátio e pagava todo mundo a mais para que o trabalho andasse, ficando eu mesmo deitado. Dia a dia, aumentava a inchação do joelho que mais parecia uma bola. Observei que a face interna da cabeça da tíbia estava muito maior que a da outra perna: a rótula tornou-se imóvel, mergulhada na excreção que produzia a inchação do joelho e que vi, com terror, tornar-se em poucos dias dura como um osso: nesta ocasião, toda a perna ficou dura, completamente dura. Em oito dias, eu só podia ir aos lugares me arrastando. No entanto, a perna e a parte de cima da coxa emagreciam sempre, o joelho e o jarrete inchavam, petrificavam-se ou melhor, *ossificavam-se* com o aumento do enfraquecimento físico e moral.

No fim de março, resolvi partir. Em poucos dias, fechei o negócio com prejuízo. E como a rigidez e a dor me impediam o uso da mula ou mesmo do camelo, mandei fazer uma padiola coberta por um cortinado, que dezesseis homens transportaram até Zeilah em quinze dias. No segundo dia de viagem, por ter me adiantado muito em relação à caravana, fui surpreendido em um lugar deserto pela chuva. Acabei ficando estendido dezesseis horas debaixo da água, sem abrigo e sem possibilidade de me mover. Isto me fez muito mal. No caminho, não pude nunca levantar de minha padiola, a tenda era estendida sobre o lugar mesmo onde me colocavam e fazendo um buraco com minhas mãos, perto da beira da padiola, eu conseguia com um pouco de dificuldade colocar-me de lado para defecar em cima deste buraco que depois eu cobria de terra. De manhã, a tenda era retirada de cima de mim e me carregavam. Cheguei em Zeilah, alquebrado, paralisado. Descansei apenas quatro horas, pois um vapor partia para Aden.

Jogado sobre a coberta do navio em meu colchão (foi preciso me içarem a bordo na minha padiola!) tive que sofrer três dias no mar sem comer. Em Aden, nova descida na padiola. Passei em seguida alguns dias na casa do senhor Tian para acertarmos nossos negócios e fui para o hospital onde o médico inglês, após quinze dias, aconselhou-me a partir para a Europa.

Minha convicção é que esta dor na articulação, se houvesse sido cuidada desde os primeiros dias, teria sido controlada facilmente e não teria consequências. Mas não sabia disto. Fui eu que estraguei tudo por minha obstinação em caminhar e trabalhar demais. Por que não ensinam medicina no colégio, pelo menos o pouco necessário a cada um para não fazer bobagens como esta?

Se alguém neste caso me consultasse, eu lhe diria: você pode ter chegado até este ponto: mas não permita nunca a amputação. Deixem que o esfiape, que o ponham em pedaços mas não se submeta a uma amputação. Se a morte vier, será sempre melhor do que levar a vida de um mutilado. Melhor sofrer um ano como um condenado do que ser amputado.

Eis aí o belo resultado: estou sentado e, de vez em quando, levanto-me e dou alguns pulos com minhas muletas! A cabeça e os ombros se inclinam para a frente e você fica curvado como um corcunda. Você teme os objetos e as pessoas a se moverem em sua volta, com medo que o derrubem e lhe quebrem a outra perna. Riem ao vê-lo andar aos saltos. Ao sentar novamente você está com as mãos doloridas pelo esforço, as axilas feridas e com a cara de um idiota. Você é tomado por um profundo desespero e fica sentado, impotente, choramingando à espera da noite, que traz a insônia perpétua, e depois vem a manhã ainda mais triste que a véspera etc. etc. Continua no próximo número.

Com os meus melhores votos.

RBD

RIMBAUD À SUA IRMÃ ISABELLE

Marselha, 20 de julho de 1891.

Minha cara irmã.

Escrevo-lhes sob a influência de uma dor violenta no ombro direito, que quase me impede de escrever, como vocês podem ver.

Tudo isto é causado por uma constituição que se tornou artrítica devido a maus-tratos. Mas já estou cansado do hospital, onde também corro o perigo constantemente de pegar varíola, tifo e outras pestes que existem aqui. Vou partir, pois o médico me disse que eu posso partir e que é preferível que eu não fique mais no hospital.

Portanto, sairei dentro de dois ou três dias e tratarei de chegar até vocês do jeito que puder, pois com minhas pernas de pau não posso andar e com as muletas, por enquanto, só posso dar alguns passos para não piorar o estado de meu ombro. Como vocês disseram, descerei na estação de Voncq. Com relação ao quarto, preferia morar em cima; assim, é inútil escrever para mim aqui, estarei a caminho dentro em breve.

Até logo,

RIMBAUD

NOTAS DE ISABELLE

Domingo, 4 de outubro de 1891.

Entrei no quarto de Arthur às 7 horas. Dormia com os olhos abertos, a respiração curta, tão magro e tão pálido, com os olhos fundos e com olheiras. Ele não despertou imediatamente; eu o observei dormir, pensando que é impossível que ele viva assim por ainda muito tempo, ele parece doente demais! Cinco minutos depois ele despertou reclamando, como sempre, que não havia dormido a noite inteira e que havia sofrido muito e sofre mesmo ao despertar. Disse-me bom dia (como todos os dias).

Põe-se então a contar-me coisas inverossímeis que ele imagina acontecerem no hospital durante a noite; é a única reminiscência de delírio que lhe resta, mas persistente ao ponto de, todas as manhãs e várias vezes durante o dia, me contar o mesmo absurdo, reclamando por eu não acreditar nele. Eu escuto e então tento dissuadi-lo; acusa os enfermeiros, e mesmo as irmãs, de coisas abomináveis e que não podem acontecer; digo-lhe que, sem dúvida, ele sonhou mas ele insiste e me chama de tola e imbecil. Há oito dias que ele não quer sair da cama: sofre muito quando o colocamos na poltrona e quando o trazemos de volta para a cama. Tenho a incumbência de fazer a sua cama. E fazer a cama consiste em cobrir um vão aqui, abaixar uma saliência ali, arrumar o travesseiro, recolocar as cobertas (sem lençóis), tudo isso, bem entendido, acompanhado de uma torrente de manias doentes. Ele não suporta uma prega no lençol: sua cabeça nunca está bem; seu coto está alto demais ou baixo demais; é preciso pôr o braço direito completamente inerte em placas de algodão, envolver o braço esquerdo, que cada vez se paralisa mais, com flanelas, mangas duplas etc.

Chega a garrafa de leite, ele a bebe em seguida, esperando combater sua constipação e sobretudo a retenção de urina, pois creio que seus órgãos internos também se paralisam; tenho medo, e ele também, que a paralisia chegue pouco a pouco, até o coração e que então, fatalmente morra; sua perna esquerda está sempre fria e trêmula, com muitas dores. Seu olho esquerdo está também meio fechado. Às vezes, é sufocado pelas batidas do coração. Ele me diz que, assim que acorda, sente que queimam o coração e a cabeça e sente sempre pontadas no peito e nas costas, do lado esquerdo.

Tenho que me esforçar todos os dias para impedi-lo de cometer inúmeras tolices. Sua ideia fixa é deixar Marselha por um clima mais quente, em Alger, em Aden, ou Obock. O que o prende aqui é o medo de que eu não o acompanhe mais longe, pois ele já não pode passar sem mim.

Penso e escrevo tudo isso enquanto ele está mergulhado em uma espécie de letargia, que não é sono, mas sim, fraqueza.

Ao acordar, olha pela janela, o sol brilhando em um céu sem nuvens e põe-se a chorar, dizendo que jamais voltará a ver o sol lá fora.

"Eu irei para debaixo da terra", me diz ele, "e você caminhará ao sol!" E é assim todo dia, um desespero sem nome, uma lamentação sem fim.

ISABELLE RIMBAUD À SUA MÃE

Marselha, quarta-feira, 28 de outubro de 1891.

Minha cara mamãe,

Deus seja mil vezes louvado! Tive domingo a maior felicidade que poderia ter neste mundo. Não é mais um pobre infeliz condenado que vai morrer ao meu lado: É um justo, um santo, um mártir, um escolhido!

Durante a semana passada os capelães vieram vê-lo duas vezes; ele os recebeu bem, mas com tanta lassidão e desencorajamento que ousaram falar de morte. Sábado à noite, todos os religiosos oraram junto para que ele tenha uma boa morte. Domingo de manhã, após a missa, ele parecia mais calmo e em plena consciência: um dos capelães voltou e lhe propôs que se confessasse, e ele aceitou de bom grado! (...) Senhor, alivia sua agonia, ajudai-o a carregar sua cruz, tende ainda piedade dele, tende ainda piedade, vós que sois tão bom! Oh, sim, tão bom. Obrigada, meu Deus, obrigada.

Quando voltei para junto dele, ele estava muito emocionado mas não chorava; estava serenamente triste, como eu nunca o tinha visto. Olhou-me nos olhos como nunca me havia olhado. Pediu para que eu chegasse bem perto e me disse: "Você é do mesmo sangue que eu: você tem fé, diga-me, você tem fé?". Respondi: "Tenho; outros bem mais sábios que eu tiveram, têm; e depois, tenho muito mais certeza agora, tenho a prova!". (...) Então ele me disse: "É preciso preparar tudo no quarto, arrumar tudo, *ele vai voltar com os sacramentos.* Você vai ver, vão trazer as velas e as rendas; é preciso pôr panos brancos em tudo. Ah! Meu Deus, estou muito doente!". Ele estava ansioso mas não desesperado como nos outros dias, e eu via que ele desejava ardentemente os sacramentos, principalmente a comunhão.

Desde então, não blasfema mais; chama o Cristo na cruz e ora; sim, ele ora! Mas o capelão não pôde lhe dar a comunhão: primeiro, teme impressioná-lo demasiado; depois, ele está cuspindo muito estes dias e não suporta nada na boca: receamos uma profanação involuntária. E ele, achando-se esquecido, ficou triste, mas não reclamou.

A morte chega a passos largos. Disse-lhe em minha última carta, cara mamãe, que seu coto está muito inchado. Agora é um câncer enorme entre os quadris e o ventre, até acima do osso: mas este coto que era tão sensível, tão doloroso, não lhe causa mais sofrimento. Arthur não viu o tumor mortal; surpreende-se que todo mundo venha ver este pobre coto do qual não sente mais nada e todos os médicos (já vieram dez, desde que assinalei este mal terrível) ficam mudos e terrificados diante deste câncer estranho. Agora, é sua cabeça, seu braço esquerdo que mais o fazem sofrer. Mas a maior parte do tempo ele está mergulhado em uma letargia que é um sono aparente, durante o qual ele percebe todos os ruídos com uma nitidez singular. Depois, à noite, dão-lhe uma injeção de morfina.

Desperto, ele termina seus dias em uma espécie de sono contínuo; diz coisas estranhas lentamente, com uma voz que me encantaria se não me cortasse o coração. São sonhos o que me conta e, no entanto, não é o mesmo delírio de quando tinha febre. Diria, e acredito nisso, que ele age em plena consciência.

Como ele murmurava estas coisas, a irmã me disse bem baixo: "Ele então perdeu a consciência outra vez?". Mas ele ouviu e ficou todo enrubescido; não falou mais nada e quando a irmã saiu, disse-me: "Pensam que estou louco, e você acredita também?". Não, não acredito. É quase um ser imaterial, e o pensamento foge apesar dos seus esforços. Às vezes pergunta aos médicos se eles veem as coisas extraordinárias que ele percebe e fala-lhes e conta-lhes com doçura, de uma maneira que eu não saberia repetir, suas impressões. Os médicos olham-no nos olhos, estes belos olhos que nunca foram tão belos nem mais inteligentes, e dizem entre eles: "É estranho". Há, em Arthur, alguma coisa que eles não compreendem.

Os médicos, aliás, quase não o veem mais, porque ele chora sempre ao lhes falar, e isto os deixa desconcertados.

Ele reconhece todo mundo. A mim, chama-me às vezes de Djami, mas sei que é proposital e que isto entra em seu sonho desta maneira; de resto, confunde tudo e... com arte. Estamos em Harar, estamos sempre de partida para Aden e é preciso buscar os camelos, organizar a caravana; ele anda com facilidade com a nova perna articulada, fazemos alguns passeios em belas mulas ricamente adornadas; em seguida, é preciso trabalhar, administrar as escrituras, fazer cartas. Rápido, rápido, nos esperam, fechemos as valises e partamos. Por que o deixaram dormir? Por que não o ajudei a se vestir? Que dirão se não chegarmos no dia combinado? Não acreditarão mais em sua palavra, não terão mais confiança nele! E se põe a chorar, lamentando a minha falta de jeito e a minha negligência: pois eu estou sempre com ele e sou eu a encarregada de todos os preparativos.

Ele não come quase mais nada, e o que aceita é com enorme repugnância. Também, tem a magreza de um esqueleto e a cor de um cadáver! E todos os seus membros paralisados, mutilados, mortos à sua volta. Oh, Deus, tenha piedade!

A propósito de sua carta e de Arthur: não conte em absoluto com o seu dinheiro. Depois de sua morte, com as despesas mortuárias pagas, viagens etc., é preciso contar que seu dinheiro de acordo com seu desejo, passe a outro; estou absolutamente decidida a respeitar suas vontades e mesmo porque ele só tem a mim para executá-las, seu dinheiro e seus negócios irão a quem lhe parecer melhor. O que fiz por ele não foi por cobiça, foi porque ele era meu irmão e porque, abandonado pelo universo inteiro, não quis que ele morresse sozinho e sem ajuda. Eu serei fiel a ele depois de sua morte como antes e o que me disser para fazer do seu dinheiro e suas roupas eu farei; mesmo que sofra com isso.

Que Deus me assista e você também: nós precisamos bastante do socorro divino.

Até logo, minha cara mamãe, eu a abraço de todo o coração.

ISABELLE

RIMBAUD AO DIRETOR DOS TRANSPORTES MARÍTIMOS

Marselha, 9 de novembro de 1891.

UM LOTE: UM SÓ DENTE
UM LOTE: DOIS DENTES
UM LOTE: TRÊS DENTES
UM LOTE: QUATRO DENTES
UM LOTE: DOIS DENTES

Senhor diretor*,

Venho perguntar-lhe se não deixei nada com o senhor. Desejo mudar hoje de serviço cujo nome nem mesmo sei mas, de qualquer maneira, que seja o serviço de Aphinar. Estes serviços existem em toda a parte, e eu, impotente, infeliz, não posso encontrar nada, o primeiro cão na rua confirmará isto.

Envie-me portanto o preço dos serviços de Aphinar no Suez. Estou completamente paralítico: assim, desejo encontrar-me logo a bordo. Diga-me a que hora devo ser transportado a bordo.

(Morre no hospital a 10 de novembro de 1891)

DE FRÉDÉRIC RIMBAUD A RODOLPHE DARZENS

Attigny, 10 de dezembro de 1891.

Senhor,

Mil vezes obrigado por suas manifestações de simpatia por meu irmão Arthur; possam essas manifestações suavizar a tristeza que sinto por sua morte, pois sempre fomos amigos.

Lamento que o senhor tenha deixado em cima da escrivaninha a carta que lhe enviei recentemente e que ela talvez tenha se perdido, pois teria encontrado meu endereço assim discriminado:

---

* Esta carta foi ditada por Rimbaud no estado de delírio em que esteve nos últimos dias de vida. Morre dois dias depois.

Rimbaud Frédéric, controlador de ônibus* na estação de Attigny (Ardennes).

Quanto à nota publicada em Paris, acredito que o senhor a tenha abreviado.

Se não me falha a memória, segundo o *L'Écho de Paris*, o início devia ser:

"Ficamos sabendo da morte de A. R. Esse jovem comia como um glutão, tinha maus modos à mesa, desdenhava de conversar e, quando por momentos a verve lhe vinha, disparatava..."

É mais ou menos tudo o que sei, pois consegui ler apenas um fragmento.

Conheço perfeitamente Georges Izambard, que foi professor no colégio de Charleville, depois redator do *Nord-Est*, onde tive um pequeno emprego, e o famoso Delahaye, cuja mãe foi merceeira em Mézières, e ele pequeno funcionário na prefeitura, um amigo com o qual fiz certas farras: perdi seu rastro há muito tempo. O nome de P. Demeny não me diz nada; parece-me, porém, que tive um colega com um nome parecido, que estava na mesma turma que nós.

O senhor me disse que um editor desonesto lhe surrupiou um manuscrito; acredito, mas o senhor deveria ter tomado cuidado.

O senhor me pediu um retrato de meu irmão: infelizmente não posso conseguir-lhe um!

Vejo-me obrigado a confessar a relação que mantenho com minha mãe.

De boa família, pai capitão, mãe com uma fortuna de cerca de trezentos mil francos, sou o filho Frédéric R. Uni-me, depois de dois anos de críticas, a uma jovem

---

* *Conducteur d'omnibus*, em francês. Ao contrário do que o nome sugere, não é ele que conduz o veículo (função do cocheiro). Seu trabalho consiste em controlar o horário do veículo e fluxo de passageiros. (N.T.)

que não tinha nada. Há cerca de dez anos não recebo notícias de minha mãe ou de minha irmã, nem nunca recebi de meu irmão, que havia sido um grande amigo. Acredito que meu irmão tenha se deixado influenciar por minha mãe e que, por esse motivo, nunca tenha me mandado notícias. Portanto, não posso fornecer nenhuma informação precisa.

Tenho certeza de que minha mãe tem um retrato dele: peça-o em seu próprio nome, sem mencionar o meu, poderá consegui-lo.

Em minha última carta, eu disse que esperava uma resposta do cônsul de Aden, onde ele estava, para que me informasse sobre a posição que ele ocupava. A resposta ainda não chegou, a distância não permite uma troca muito rápida. Enfim, assim que eu receber o que espero, mas não antes de no mínimo quinze dias, comunicarei ao senhor.

Recebi uma carta proveniente de Aden, de um certo Hilg, engenheiro, que só fala em negócios, e outra, em português, traduzida em Paris, que também só fala em negócios. Essas cartas chegaram até mim por um senhor Ch. Thion, de Aden, junto a quem o senhor talvez consiga maiores informações; o senhor encontrará seu nome no Bottin.* Meu irmão devia morar em Harar, ou Horor, e, para mim, devia cuidar de negócios comerciais.

O senhor me ofereceu receber o serviço do seu jornal, *La Petite République.* Não compreendo sua proposta: dê-me uma explicação, a fim de que eu possa responder.

Meu irmão morreu depois da amputação da perna direita, amputação feita em Marselha ao voltar da Arábia, supostamente devido a um tumor no joelho. Meu irmão voltou até Roche, à casa de minha mãe, mas não

* O anuário comercial e industrial, criado por Sébastien Bottin. (N.T.)

gostou dali e pediu para ser reenviado à Arábia, porém só conseguiu fazer a viagem até Marselha, onde morreu.

Enquanto parente mais próximo do defunto, autorizo a publicação de tudo o que possa se referir a ele, sem nenhum controle.

Mil vezes obrigado pela oferta que me fez de suas publicações. Uma em especial, *Nuits à Paris*, me parece espantosa. Propus-me a lê-la em lugar tranquilo; pois, se não me engano, ela poderá me lembrar de minha antiga vida em Paris.

Rogo-lhe que espere, portanto, a resposta que eu mesmo estou aguardando, e com esse documento o senhor poderá saber o que terá a fazer.

Sempre encantado de estar me correspondendo com o senhor, receba meus melhores cumprimentos,

Rimbaud Frédéric,
Conducteur d'omnibus em Attigny
(Ardennes).

ISABELLE RIMBAUD AO REDATOR CHEFE DO "PETIT ARDENNAIS"

Roche, 15 de dezembro de 1891.

Senhor redador do *Petit Ardennais*,

Não tenho a honra de ter uma assinatura de seu jornal, mas um vizinho prestativo trouxe-me o exemplar datado de terça-feira, 15 de dezembro, e me indicou o artigo aí incluído a respeito de Arthur Rimbaud.

Arthur Rimbaud foi, com efeito, o mais brilhante dos alunos do colégio de Charleville; durante anos ele recebeu os primeiros prêmios, sem nenhuma exceção, assim como honras ao mérito, concursos de Douai, *hors-concours* etc.

Em 1870, seus estudos foram necessariamente interrompidos pela guerra. Um dos seus professores o levou a Paris e o apresentou aos senhores Théodore de Banville e Verlaine; estes ficaram admirados com a inteligência desta criança de quinze anos e o fizeram escrever algumas poesias, das quais várias são verdadeiras obras de arte – mas nunca passou pela cabeça de A. Rimbaud mandar publicar seus versos, nem ganhar dinheiro ou celebridade; se foram publicados, foi sem o seu conhecimento. Até o último momento de sua vida, ignorou esta publicação, e foi necessário, para que soubesse, que vários homens de letra autorizados, tais como os senhores Paul Bourde, do jornal *Le Temps*, Jules Mar, Th. de Banville etc. dessem-lhe, por escrito ou de viva voz, suas felicitações.

O senhor fala de prêmios vendidos e de relógio penhorado: estas relíquias da primeira juventude de A. Rimbaud enchem a casa de minha mãe. Não sei onde o autor do artigo pôde encontrar estas histórias de Comuna, de Mazas, misturadas a uma lenda inverossímil de negra miséria; tudo isto é um emaranhado abominável de contos injuriosos.

De 1871 a 1874, Arthur Rimbaud continuou seus estudos, não mais em um colégio mas com diferentes professores particulares e, tanto em uma cidade como em outra; em 1874 e em 1875, foi ele próprio professor em Londres e nos arredores de Paris; sua família esteve com ele, por determinados períodos, nestas duas capitais; nesta época (em 1874), já fazia muito tempo que não mais se preocupava com Paul Verlaine e sua poesia.

O miserável que escreveu que Arthur Rimbaud extorquiu dinheiro de sua mãe para ir à Alemanha mentiu imprudentemente. Sua mãe o colocou, ela mesma, em uma instituição franco-alemã em Stuttgart, para aprender a língua alemã; quando ele a aprendeu de maneira corrente, ao cabo de alguns meses, sua mãe o mandou a

Milão para estudar a língua italiana e fez-lhe companhia por algum tempo nesta cidade.

O saboeiro da Cyclade, o engajamento carlista*, imaginações absurdas e mentirosas. Quando não teve mais o que fazer em Milão, quis fazer a pé a famosa viagem da Corniche; em consequência de um excesso de cansaço, ficou doente e teve que ficar alguns dias no hospital de Marselha.

Em Viena, foi, com efeito, roubado em todo o seu dinheiro – mil francos – por um indivíduo que se uniu a ele durante a viagem (quem sabe quem era o indivíduo?) e, encontrando-se desta forma sem recursos, teve naturalmente que fazer – sem mendigar, no entanto – sua declaração à polícia e ao consulado que forneceu-lhe o dinheiro necessário ao seu retorno à França.

A. Rimbaud nunca visitou a ilha de Sumatra. Um holandês, conhecido seu em Londres e alistado no exército das colônias, fez-lhe, certo dia, uma descrição encantadora da ilha de Java e o convidou a ir para lá com ele. Para fazer esta viagem de maneira econômica, Arthur Rimbaud alistou-se como grumete a bordo do mesmo navio que levava seu amigo; ignoro se este último desertou ou se recebeu a recompensa: é evidente que há, neste caso, um erro e substituição de pessoas, já que A. Rimbaud nunca esteve a serviço da Holanda. Quanto ao ofício de aliciador de recrutas, não sei em que pode consistir e estou certa que A. Rimbaud nunca o exerceu. Da ilha de Java, voltou à Europa através do Cabo da Boa Esperança, em um navio inglês que o recebeu a bordo na qualidade de intérprete. Da Inglaterra, ele não veio à França; visitou as costas da Dinamarca, da Suécia e da Noruega, depois veio por mar até Bordeaux, sem sequer passar por Hamburgo.

* Relativo ao carlismo, política absolutista e reacionária de Dom Carlos da Espanha, 1788-1855. (N.T.)

Em 1878, A. Rimbaud ouviu falar de grandes trabalhos executados (por conta da Grécia, creio) na ilha de Chipre. Ele estava, na época, preocupado com o seu futuro e com sua vocação. Sua atividade devoradora e seu gosto por viagens longas o levaram a ir buscar sua posição além dos mares. Foi em Chipre chefe de obras, sob a direção dos senhores Thial e Co., engenheiros; aí ficou cerca de um ano; a dissolução da empresa o forçou apenas a abandonar estes senhores, que lhe deram excelentes referências.

Paro aqui: quem é então este senhor D... que sabe tão bem ultrajar os mortos? Se este indivíduo queria sujar o nome de Arthur Rimbaud, que o atacasse em vida, quando podia se defender! Por outro lado, este homem que se pretende tão bem informado teria então se ligado como uma sombra à sua vítima (vítima-cadáver), para saber de tais detalhes de sua vida?

Mas, para terminar, vejo que o senhor X... não está mais bem informado que o senhor D... e lamento que o senhor Vanier tenha negócios com repórteres tão mesquinhos. Arthur Rimbaud nunca fez negócio de algodão e de peles; jamais partiu com nenhuma caravana; nunca levou nenhum tombo infeliz; nunca quebrou a perna; nunca foi amputado em Aden; acrescento: nunca em sua viagem de volta encontrou um viajante vindo do Tonkin, a quem teria contado seu dinheiro. Tudo isto é realmente muito estúpido!

Eis a verdade sobre os últimos momentos da vida de Arthur Rimbaud (e nós temos, graças a Deus, de tudo isto, numerosas provas palpáveis). Em 1880, um *gentlemen* inglês, cujos filhos haviam recebido de A. Rimbaud aulas de língua, maravilhado pelos conhecimentos quase universais do preceptor de seus filhos, o levou a Aden e lhe ofereceu, como comerciante, uma posição muito honrosa em uma Casa francesa; ao cabo de quatro anos,

Arthur Rimbaud que, enfim, encontrara seu elemento, havia chegado ao alto comércio da cidade com uma reputação de habilidade e de honestidade excepcionais. Logo tornou-se sócio do negociante que antes o havia empregado e que soube apreciá-lo, e fundou, em Harar (África Oriental), uma feitoria que dava o tom a todos os mercados da Abissínia, de Choa etc. Os principais produtos de comércio eram o café, o marfim, e depois, em menores proporções, o incenso, o ouro em lingotes etc. Nunca, como afirmam unanimente todos os europeus estabelecidos nestas regiões, viu-se atividade igual, coragem igual; venerado e querido pelos indígenas, estimado pelos brancos, sua probidade e sua bondade unidas à pureza de seus modos fizeram dele o árbitro costumeiro de todos aqueles que tivessem alguma diferença entre si. Sempre ávido de instruir-se e de ver, visitava as montanhas e os vales, e muitos pontos desta região foram explorados apenas por ele. O senhor Paul Soleillet foi seu amigo íntimo, assim como vários outros exploradores, e autores de livros notáveis. A Sociedade de Geografia fez-lhe, em diferentes oportunidades, adiantamentos lisonjeiros para comprometê-lo a publicar narrações e descrições de suas viagens. A morte não lhe deu tempo para realizar os desejos destes amigos, sucumbiu, por assim dizer, com sofrimentos; os cansaços excessivos e uma tendência particular ao clima destes países desenvolveram um tumor artrítico em seu joelho direito; duro consigo próprio, deixou de se cuidar a tempo e quando vencido pela doença veio operar-se em Marselha, já era tarde demais. A amputação foi feita, e a cura foi rápida mas uma reincidência do tumor declarou-se quase que imediatamente na virilha e nos quadris: ao cabo de alguns meses, ele morreu... e morreu como um santo, em Marselha, no *Hôpital de la Conception*, onde eu o assisti e dele tomei conta, dias e noites, durante três meses.

Tal é a verdade sobre a vida e a morte de Arthur Rimbaud. Espero, senhor, que, como publicou este relato ultrajante e irreal, queira também abrir seu jornal ao relato verdadeiro. A lealdade mais elementar o obriga a reparar a injúria que o senhor cometeu, involuntariamente, quero crer, contra um morto que só merece respeito.

Eu o saúdo e assino sem me esconder atrás de nenhuma inicial como se escondem os que profanam os mortos.

ISABELLE RIMBAUD

DE ISABELLE RIMBAUD A PATERNE BERRICHON

Roche, 9 de agosto de 1896

Senhor,

Li com o mais vivo interesse o seu *Verlaine héroïque.*

Como o senhor escrevem bem, que estilo encantador!

Pena que se deixa levar por certas coisas...

Verdade, tenho a impressão de ver um tesouro ser desperdiçado.

Cá entre nós: Arthur teria ficado extremamente insatisfeito com a glorificação que o senhor faz de "um momento infeliz de sua vida durante o qual, no fim das contas, ele não causou dano a ninguém". – É ele quem diz.

Quanto a Verlaine, não sei, espanta-me vê-lo comparado a um deus. Eu estava acostumada a vê-lo ser tratado com o máximo desprezo (gênio literário fora de questão) por quem o conhecia.

Seja como for, esse Verlaine deve ter renunciado a seus "gestos de deus" lá na Floresta Negra.

Perdoe minha franqueza e obrigada pelo envio.

I. Rimbaud.

De Paul Verlaine, sobre Arthur Rimbaud*

* Seleção de textos e prefácios por Paul Verlaine sobre a vida e a obra de Rimbaud.

Paul-Marie Verlaine nasceu em Metz a 30 de março de 1844, filho do capitão Nicolas-Auguste Verlaine e de Stéphanie Dehée. Aos dezenove anos já publicava versos em importantes revistas francesas e em 1866 publica *Poèmes Saturniens* que juntamente com *Fêtes Galantes* (1869) marcou um período conturbado e fortemente influenciado por Baudelaire. Mais tranquilo é o seu livro *La Bonne Chanson* (1870). Pleno de ideais humanitários, Verlaine participa da Comuna de Paris, em 1871, como chefe do Bureau de Imprensa. Nova crise moral a partir desta data, fruto da convivência turbulenta e escandalosa com Rimbaud. Separa-se da mulher e acaba na prisão depois de atirar em Rimbaud, em meio a uma ameaça de separação, após um reencontro em Bruxelas. Verlaine é preso em 1873 e libertado em 1875. Neste período converte-se ao catolicismo, escreve *Romances Sans Paroles* e transforma-se em monarquista. Em 1877 recomeça a beber e viver escandalosamente. Escreve *Jadis et Naguère* (1884) uma poesia harmoniosa e musical. Em 1883 passa um mês na prisão por ameaça de morte à sua mãe. Seu nome começa a crescer na França. Morre em 1896 consagrado como "o Príncipe dos poetas", depois de uma existência plena de escândalos, bebedeiras, violência em contraste com sua arte genial. A partir de 1885 escreve: *Amour* (1888), *Parallèlement* (1889), *Dédicaces* (1890), *Bonheur* (1891), *Chansons por Elle* (1892), *Odesen son Honneur* (1893), *Élégies* (1893), *Dans Les Limes* (1894), *Épigrammes* (1894), *Chair* (1896), *Invectives* (1896) – publicação póstuma. E entre as obras em prosa: *Charles Baudelaire* (1865), *Les Poètes Maudits* (1884-1888), *Les Memoires d'un Veuf* (1886), *Histoires Comme Ça* (1888-1890), *Les Hommes d'ajourdhui* (1885-1893), *Mes Prisons* (1893), *Confessions* (1895). (N.E.)

PREFÁCIO À PRIMEIRA EDIÇÃO DAS *ILUMINAÇÕES*

Paul Verlaine

O livro que oferecemos ao público foi escrito entre 1873 e 1875, em viagens tanto pela Bélgica quanto pela Inglaterra e por toda a Alemanha.

A palavra *Illuminations* [do título original francês] é inglesa e quer dizer gravuras coloridas – *coloured plates*: o mesmo subtítulo que o sr. Rimbaud havia dado ao manuscrito.

Como veremos, este se compõe de poemas curtos, prosa peculiar ou versos deliciosamente falso-intencionais. Ideia central não há, ou ao menos nós não encontramos uma. Alegria evidente de ser um grande poeta, paisagens feéricas, esboços de adoráveis e imprecisos amores e a mais elevada ambição (exitosa) de estilo: este é o resumo que acreditamos poder ousar propor da obra. Ao leitor de admirá-la em detalhe.

Uma brevíssimas nota biográfica talvez ajude.

Arthur Rimbaud nasceu numa família da burguesia confortável de Charleville (Ardennes), onde fez excelentes estudos um tanto revoltados. Aos dezesseis anos, havia escrito os mais belos versos do mundo, dos quais publicamos numerosos excertos num livro intitulado *Os poetas malditos*. Rimbaud está agora com 32 anos e viaja pela Ásia, onde trabalha no mercado de arte. Como se fosse o Fausto do segundo Fausto, engenheiro de *gênio* depois de ter sido o imenso poeta vivo, aluno de Mefistófeles e possuidor da loira Margarida!

Disseram-no morto várias vezes. Ignoramos esse detalhe, mas ficaríamos muito tristes. Que ele saiba disso, caso não seja verdade. Pois fomos seu amigo e continuamos sendo, de longe.

Dois outros manuscritos em prosa e alguns versos inéditos serão lançados a seu tempo.

Um novo retrato de Forain, que também conheceu o sr. Rimbaud, será publicado no devido momento.

Num belíssimo quadro de Fantin-Latour, *Coin de table*, parece-nos que hoje em Manchester, há um retrato de busto do sr. Rimbaud aos dezesseis anos.

As *Iluminações* são um pouco posteriores a essa época.

Arthur Rimbaud: Iluminações, *Paris, Éditions de la Vogue, 1886. Tiragem de 200 exemplares.*

Coin de table (1872) faz parte, hoje, do acervo do Musée d'Orsay, em Paris. Da esquerda para a direita: Paul Verlaine, Arthur Rimbaud, Elzéar Bonnier, Léon Valade, Émile Blémont, Jean Picard, Ernest d'Hervilly, Camile Pelletan.

Prefácio

Paul Verlaine

ARTHUR RIMBAUD POESIAS COMPLETAS

Em minha opinião absolutamente pessoal, eu teria preferido, apesar de todo o interesse intrínseco, quase tanto quanto cronológico, de vários poemas deste livro, que este fosse condensado por motivos sobretudo literários: juventude demais, definitivamente, inexperiências pouco saborosas, insuficientes ingenuidades felizes. Fosse eu o responsável, teria escolhido apenas a nata, submetendo-me a lamentar que o resto devesse desaparecer, ou então teria acrescentado esse resto ao fim do livro, depois do sumário e sem sumário para ele, sob a rubrica "poemas atribuídos ao autor", ainda excluindo desta talvez demasiada hospitalidade os sonetos totalmente apócrifos publicados, sob o nome glorioso e doravante reverenciado, por espirituosos parodistas.

Seja como for, temos aqui, apenas expurgado dos apócrifos em questão e classificado tão cuidadosamente quanto possível por ordem cronológica – mas, *hélas*!, privado de coisas demais que, para os deploráveis fins de pueris e criminosos rancores, sem nem mesmo tolos pedidos de desculpas, foram confiscadas, confiscadas?, roubadas!, para dizer toda a verdade, das gavetas fechadas de um ausente –, temos aqui *o livro das poesias completas de Arthur Rimbaud*, com suas inúteis adições, a meu ver, e suas deploráveis mutilações para sempre irreparáveis, devemos temer.

Justiça foi feita, correta e completa; pois além do presente fragmento do conjunto, houve reproduções, na imprensa e nas editoras, dos inestimáveis poemas em prosa, talvez mesmo superiores aos versos, alguns no entanto incomparáveis, que eu saiba!

Aqui, antes de seguir adiante neste muito sério e muito sincero e penoso e doloroso trabalho, convém e me agrada agradecer aos amigos Dujardin e Kahn, Fénéon, e o desconhecido demais, modesto demais Anatole Baju, pela intervenção num caso tão belo, mas, na época, perigoso, posso garantir, pois o acompanhei bem de perto.

Kahn e Dujardin dispunham de revistas sólidas e de aspecto quase imponente, um tanto além-Reno e às vezes, por assim dizer, pedantescas; desde então, ainda há linha na agulha desses periódicos que mudaram de direção – e Baju, ingênuo, também teve sua influência, verdade.

Os três cumpriram seu dever a favor de meus esforços por Rimbaud, Baju com o erro, talvez inconsciente, de publicar, baseado em boas teses, glosas farsantes de pessoas de talento e principalmente de espírito, que com certeza fariam melhor em trabalhar por sua própria conta, o que valeria, digo isso com toda sinceridade,

La peine assurément!*

Mas um dever sagrado me chama, para além de qualquer diversão quase sempre necessária, e logo. O de retificar os feitos, em primeiro lugar – e, depois, elucidar um pouco a organização, a meu ver nada literária, mas concebida com um objetivo tão respeitável!, do atual volume das *Poesias completas de Arthur Rimbaud.*

---

* Valeria "a pena, com certeza", possível alusão ao verso de um famoso refrão da opereta La fille de Madame Angot, de Clairville (1811-1897): *C'était pas la peine,/ C'était pas la peine,/ Non pas la peine assurément,/ De changer de gouvernement.* (N.T.)

Tudo foi dito num prefácio abominável que a Justiça puniu, aliás, com a apreensão, por requerimento de um homem galante cuja assinatura havia sido roubada, o sr. Rodolphe Darzens, tudo foi dito de ruim sobre Rimbaud, homem e poeta.

É preciso, infelizmente, amalgamar esse mau, categoricamente, com aquele que foi escrito, pensado sem dúvida, por um homem de talento num jornal de irrepreensível correção. Estou falando do sr. Charles Maurras, e quero me dirigir a ele para informá-lo melhor.

Leio, por exemplo, o seguinte texto do sr. Charles Maurras: – "No jantar do Bon Bock". Ora, não havia, na época, um *jantar do Bon Bock* frequentado por nós, Valade, Mérat, Silvestre, alguns outros Parnasianos e eu, nem, consequentemente, Rimbaud conosco, mas sim um jantar mensal dos *Vilains Bonshommes*, fundado antes da guerra de 1870 e que antigamente havia sido honrado pela presença de Théodore de Banville e, da parte de Sainte-Beuve, do secretário deste, o sr. Jules Troubat. Na época em questão, final de 1871, nossa "sede" ficava no primeiro andar de um vendedor de vinhos da esquina da rue Bonaparte e da praça Saint-Sulpice, em frente a uma livraria de usados (na rue Bonaparte) e (na rue du Vieux-Colombier) um vendedor de objetos religiosos. – "No jantar do Bon Bock", diz o sr. Maurras, "seus apartes (de Rimbaud) causavam grande escândalo. Ernest d'Hervilly o chamava em vão à razão. CARJAT O COLOCOU NA RUA. Rimbaud esperou *pacientemente* na porta e Carjat recebeu, ao sair, um 'bom' [retenho o 'bom'] golpe de bengala de lâmina NA BARRIGA."

Não preciso invocar o testemunho de D'Hervilly, que é um querido poeta e um querido amigo, porque ele nunca foi o autor dessa intervenção absurdamente inútil tanto quanto o objeto de um insulto ignóbil publicado sem o menor pudor, e sem a menor consciência de verdadeiro ou falso, no prefácio da edição Genonceaux, nem o testemunho do próprio Carjat, juiz e parte envolvida, nem os dos ainda numerosos sobreviventes de uma cena por certo pouco gloriosa para Rimbaud, mas desmesuradamente aumentada e desnaturada até a mais completa calúnia.

Eis portanto um relato sucinto, mas verdadeiro nos mínimos detalhes, do "drama" em questão: naquela noite, nos *Vilains Bonshommes*, lemos muitos versos depois da sobremesa e do café. Muitos versos, mesmo depois de um jantar (bastante modesto), sempre cansam um pouco, principalmente quando esses versos são um tanto declamativos como os que *de fato* se tratava (e não versos do bom poeta Jean Aicard). Eram versos de um senhor que fazia muitos sonetos na época e cujo nome me escapa.

E, no início de um próximo verso, depois de várias outras coisas de outras pessoas,

> Pareciam soldados de Agrippa d'Aubigné
> Alinhados pelo cordel de Philibert Delorme...*

Rimbaud cometeu o erro incontestável de protestar, primeiro com voz comedida, contra o prolongamento e a favor do fim das abusivas récitas. Nisso o sr. Étienne Carjat, o fotógrafo-poeta de quem o recitador era amigo literário e artístico, se interpôs com pressa demais e vivacidade demais, a meu ver, chamando o interruptor de garoto. Rimbaud, fraco para a bebida, a quem tínhamos adquirido, nessas "ágapes" portanto moderadas, o mau hábito de mimar do ponto de vista do vinho e do álcool – Rimbaud, que estava embriagado, levou mal a coisa, pegou minha bengala de lâmina, que estava atrás de nós dois, vizinhos imediatos, e, por

* *"On dirait des soldats d'Agrippa d'Aubigné/ Alignés au cordeau par Philibert Delorme..."* (N.T.)

cima da mesa de quase dois metros de largura, apontou para o sr. Carjat, que estava na frente ou quase, a lâmina desembainhada que felizmente não causou grandes estragos, pois o simpático ex-diretor do *Boulevard* recebeu, a crer minha memória, excelente nesse caso, um levíssimo arranhão numa das mãos.

O alvoroço foi grande, porém, e a lamentável tentativa foi logo e prontamente reprimida. Arranquei a lâmina do furioso, quebrei-a no joelho e, porque precisava voltar bem cedo para casa, entreguei o "garoto", agora semiembriagado, ao conhecido pintor Michel de l'Hay, então sólido rapaz, além de um dos jovens mais notavelmente bonitos que já se viu, que cedo o reconduziu a sua casa da rue Campagne-Première, repreendendo para valer nosso jovem intoxicado, cujo acesso de cólera não tardou a se dissipar totalmente, junto com as emanações do vinho e do álcool, no sono reparador dos dezesseis anos.

Antes de "largar" o sr. Charles Maurras, pedirei que se explique a respeito de um infeliz pedaço de frase que utilizou a meu respeito.

A propósito da questão aliás subsidiária de saber se Rimbaud era bonito ou feio, o sr. Maurras, que nunca o viu e o acha feio, segundo testemunhas "mais ponderadas" que este vosso servidor, me culparia, palavra de honra!, por ter dito que ele (Rimbaud) tinha um rosto perfeitamente oval de anjo no exílio, uma marcante boca vermelha com um rasgo amargo e (*in cauda venenum!*) "pernas sem igual".

Isso é simplesmente idiota, quero crer, e nada mais. Caso contrário, o que dizer? Eis aqui *minha* frase sobre as pernas em questão, extraída de *Les Hommes d'aujourd'hui.** Além disso, leiam toda a pequena

* Revista literária e satírica que circulou entre 1878 e 1899. O número 318, de janeiro de 1888, foi dedicado a Arthur Rimbaud. (N.T.)

biografia. Ela responde a tudo de *antemão* e custa dez centavos.

"...Projetos para a Rússia, um incidente em Viena (Áustria), alguns meses na França, de Arras e Douai a Marselha, e o Senegal, rumo ao qual foi, embalado por um naufrágio; e a Holanda, 1879-80; viu ceifadeiras descarregando numa fazenda da mãe, entre Attigny e Vouziers, e percorreu as pequenas estradas com suas PERNAS SEM IGUAL."

Ora, sr. Maurras, terá sido de boa fé sua confusão entre a infatigabilidade e... outra coisa?

– Ufa, acabei com as pequenas (e grandes) infâmias que, de zonas pretensamente literárias, se insinuaram na vida privada; e queiram me permitir, leitores, estender-me um pouco, agora que purificamos o ar, sobre o puro prazer intelectual de falar da presente obra, que não é necessário amar, nem mesmo admirar, mas que tem o direito a todo o respeito e um exame consciencioso.

Foram mantidos os poemas objetáveis do ponto de vista burguês, pois o ponto de vista cristão e principalmente católico me parece superior e deve ser afastado – quero dizer, em especial, *Les Premières Communions* [As primeiras comunhões] e *Les Pauvres à l'église* [Os pobres na igreja]; de minha parte, eu teria negligenciado esse poema brutal que no entanto tem o seguinte, que é belíssimo,

As senhoras hepáticas
Os longos dedos põem na pia de água-benta*

Quanto a *Les Premières Communions*, de que falei com severidade em meu *Poetas malditos* devido a certos

* Tradução de Ivo Barroso in Poesia completa de Arthur Rimbaud, Topbooks, 3ª. ed. 1995. "*...Les malades du foie/ Font baiser leurs longs doigts jaunes aux bénitiers.*"

versos horrivelmente blasfematórios, é um poema tão bonito também... não é mesmo? Com tantas coisas condenáveis... porém!

De resto, adoro à perfeição *Le Bateau ivre* [O barco ébrio], *Les Effarés* [Os alumbrados], *Les Chercheuses de poux* [As catadoras de piolhos] e, bem depois, *Les Assis* [Os sentados], também, céus!, um pouco cabotino mas tão extraordinariamente miraculoso em detalhes, o soneto das *Vogais*, que fez o sr. René Ghil tecer teorias risíveis, e o ardente *Faune* [Cabeça de fauno], perfeito em feras – em liberdade!, e mais uma vez, apresento-lhes esse "número", como antigamente nesse pequeno jornal de combate, morto em plena luta, *Lutèce*, com todo meu coração, toda minha alma e todas as minhas forças.

Acharam necessário, claro que para fins de reabilitação, que nada têm a ver com a vida muito honrada ou com a obra muito interessante, abrir o volume com um poema intitulado *Les Étrennes des Orphelins* [A consoada dos órfãos], bastante longo, um pouco na linha de Guiraud, já com belezas bem diferentes. Como isso que vale um Desbordes-Valmore:

> Sensíveis corações que têm os pequeninos*
> ....

E isso:

> Na porta o vento mau agora se calou,**

que é de uma nitidez e de uma veracidade, no que concerne a um belo dia do início de janeiro! Acima de tudo uma feitura sólida, mesmo um pouco demais, que

---

* "*Les tout petits enfants ont le coeur si sensible!*". Tradução de Ivo Barroso, op. cit.

** "*La bise sous le seuil a fini par se taire*". Tradução de Ivo Barroso, op. cit.

atesta a extrema juventude do autor quando ele se baseia na fórmula parnasiana exagerada.

Também acharam necessário colocar a todo custo um poema longo demais: *Le Forgeron* [O ferreiro], datado (!) *das Tulherias, por volta de 10 de agosto de 1792*, realmente um pouco démocsoc* demais, um pouco fora de moda demais, mesmo em 1870, quando foi escrito; mas o autor, vocês dirão, era tão, tão jovem! Mesmo assim, respondo eu, seria esta uma razão para publicar essa coisa feita a golpes de "más leituras" em manuais ultrapassados ou de historiadores embolorados? Apresso-me a acrescentar que ainda encontramos versos notáveis. Claro! Com aquela criatura!

Essa caricatura de Luís XVI, primeiro:

Fitando o figurão com seu olhar bravio.**

E também essa outra:

Ora o bom rei, erguendo a pança, estava pálido.***

Esse grito no tom certo, bastante raro aqui:

Pois não querem saber de nós nas padarias.****

No entanto, confesso preferir os poemas simplesmente bonitos, mas então muito bonitos, de uma beleza selvagínea ou totalmente selvagem, quase tão belos quanto *Les Effarés* ou *Les Assis*.

---

* Os democratas-socialistas da revolução de 1848, em Paris. (N.T.)

** "*Et prenant ce gros-là dans son regard farouche*". Tradução de Ivo Barroso, op. cit.

*** "*Or le bon roi, debout sur son ventre, était pâle*". Tradução de Ivo Barroso, op. cit.

**** "*On ne veut pas de nous dans les boulangeries*". Tradução de Ivo Barroso, op. cit.

Nesse tom, há *Ce qui retient Nina*, 29 estrofes, mais de cem versos num ritmo saltitante com gentilezas a cada momento:

Teus dezessete anos! Ditosos!
Oh! que deserto
Nos grandes prados amorosos!
Chega mais perto!...*

....

Desfalecida e quase entregue,
Em teus refolhos,
Me pedirás que te carregue
Cerrando os olhos...**

E, depois do passeio ao bosque.... e a ressurreição da *petite morte* [pequena morta], a entrada na aldeia onde *ça sentirait le laitage* [e há de haver um cheiro de queijo], um estábulo cheio de *rythme d'haleines et de grands dos* [lentos hálitos dos bois, dorsos em torno]; um interior à la Téniers:

As cangalhas da vó
que arqueja
sobre o missal ***

....

Também a *Comédie en trois baisers* [Três beijos]:

....

* *"Dix-sept ans! tu seras hereuse!/ O les grands prés,/ La grande campagne amoureuse!/ – Dis, viens plus près!..."*. Tradução de Ivo Barroso, op. cit.

** *"Puis, comme une petite morte,/ Le coeur pâmé,/ Tu me dirais que je te porte/L'oeil mi-fermé...."*. Tradução de Ivo Barroso, op. cit.

*** *"Les lunettes de la grand'mère/ Et son nez long/Dans son missel..."*. Tradução de Ivo Barroso, op. cit.

Era bem leve a roupa dela
E um grande ramo muito esperto
Lançava as folhas na janela,
Maldosamente perto, perto.*

Sensation [Sensação], onde o poeta adolescente vai longe, muito longe, "como um boêmio".

Pela estrada, feliz qual se levasse uma mulher comigo**

Roman [Romance]:

Não se pode ser sério aos dezessete anos.***

O engraçado é que Rimbaud ainda não tinha dezesseis anos quando escreveu esses versos. Claro que ele "envelhecia" a si mesmo, para melhor agradar a alguma beldade... muito provavelmente da sua imaginação.

Ma bohème [Minha boêmia], a mais graciosa, sem dúvida, dessas graciosas coisas:

Eu tomava, qual lira, as botinas elásticas
E tangia um dos pés junto ao meu coração!****

Mes Petites Amoureuses [Minhas pequenas namoradas], *Les Poètes de sept ans* [Os poetas de sete anos], irmãos francamente pungentes de *Chercheuses de poux*:

---

* *"Elle était fort déshabillée,/ Et de grands arbres indiscrets/ Aux vitres penchaient leur feuillée/ Malinement, tout près, tout près"*. Tradução de Ivo Barroso, op. cit.

** *"Par la nature, heureux comme avec une femme..."*. Tradução de Ivo Barroso, op. cit.

*** *"On n'est pas sérieux quand on a dix-sept ans"*. Tradução de Ivo Barroso, op. cit.

**** *"Comme des lyres je tirais le élastiques/ De mes souliers blessés, un pied près de mon coeur..."*. Tradução de Ivo Barroso, op. cit.

E então a Mãe, fechando o livro de dever,
Lá se ia satisfeita e orgulhosa, sem ver
Em seus olhos azuis, sob as protuberâncias
Da face, a alma do filho entregue a repugnâncias*
....

Quanto aos poemas em prosa que encerram o volume, eu os teria reservado para publicá-los numa nova edição das obras em prosa. Eles são maravilhosos, aliás, mas totalmente na linha das *Illuminations* e de *Saison en enfer* [Uma temporada no inferno]. Eu disse há pouco e sei que não sou o único a pensar assim: o Rimbaud em prosa talvez seja superior ao dos versos...

Terminei, acredito ter encerrado minha tarefa de prefaciador. Da vida do homem falei o suficiente, em outro lugar. De sua obra, talvez ainda volte a falar.

Minha palavra final só pode ser, aqui, a seguinte: Rimbaud foi um poeta que morreu muito jovem (aos dezoito anos, pois nasceu em Charleville em 20 de outubro de 1854 e não deixou versos posteriores a 1872), mas virgem de qualquer platitude ou decadência – e foi um homem que também morreu jovem (aos 37 anos, em 10 de novembro de 1891, no hospital de La Conception, em Marselha), mas de acordo com sua bem formulada promessa de independência e de alto desdém por qualquer adesão ao que não lhe agradasse fazer ou ser.

Arthur Rimbaud: Poésies complètes, *com prefácio de Paul Verlaine, Éditions Vanier, 1895.*

---

* *"Et la mère fermant le livre du devoir/ S'en allait satisfaite et très fière sans voir/ Dans le yeux bleus et sous le front plein d'éminences/ L'âme de son enfant livrée aux répugnances"*. Tradução de Ivo Barroso, op. cit.

Arthur Rimbaud

Paul Verlaine

Arthur Rimbaud nasceu em Charleville (departamento de Ardennes) em 1854, de um pai oficial de infantaria promovido a coronel diante do inimigo, durante a guerra franco-alemã de 1870, nativo de Lyon, e de uma mãe ardenense. No colégio de sua cidade natal, hoje liceu nacional, ele fez estudos não apenas excelentes como ardentes, apaixonados, por assim dizer. Foi assim que, não satisfeito em vencer todos os prêmios de grego, latim e dissertação francesa, deixou-nos, a título de exercício escolar, um "discurso de Charles d'Orléans ao rei Luís XI, para salvar François Villon da forca", escrito num francês arcaico que não fica atrás, por certo, do de Balzac nos *Contes drolatiques*, e deixa Clotilde de Surville a léguas e léguas de distância.

Rimbaud, ao contrário dos garotos da mesma idade, preferia os livros a qualquer coisa e conhecia, aos catorze anos, toda a Antiguidade, toda a Idade Média, todo o Renascimento, sabia de cor os poetas modernos, dos mais refinados aos mais ingênuos de nossa época, de Desbordes-Valmore a Baudelaire, por exemplo, e esse exemplo demonstra o gosto infalível do jovem garoto (que não era sequer um jovem rapaz). Pois apesar de existir uma antítese – que de fato se concentra nesses dois nomes: Marceline Desbordes-Valmore e Charles Baudelaire –, Rimbaud, sob essas formas diferentes, percebia claramente a mesma alma sofrida e como que um parentesco entre os dois gênios tão diferentes à primeira vista. Ao mesmo tempo, sua curiosidade se estendia a tudo – a tudo o que é realmente curioso e digno de interesse. A matemática, por exemplo, apesar de assustá-lo (talvez com razão, lembremos), dada a maneira como acredito ainda ser ensinada, o atraía por sua precisão divina. O estudo da arquitetura, mesmo em trabalhos de engenharia fora do âmbito da arte e algumas fábricas, o divertia. O final de sua vida revelaria esses gostos da infância rumo a uma geral "filomatia", expressão complicada de que ele gostava com extrema exceção, pois era o mais simples em palavras... ao mesmo tempo que o mais complicado dos seres humanos que me foi dado conhecer ao longo de minha estranha vida, pois foi menos, acreditem!, o desejo de enriquecer ou o gosto pelos negócios do que o ardor de conhecer, do que o amor de ver novidades e mais novidades, que o levou à série de enormes viagens que deviam, de certo modo, substituir, quando a idade do homem soou para ele, as extraordinárias escapadas de seu espírito adolescente.

Em 1873, após várias viagens por França, Bélgica e Inglaterra, e várias estadas em Paris, Londres e Bruxelas, ele partiu para a Alemanha, onde foi visto, em fevereiro de 1875, em Stuttgart, comportado, rato de biblioteca, importunando as pinacotecas com seu amadorismo, que nada tinha de esnobe; depois foi a Itália, percorrida em 1876, a Holanda, onde ele se alistou como soldado para combater nas Índias. Ali, ligou-se a comerciantes que traficavam para Aden e Herat; foi nesta última que se fixou, não sem retornos à Europa, e dessa vez à França, a sua região. Parecia estar se *estabelecendo*, para falar de maneira burguesa.

Mas não! Um desses retornos foi o último. Sofrendo de um tumor artrítico na perna direita, precisou se repatriar o mais rápido possível para um tratamento adequado. No hospital de La Conception, em Marselha, passou por uma operação que pareceu dar certo, mas a febre e a inflamação voltaram e a morte se seguiu, uma morte cristã e doce, "a morte de um santo", disse um biógrafo que foi testemunha ocular da cena.

Esses são os traços principais de uma vida muito mais que acidentada: pouca "paixão", como diria Georges Ohnet, em sua intelectual e sobretudo casta odisseia. Alguma *vedova molto civile** numa incerta Milão, uma londrina, rara se não única, e só, se tanto. Vida e obra são magníficas tais quais, em seu indizivelmente orgulhoso *pendent interrupta.***

A reunião de todas as poesias de Arthur Rimbaud, que acaba de ser publicada, foi "enriquecida" por um prefácio deste vosso servidor, no lugar do odioso factum impresso há alguns anos pelo editor Genonceaux*** à frente de um volume alinhavado de qualquer jeito, com falsas citações e erros tipográficos, intitulado, sem que se dessem conta que existia um de mesmo nome de um poeta de certo renome, chamado François Coppée, *Le Reliquaire.* (Além disso, a edição em questão foi apreendida por requisição do suposto autor do horror.)

Em breves linhas dessas breves páginas sinceras, refuto várias calúnias que tentam fazer Rimbaud passar por uma espécie de vagabundo, e depois me foco no escritor.

O livro bastante compacto apresentado por Vanier ao público não perderia nada, a meu ver, se fosse mais *arejado.* Eu teria, se fosse responsável por ele, feito uma seleção; colocaria de lado, ao fim do volume, as peças quase infantis demais, ou então as que se afastam da versificação romântica ou parnasiana, e manteria apenas a clássica, a francesa. (Na maturidade, quero dizer no máximo aos dezessete anos, Rimbaud se interessou por assonâncias, ritmos que ele chamava "*néants*" [vazios], e teve inclusive a ideia de uma coletânea, *Études néantes* [Estudos vazios], que nunca escreveu, que eu saiba.)

---

* Viúva muito graciosa. (N.T.)

** Da locução latina *pendente opera interrupta*, "os trabalhos interrompidos ficam em suspenso", de Virgílio. (N.T.)

*** Paris, 1891, in-12. (N.T.)

As Poesias completas têm início com um poema totalmente jovem, quase *jovem moça*, *Les Étrennes des Orphelins* [A consoada dos órfãos]. Vemos, ali, versos ingênuos: ingenuidade, aqui, é flor rara que deve ser colhida rapidamente sem que se pense demais, acreditem. Há também versos curiosos e bem feitos, sugestivos, sem dúvida novos, como por exemplo "Na porta o vento mau agora se calou".*

Depois vêm as que eu chamaria de obras-primas: versificação impecável, pensamento novo e forte, achados extraordinários, *Les Effarés* [Os alumbrados], *Les Assis* [Os sentados], *Les Chercheuses de poux* [As catadoras de piolhos], *Le Faune* [O fauno], *Coeur volé* [Coração roubado], *Le Sonnet des voyelles* [O soneto das vogais], *Les Premières Communions* [As primeiras comunhões], *Le Bateau ivre* [O barco ébrio]!

Seguem-se coisas mais bonitas do que belas, e não, como os poemas acima enumerados, de puro e elevado gênio: no entanto, quando digo bonitas, não quero dizer apagadas ou banais, que Apolo e as Musas me preservem de tal blasfêmia! Mas cheias de detalhes encantadores, amarga e gentilmente selvagens, como:

As cangalhas da vó
que arqueja
sobre o missal**

Ou ainda:

Eu tomava, qual lira, as botinas elásticas
E tangia um dos pés junto ao meu coração!***

* *"la bise sous le seuil a fini par se taire"*. Tradução de Ivo Barroso, op. cit.

** *"Les lunettes de la grand-mère/ Et son nez long/ Dans son missel..."*. Tradução de Ivo Barroso, op. cit.

*** *"Commme des lyres je tirais les élastiques/ De mes souliers blessés, un pied près de mon coeur."* Tradução de Ivo Barroso, op. cit.

E:

A orquestra militar, em meio da pracinha,
Balança seus bonés na Valsa dos Flautins*

Enquanto os burgueses, ouvintes de concertos militares, saboreiam

A música francesa e a cerveja alemã.**

E várias outras delicadezas, sempre fortes e saborosas.

O livro se fecha com alguns poemas em prosa ou verso livre, muito livre, que fizeram escola, ao parece, mas isso não é culpa deles – pois são realmente inimitáveis pela beleza misteriosa e pelo francês, que nada tem de ronsardisante ou exótico –, o que me parece *omne punctum tulit.****

Convido a todos vivamente a ir atrás deste livro, um dos mais originais que de fato existem e, podemos dizer, graças à morte prematura do autor, único, tanto quanto por seu gênio.

E para não chegar ao fim sem uma citação realmente "tópica", o famoso soneto *Voyelles* [As vogais], que sempre teve, no espírito de Rimbaud, nada mais que a pretensão, quão justificada!, de fazer, segundo sua vontade, sob um pretexto "porque sim", fora de todas as convenções e baixas razões da literatura charlatanesca ou servilmente capciosa – simplesmente catorze dos mais belos versos de qualquer língua.

---

* "*Un orchestre guerrier balançant ses pompons*". Tradução de

** "*La musique française et la bière allemande*". Tradução de Ivo Barroso, op. cit..

*** Verso de Horácio, *omne tulit punctum qui miscuit utile dulci*: alcança a perfeição quem sabe unir o útil ao agradável. (N.T.)

VOGAIS

A negro, E branco, I rubro, U verde, O azul: vogais,
Um dia hei de dizer vossas fontes latentes:
A, negro e veludoso enxame de esplendentes
Moscas a varejar em torno aos chavascais,

Golfos de sombra; E, alvor de tendas tumescentes,
Lanças de gelo altivo, arfar de umbelas reais;
I, púrpuras, cuspir de sangue, arcos labiais
Sorrindo em fúria ou nos transportes penitentes;

U, ciclos, vibrações dos mares verdes, montes
Semeados de animais pastando, paz das frontes
Rugosas de buscar alquímicos refolhos;

O, supremo Clarin de estridores profundos,
Silêncios a esperar pelos Anjos e os Mundos:
– O, o Ômega, clarão violáceo de Seus Olhos!*

* Tradução de Ivo Barroso, op. cit. "*VOYELLES A noir, E blanc, I rouge, U vert, O bleu, voyelles,/ Je dirai quelque jour vos naissances latentes./ A, noir corset velu des mouches éclatantes/ Qui bombillent autor des puanteurs cruelles,// Golfes d'ombre; E, candeurs des vapeurs et des tentes,/ Lances des glaciers fiers, rois blancs, frissons d'ombelles,/ I, pourpres, sang craché, rire des lèvres belles/ Dans la colère ou les ivresses pénitentes.// U, cycles, vibrements divins des mers virides,/ Paix des pâtis semés d'animaux, paix des rides/ Que l'alchimie imprime aux grands fronts studieux.// O, suprême Clairon plein de strideurs étranges,/ Silences traversés des Mondes et des Andes;/ O l'oméga, rayon violet de ses yeux!*"

Novas notas sobre Rimbaud

Paul Verlaine

Não é aqui, onde o nome e o renome de Arthur Rimbaud são familiares, que vamos perder tempo repetindo aquilo que tantas vezes, algumas vezes mal, outras vezes bem, e em dois ou três casos muito bem, foi dito sobre o poeta e sobre o homem.

Seremos um pouco mais biográficos, e para entrar logo no âmago da questão, saibam que, no fim das férias de 1871, férias que passei no campo em Pas-de-Calais, na casa de parentes próximos, encontrei, voltando para Paris, uma carta assinada por Arthur Rimbaud contendo *Les Effarés* [Os alumbrados], *Les Premières Communions* [As primeiras comunhões] e outros poemas mais, que me impressionaram, como dizer se não burguesamente?, por sua extrema originalidade.

A essa carta, que além do envio dos citados poemas em verso abundava sobre seu autor, o mesmo dos versos, em informações estranhas como "pequeno pulha", "menos incômodo que um Zanetto", e que se recomendava da amizade de um aliás ótimo rapaz, fiscal de impostos indiretos, grande bebedor de cerveja, poeta (báquico) nas horas vagas, músico, desenhista e entomologista, morto na época, que tinha me conhecido em outros tempos. Tudo isso era bastante vago, mas os versos eram realmente de uma beleza assustadora. Conversei com camaradas, Léon Valade, Charles Cros, Philippe Burty, queridas sombras!, e, com o consentimento da família de minha mulher, com quem eu vivia então, onde para meu posterior infortúnio ficou combinado que o "jovem prodígio" ficaria, mandamos chamá-lo. No dia de sua chegada, Cros e eu estávamos com tanta ânsia de recebê-lo na Gare de Strasbourg*... ou na Gare du Nord, que o perdemos e só depois de praguejar, Deus sabe como!, contra nossa má sorte, durante todo o trajeto do bulevar Magenta à parte baixa da rue Ramey, foi que o encontramos conversando tranquilamente com minha sogra e minha mulher no salão da pequena casa de meu sogro, na rue Nicolet, embaixo da Butte.** Eu havia, não sei por quê, imaginado o poeta completamente diferente. Ele tinha, na época, uma verdadeira cara de criança, rechonchuda e franca, sobre um grande corpo ossudo e desajeitado de adolescente ainda em fase de crescimento, com uma voz de forte sotaque ardenense, quase dialetal, que tinha os altos e baixos da puberdade.

Jantamos. Nosso hóspede comeu bem principalmente a sopa e, durante a refeição, ficou mais para taciturno, pouco respondendo a Cros, que talvez naquela primeira noite tenha se mostrado bastante inquisidor, pudera!, chegando, qual analista impiedoso, a perguntar como uma ideia havia lhe ocorrido, por que ele havia empregado uma palavra e não outra, de certo modo querendo explicações sobre a "gênese" de seus poemas. O outro, que nunca foi grande conversador, nem mesmo muito comunicativo em geral, respondia apenas com monossílabos cansados. Lembro de uma frase que ele "disse" a respeito dos cães (o da casa, chamado Gastineau – por quê?, era um fugitivo da São Bartolomeu da Sé –, cabriolava em volta da mesa): "Os cães", disse Rimbaud, "são liberais". Não digo que seja uma frase prodigiosa, mas posso atestar que foi pronunciada. A noite não se prolongou até muito tarde, o recém-chegado demonstrava que a viagem o havia cansado um pouco...

* A atual Gare de l'Est, em Paris. (N.T.)

** A Butte Montmartre, a colina Montmartre, em Paris. (N.T.)

Ao longo de quinze dias ele viveu em nossa casa. Hospedou-se num quarto em que havia, entre outras velharias, o retrato de um "ancestral", pastel um pouco desbotado que o bolor havia marcado na fronte, entre diversos danos, com uma mancha de fato bastante desgraciosa, mas que impressionou Rimbaud de maneira tão fantástica e mesmo sinistra que precisei, diante de seus reiterados pedidos, banir o leproso marquês para outro lugar. Acreditei, a princípio, numa farsa macabra, numa piada sutil... Pouco depois, pouquíssimo depois, pensei e continuo pensando, 24 anos mais tarde, numa perturbação parcial e passageira, como é comum ver nessas naturezas excepcionais.

Outra vez, encontrei-o deitado ao sol (de outubro!) ao longo da calçada de betume de onde se elevava a entrada com os degraus que conduziam à casa.

Essa entrada e essa calçada ficavam no pátio e não na rua, separadas desta por um muro e uma grade, pela qual se via tudo, porém, e o olhar dos vizinhos da frente mergulhava diretamente naquele espetáculo no mínimo extraordinário.

Outras excentricidades do gênero, e outras mais, estas maculadas, temo eu, por alguma malícia sorrateira ou dissimulada seriedade, deram o que pensar a minha sogra, a melhor e mais inteligentemente tolerante das mulheres, e ficou combinado que no momento da volta de meu sogro, que estava caçando, homem, por sua vez, burguesíssimo e que não suportaria por um segundo sequer tal *intruso* em Sua casa, não senhor, pediríamos a alguns de meus amigos que tinham aderido à causa e ajudado na vinda de Rimbaud a Paris, que o alojassem e o hospedassem por sua vez, sem que por isso eu me desinteressasse da "obra" o mínimo que fosse, é claro.

Uma forte amizade se formou entre nós dois durante as cerca de três semanas que durou a passagem do interessante peregrino por minha casa.

Dos versos passados ele pouco me contou. Ele os desdenhava e falava do que queria fazer no futuro, e o que me dizia foi profético. Começou com o Verso Livre (um verso livre, porém, que ainda não galanteava e ainda não fazia galhardias, desculpem, galimatias como alguns mais "modernistas"), continuou algum tempo com uma prosa própria, bela, clara como só ela, viva e tremeluzente, calma também quando preciso. Ele me expunha tudo isso em longos passeios em torno da Butte e, mais tarde, nos cafés do bairro Trudaine e do Quartier Latin... depois, não fez mais nada além de viajar terrivelmente e morrer muito jovem.

Mas eu devia tratar, aqui, apenas da Coleção, por Vanier, das poesias completas de Arthur Rimbaud. A obra acaba de surgir. Ela contém tudo o que foi possível reunir dele em matéria de versos propriamente ditos, ou seja, suas "produções" até 1871 inclusive. As poucas outras coisas incluídas são posteriores. Os leitores de *La Plume* vão ficar satisfeitos de encontrar todas as obras-primas – e vão se divertir lendo ensaios, esboços, até deboches, mas literários!, de extrema juventude... Eles vão sair dessa leitura admiradores dos poemas conhecidos e como clássicos, encantados com alguns poemas inspirados, *Les Raisons de Nina* [As réplicas de Nina], *Ma bohème* [Minha boêmia], *Sensation* [Sensação], um pouco ou muito horrorizados com outros, duros até a crueldade, *Les Poètes de sept ans* [Os poetas de sete anos], *Mes petites amoureuses* [Minhas pequenas namoradas].

Não será isso tudo o que se deve sentir em relação a um volume de versos nesses tempos esmorecidos? Admiração, encanto e... um bom e belo (este é o caso) horror!

Outubro de 1895.

Arthur Rimbaud – crônica

Paul Verlaine

Há alguns meses, por ocasião de um monumento bem simples, erguido em homenagem a Murger no Luxembourg, escrevi aqui mesmo algumas linhas que foram taxadas em certos meios, um tanto rabugentos, é preciso confessar, "de complacência": a quem e por quem, ó céus! E por que essas suspeitas, ou melhor, esses assomos, esses modos, essas maneiras, essas caretas de desconfiança? Por causa, presumo e acredito, da indulgência que, no caso que me ocupava, professei em relação a uma memória ligeira e graciosa, apesar do que disseram esses incompetentes censores, e esses senhores não querem mais saber de indulgência, pois são francos e diretos, perfeitos e vítimas da perfeição... É verdade que se os examinássemos, enfim! Mas deixemos para lá, e mudemos para o assunto que deve ocupar essas poucas linhas.

Acontece, portanto, que alguns meses depois de meu artigo sobre o boêmio Murger, elucubro aqui um artigo sobre o não direi boêmio Rimbaud, a palavra seria falsa e seria melhor, muito melhor, deixar-lhe todo o seu "horror" suprimindo o epíteto.

Rimbaud! E basta!

Não. Rimbaud não foi um "boêmio". Ele não teve nem os hábitos desordenados, nem a preguiça, nem nenhum dos defeitos em geral atribuídos a essa casta, bastante imprecisa, no entanto, e pouco determinada até os dias de hoje.

Foi um poeta muito jovem e muito ardoroso, que começou

À peine au sortir de l'enfance*

a viajar por sua pitoresca região natal, primeiro, depois pelas paisagens belgas tão complicadas e, por fim, gravitando, em meio ao horrores da guerra, até Paris, deixando atrás de seus pés infatigáveis a floresta de Villers-Cotterets e o campos fortificados, trocando-os pelo inimigo, a Île-de-France. Durante essa primeira viagem à capital, teve azar, foi preso ao chegar, colocado em Mazas, numa cela, e finalmente expulso de Paris, e voltou ao que parece de brigada em brigada para sua família alarmada, enquanto que após sua passagem agitava-se ainda o rasto deixado pelo poeta num mundo "literário" que não o compreendeu o suficiente, e além disso todo em debandada, como resultado da guerra de 1870 que começava a causar firmes estragos. As pessoas ficaram estupefatas com tanta juventude e tanto talento mesclados a tanta selvageria e evidente licantropia. As próprias mulheres, a últimas *grisettes* (últimas?) (*grisettes*?) tiveram medo ou arrepio do garoto que não parecia, mas nem o mínimo do mundo, pensar nelas.

De modo que quando voltou a Paris, mais de um ano depois, ele não foi popular, acreditem. Apenas um pequeno grupo de Parnasianos independentes, os grandes Parnasianos (Coppée, Mendès, Heredia) apreciaram muito pouco ou nada o novo fenômeno. Com exceção de Valade, Mérat, Charles Cros, eu mesmo, ele não foi acolhido na capital revisitada. Mas aquele que ela recebia foi de fato cordial e... efetivo; a hospitalidade mais amável, mais ampla... e mais *circular*, ou seja, no fundo, a mais cômoda de todas, a vez de cada um no dia a dia da estação cara e glacial, não creio

* *À peine au sortir de l'enfance* [Recém-saído da infância]: primeiro verso e título de uma ária do compositor francês Étienne Nicolas Méhul (1763-1817). (N.T.)

que algum homem jamais tenha sido objeto de uma confraternidade tão gentil e de uma solidariedade tão delicada...

Pudera! Era o autor, inacreditavelmente jovem, de versos tão extraordinários, poderosos, encantadores, perversos! Ele chegava com essa bagagem preciosa, especiosa, capciosa! Idílios saborosos de natureza real e às vezes estranhamente, mas preciosamente, vista; descrições vertiginosas realmente geniais, *Le Bateau ivre* [O barco ébrio], *Les Premières Communions* [As primeiras comunhões], obra-prima em meu gosto de artista, às vezes bastante reprovável para minha alma católica, *Les Effarés* [Os alumbrados], que na nova edição das Poesias completas*, uma mão piedosa, sem dúvida, mas, a meu ver pesada e bastante inábil, em todo caso, "corrigiu" em várias passagens, para fins antiblasfematórios bastante inesperados, mas que aqui estão na íntegra em seu texto extraordinário e soberbo:

Negros na neve e na neblina,
À claraboia que ilumina,
De cócoras se pondo.

Cinco meninos veem – desgraça ! –
Embaixo o padeiro que amassa
O louro pão redondo,

O forte braço branco aperta
A massa cinza e a põe na aberta
Furna em que arde um clarão.

Ouvem o gordo pão que coze.
Ri-se o padeiro à grossa voz e
Engrola uma canção.

---

* Pela editora Léon Vanier. (N.T.)

Grupo transido que se apoia
Ao rubro olor da claraboia
Como um seio morno.

Quando nas noites de consoada
Sob o formato de uma empada,
Se tira o pão do forno.

Sob vigas toscas enfumadas
Cantam as crostas perfumadas
E também cantam grilos,

Como essa furna insufla vida,
A alma se põe tão comovida
Nos trapos a cobri-los,

Tão bem se sentem, ajoelhados,
Meninos-Jesus engelhados,
Ali sem se mover.

Colando as fuças cor-de-rosa,
E a murmurar alguma cousa,
Entre os gradis, a ver,

Que tão simplórios dizem preces
E tanto se inclinam sobre esses
Clarões de um céu interno,

Que as calças se lhes despedaçam
E suas camisas esvoaçam
Ao vento vil do inverno.*

---

* Tradução de Ivo Barroso, op. cit. "*LES EFFARÉS Noirs dans la neige et dans la brume,/ Au grand soupirail qui s'allume,/ Leurs culs en rond,// À genoux, cinq petits, – misère ! —/ Regardent le boulanger faire/ Le lourd pain blond.// Ils voient le fort bras blanc* (cont.)

Tal é o livro que acaba de ser lançado pela Vanier, o mais completo possível do ponto de vista dos versos *tradicionais*, eu acrescentaria, pois Rimbaud compôs depois, isto é, logo depois de sua fuga livre, não sua reconduta (dessa vez) de Paris, sua fuga de certo modo triunfal de Paris, versos livres soberbos, ainda claros, depois as belíssimas prosas que precisava.

Depois, após tentar, não a fortuna, nem mesmo a sorte, mas o Desengano, em viagens no entanto ocupadas por negócios ricos na aparência e no tom (dentes de elefantes, ouro em pó), morreu de uma operação fracassada, ao voltar de Harrar, no hospital de La Conception, em Marselha, em meio a sentimentos, garante o editor autorizado das *Poesias completas*, da mais sincera piedade.

Les Beaux-Arts, 1º de dezembro de 1895

Publicado originalmente no The Senate *(Londres) em outubro de 1895. Republicado pelo suplemento literário do jornal* Le Figaro *em 12 de maio de 1923.*

(cont.) *qui tourney/ La pâte grise, et qui l'enfourne/ Dans un trou clair;// Ils écoutent le bon pain cuire./ Le boulanger au gras sourire/ Chante un vieil air.// Ils sont blottis, pas un ne bouge,/ Au souffle du soupirail rouge,/ Chaud comme un sein.// Quand, pour quelque médianoche,/ Façonné comme une brioche,/ On sort le pain,// Quand, sur les poutres enfumées,/ Chantent les croûtes parfumées,/ Et les grillons,//Que ce trou chaud souffle la vie/ Ils ont leur âme si ravie,/ Sous leurs haillons,// Ils se ressentent si bien vivre,/ Les pauvres Jésus pleins de givre,/ Qu'ils sont là, tous,// Collant leurs petits museaux roses/ Aux grillages, grognant des choses/ Entre les trous,// Tout bêtes, faisant leurs prières,/ Et repliés vers ces lumières/ Du ciel rouvert,// Si fort, qu'ils crèvent leur culotte,/ Et que leur chemise tremblote/ Au vent d'hiver.*"

IMPRESSÃO:

GRÁFICA EDITORA
Pallotti
IMAGEM DE QUALIDADE

Santa Maria - RS - Fone/Fax: (55) 3220.4500
www.pallotti.com.br